듀나 SF 단편집

찢어진 종이의 신

단비
danbi

작은 책이여, 나 없이 – 나는 질투하지 않는다 – 도시에 갈 것이다:

아, 슬프도다, 네 주인은 갈 수 없구나!

Parue – nec inuideo – sine me, liber, ibis in urbem:

ei mihi, quod domino non licet ire tuo!

〈슬픔 Tristia〉, 오비디우스가 쓰고 챗GPT가 라틴어로부터 번역함.

차례

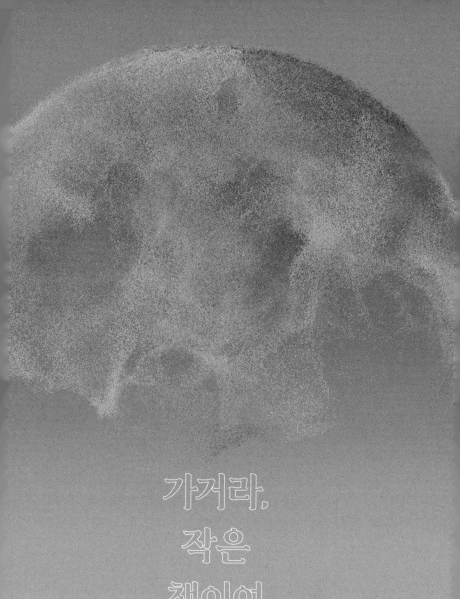

가거라,
작은
책이여

자살하기 전까지 한서율은 우리 회사 최고의 독서가였다. 톨스토이와 나보코프, 아흐마토바의 독서엔 견줄 사람이 없었고 발자크와 프루스트 독서도 인기가 있었다. 특히 발자크가 잘 나갔다. 〈인간 희극〉 전권 완주 경험을 위해 큰돈을 지불하는 사람들은 꽤 있었다.

한서율은 내 비전을 믿어 준 첫 번째 사람이었다. 사람들은 내가 미식 체험에 만족하지 못하고 예술에 손을 뻗는 걸 좋아하지 않았다. 그들은 내가 예술 체험을 통조림으로 만들어 판다고 비난했다.

어처구니없는 소리였다. 물론 책을 직접 읽고 영화나 연극을 직접 보는 건 좋은 일이다. 하지만 그럴 시간이 없지 않은가. 누군가 그 작품들을 대신 감상하고 그 감상 자체를 판다는 게 그렇게 나쁜 일일까? 소비자를 대신해 그 작품을 감상하는 전문가가 보통 사람보다 감수성이 풍부하고 집중력이 뛰어나며 그 작품 감상에 필요한 지식이 더 많다면 소비자는 구입한 체험을 통해 말만 근사한 직접 경험보다 더 많은 걸 얻을 수 있다. 무엇보다 인간 역사가 길어지면서 교양으로 접해야 할 작품들이 점점 많아지고 있고 직접 경험은 이들을 다 소화하기엔 지독하게 비능률적이다.

막연하기만 했던 내 아이디어를 구체화한 사람이 한서율이었다. 그녀는 자신의 독서 경험을 제공해 주었을 뿐만 아니라 이를 완벽하게 편집하고 다듬어 그 어떤 인간도 경험하지 못했던 순수한 독서의 정수로 만들어 놓았다. 내가 지금 팔고 있는 모든 예술 경험들은 모두 한서율에게 빚을 지고 있다. 비평가들은 여전히 냉소적이지만, 나는 이 경험 자체가 또 다른 중요한 예술로 평가될 날이 올 것이라 믿는다.

한서율이 왜 자살을 했는지 나는 모른다. 음독자살하기 여섯 시간 전에 유언장을 썼고 나에게도 지시를 꼼꼼하게 남겨 놓았지만, 자살 동기에 대해선 아무 말도 하지 않았다. 한서율이 남겨 놓은 수많은 경험을 통해 그 사람에 대해 꽤 많은 것을 알고 있다고 생각했는데 착각이었나 보다. 하긴 그 경험은 그녀 자신에 의해 정교하게 편집된 것이었다.

짐작이야 할 수 있다. 한서율의 남동생도 2년 전에 자살했다. 그의 동기 역시 불분명했다. 두 사람이 같은 정신적 고통을 공유했던 것일까? 아니면 남동생의 죽음이 한서율의 자살에 직접적인 영향을 끼친 것일까? 그렇다면 왜 한서율은 그 고통을 치료하지 않고 자살이란 극단적인 길을 택한 것일까? 요즘 사람들은 자살을 당연한 선택이라고, 남들이 신경 쓸 일이 아니라고 여기지만 난 그 가벼운 생각을 견딜 수가 없다.

한서율이 죽고 한 달 뒤, 나는 남매의 아버지를 찾아갔다. 이름은 한종인이라고 했고 은퇴한 제약회사 직원이었다. 얼굴을 보니 생각이 많아 보이는 갸름한 얼굴이 딸과 많이 닮아 있었다. 나는 그에게 한서율이 남긴 작은 상자를 넘겼다. 그건 그녀가 지난 몇 년간 작업한 독서 경험의 일부였다. 몇몇은 상품화된 것이었고 몇몇은 아버지를 위해 특별히 작업한 것이었다.

한서율은 이 작업물을 내가 아버지에게 직접 전달하길 바랐다. 한종인은 지금까지 이런 식의 독서 경험을 해 본 적이 없었다. 그는 직접 책을 읽는 것을 더 좋아했고 지금까지 딸의 경험을 체험할 생각은 없었다고 말했다. 하긴 누가 가족의 마음속으로 직접 들어가 보고 싶겠는가. 하지만 그는 딸이 보낸 선물을 정중하게 받았고 마찬가지의 정중한 태도로 나를 배웅했다.

사람들은 종종 이 일로 나를 비난한다. 당시 난 그것이 그렇게 큰 문제가 될 거라고는 상상할 수 없었다. 그녀가 남긴 모든 경험은 모두 내가 직접 체험했기 때문에 그 상자 안에 든 것 중 내가 모르는 것은 없었다. 버지니아 울프에서부터 장아이링까지 커버하는 그 경험들은 문제될 것이 없는 '세계문학전집'이었다. 단지 나는 아무리 규격화된 경험이라고 해도 소비자 개인에 따라 다르게 인식되고 다른 의미로 다가올 수 있다는 사실을 깜박했다. 심지어 그것을 회사 상품의 장점으로 내세우며 꾸준히 홍보했는데도. 그걸 기억했다고 해도 누군가의 독서가 오직 한 사람만을 겨냥하는 칼이 될 수 있다고는 누구도 상상하지 못했을 것이다.

한종인은 내가 선물을 넘겨준 날로부터 꼭 사흘째 되던 날, 자신의 양쪽 눈을 칼로 도려내고 혀를 자른 뒤 목을 매 죽었다.

화성의
칼

1931년 7월 7일은 조선 총독 구로즈미 기요타카가 항일 결사조직 불새단 단원들에게 암살된 날이다.

세계 역사를 뒤흔든 역사적인 사건이었지만 그날의 진실은 흐릿하기 짝이 없었다. 한국에서만도 이 사건을 다룬 80여 편의 소설, 연극, 영화, 드라마가 만들어졌지만 구로즈미와 주인공인 불새단 단원 네 명의 이름을 제외하면 내용이 모두 다르다. 2016년 영화 〈암살〉은 심지어 초자연현상을 끼워 넣은 호러 영화이고, 간신히 암살 미수 현장에서 피투성이로 살아남은 총독이 경술왜란 당시 죽은 황족 유령들에게 살해당해 지옥으로 끌려가는 것으로 나온다. 많이들 지적했지만, 구로즈미가 별 정치적 입장 없는 흐리멍덩

한 인물이었고 순전히 그 때문에 그 직위에 앉았다는 점을 고려하면 이 묘사는 분명 과함이 있다. 이와 별도로 불새단 조직원들의 희화된 묘사도 지적을 받았지만, 당시 이시하라 주석의 전범 옹호 발언으로 인한 반일 감정에 힘을 얻어 영화는 흥행에 성공했다.

2021년 7월 7일, 거사 90주년을 맞아 공개된 최윤옥의 수기와 다른 불새단 조직원들이 남긴 관련 자료를 통해 당시의 진상이 더 상세하게 알려지게 됐다.

이야기를 시작하기 전에 20세기 초반의 역사를 다시 점검해 보기로 하자.

1901년 6월 14일, 화성에서 쏘아 올린 전투 우주선들이 영국을 침략했다. 서리주에서 시작해 파죽지세로 북진하던 침공은 지구 박테리아와 바이러스에 감염된 화성인들의 갑작스러운 죽음으로 보름 만에 중단됐다. 비슷한 침공은 1938년 미국, 1949년 에콰도르에서도 있었지만, 이미 대비가 돼 있던 지구 군대에 의해 비교적 단기간에 격파됐다.

화성인의 침공은 인류 역사의 진행 방향을 바꿨다. 전쟁 직전까지 갔던 유럽 국가들은 다른 행성에서 온 침략자의 위협에 맞선다는 명분으로 연합했다. 대신 앞으로 또 있을 수도 있는 화성인의 침략에 대비해야 한다는 핑계로 아프리카와 아시아에 대한 식민지 착취가 가속됐다. 이는 일본의 제국주의 팽창을 정당화하는 계기가 됐고 곧 경술왜란과 조선의 식민지화로 이어진다.

제2차 화성인 지구 침공이 있기 전까지 영국은 외계인 침공을 받은 유일한 국가였고, 외계인 기술을 보유한 유일한 국가이기도 했다. 영국은 이를 거대한 외교적 블러핑의 도구로 삼았다. 수많은 국가에서 기술 공유를 목적으로 영국을 지원하고 협조했다. 뒤로는 기술 탈취를 노린 수많은 스파이 행위가 잇달았다. 이후 부인됐지만, 화성 독가스와 열광선 무기를 연구하던 일링과 사우스 켄싱턴 연구소에서 일어난 끔찍한 사고의 원인을 외국 스파이의 사보타주라 여기는 사람들도 많았다.

영국의 역공학 연구는 지지부진했다. 기계공학, 항공공학, 야금학 분야에 눈에 띄는 발전이 있었고 정부는 이를 과장해 선전했다. 하지만 화성 전쟁 기계는 당시 지구인들이 이해하기엔 지나치게 발전돼 있었고 달랐다. 일단 바퀴와 축이 없어서 기존 지구의 기계에 접목하는 게 어려웠다. 이들의 작동 방식을 따라가려면 화성의 에너지 압축 기술과 인공지능 기술을 이해해야 했는데, 이건 중세 유럽인에게 원자로를 던져 주고 똑같이 만들라는 것과 마찬가지였다. 그렇다고 포기할 수도 없는 노릇이었다.

두 차례의 대참사 이후 영국은 관련 연구소들을 식민지

로 옮겼다. 인도, 나이지리아, 말레이시아에 다섯 개의 연구소가 들어섰다. 이유는 순전히 인종차별적이었다. 본국에서는 더 이상 민간인 희생자를 낼 수 없었다. 1924년 말레이시아의 샤알람, 1929년 나이지리아의 카두나에서 일어난 일련의 사고들은 이 제국주의자들의 계산이 옳았음을 입증하는 것이었다. 당시 사고로 발생한 민간인 희생자가 총 1만 7,000명이나 되었는데도, 영국 정부는 1986년까지 이에 대한 책임을 인정하지 않았다.

연구소에서 흘러나온 화성 독가스로 카두나의 사람들과 동물들이 죽어가고 있던 1929년, 세실 하드윅 교수가 이끌고 있던 인도 망갈로르의 연구소에서는 일련의 놀라운 성과를 거뒀다. 화성인의 복제와 통제에 성공한 것이다.

하드윅의 연구는 화성인의 정체에 대한 의문과 연결돼 있었다. 당시 지구인들은 우주선을 타고 지구를 침공한 이 기괴한 모양의 생명체가 화성에서 진화한 초지능의 고등생물이고, 다른 대륙의 선주민들을 학살하고 땅을 차지한 유럽인들처럼 지구를 정복하러 왔다가 계산 착오로 실패했다고 믿었다. 진화론과 인류 역사에 기반을 둔 이 가설은 한동안 타당하게 들렸다. 하지만 이는 사실이기엔 너무 기괴했다.

일단 화성인의 행동은 초지능의 고등생물치고는 구멍투

성이였다. 지구의 미생물에 대비하지 못하고 감염돼 죽어
간 건 누가 봐도 바보 같았다. 화성에서 발사한 우주선의 숫
자는 겨우 24대에 불과했는데, 아무리 이들이 갖고 있는 기
술이 뛰어나도 지구 전체를 정복하기엔 턱없이 부족했다.
우주선은 화성인과 기계를 지구로 보낸다는 목적을 성공적
으로 달성했지만, 심지어 20세기 지구인들이 보기에도 원
시적으로 보였다.

무엇보다 점점 나빠지는 화성의 환경 때문에 지구를 침
략한다는 생각 자체가 이상했다. 이들이 화성에서 자체 진
화했다면 화성의 기후는 몇 억 년 동안 바뀐 게 없었기에
그 환경은 그들에게 정상이었고, 화성인이 가진 에너지 압
축 기술만으로도 자체 생존이 충분히 가능했다. 굳이 위험
한 미생물이 들끓고 중력이 강한 이웃 행성을 정복할 필요
가 없었다. 당시 하드윅의 팀은 몰랐지만, 이후에 있었던 두
차례의 침공에서도 화성인들은 이전의 경험에서 아무것도
배우지 못한 채 똑같은 행동을 반복하기만 했다. 이는 누가
봐도 고등한 문명이 열등한 문명을 정복하기 위해 벌인 전
쟁이 아니었다.

생물학적 문제도 있었다. 화성인이 그렇게 쉽게 지구의
미생물에 감염됐다는 것은 이들이 지구 생명체와 의외로
가까운 친척 사이라는 뜻이었다. 그리고 당시 이들이 우주

선에 태우고 왔던 화성 생명체의 시체들은 누가 봐도 지구인과 비슷했다. 사람들은 이 시체가 화성인의 먹잇감이라고 생각했다. 하지만 화성인은 이미 에너지 압축 전지에 연결된 영양 순환 장치를 갖고 있기 때문에 그 가설은 의미가 없었다. 화성인들이 영양 순환 장치의 원료로 쓰려고 지구인들을 사냥한 건 사실이었지만 지구에 도착한 뒤에도 이들 외계 생물 시체가 멀쩡한 상태로 남아 있었다는 걸 생각하면 먹잇감이라는 건 더더욱 말이 안 됐다. 그리고 같은 뿌리에서 진화한 두 동물의 모양이 이렇게 극단적으로 다른 것은 어떻게 설명할 것인가. 오로지 뇌와 손만 남아 있는 생명체의 모양이 과연 정상인가.

세실 하드윅은 지금은 사실로 확인된 가설에 도달했다. 지구를 침략한 생명체는 진짜 화성인이 아니었다. 우주선이 싣고 온 기계를 조종하기 위해 설계된 인공두뇌였다. 진짜 화성인은 시체가 되어 우주선 구석에 박혀 있던 인간 비슷한 생명체였고 이들은 지구인과 가까운 친척이었다. 이들의 침략 행위가 이상했던 것은 진짜 화성인들이 멸종했거나 문명의 통제권을 잃었고 이들의 기계문명이 고장 난 프로그램에 따라 오작동한 결과였기 때문이다. 이들이 보존된 주인의 시체를 가져온 것도 그 때문이라 추정된다. 특정상황에서 주인을 지구에 귀환시킨다는 명령이 프로그램에 포함돼 있었고 그것이 불완전한 상태로 지켜진 것이다.

하드윅은 인공두뇌에 이 모든 프로그램이 내장돼 있고 이 정보가 그대로 후손들에게 이어진다고 생각했다. 이 가설은 화성 기계에 바퀴가 없다는 데에 기반을 둔 것이었는데, 어쩌다 보니 바퀴 정보가 든 인공두뇌의 번식이 중단됐고 바퀴 지식이 없는 개체만이 번식에 성공해 지금의 화성 기계 문화가 유지됐다는 것이었다. 만약 이들 정보가 학습을 통해 이어졌다면 바퀴의 결여라는 이상한 상황에 도달하지 않았을 것이다. 그리고 이들이 프로그램된 기계라면 인간이 적절한 조건 안에 통제할 수도 있다는 뜻이었다. 이는 약한 추론이었지만 내장된 프로그램이라는 가설 자체는 어쩌다 보니 맞았다.

하드윅의 지휘 아래 망갈로르의 과학자들은 폴립 상태로 보존된 어린 화성 인공두뇌의 시체에서 떼어 낸 세포를 갖고 화성 인공두뇌를 복제하는 데에 성공했다. 이것이 가능했던 것은 이들이 재생산이 쉽도록 최대한 단순하게 설계된 기계였기 때문이다. 3개월 만에 청소년 수준으로 자란 인공두뇌는 실제로 프로그램된 지식을 하나씩 되살리기 시작했고 망갈로르 팀은 부분적으로나마 화성어를 해독하는 데에 성공했다.

망갈로르의 연구는 극비로 진행되었지만, 인도 어딘가에

서 영국 과학자들이 무언가 엄청난 성과를 내고 있다는 소문이 전 세계로 퍼졌고 각국의 스파이들이 벌 떼처럼 인도로 모여들었다. 하드윅 팀은 허겁지겁 연구소를 정리하고 무균 탱크 안에 든 인공두뇌와 함께 본국으로 돌아갔다.

이들은 완벽하게 뒷정리를 끝냈다고 생각했지만 그렇지 않았다. 화성어 연구 결과의 파편들, 새 인공두뇌를 이용해 만든 화성 기계 부품 상당수가 연구소에서 빼돌려졌다. 이를 적극적으로 주도한 인물은 망갈로르 연구소에서 일하던 수학자 디완 굽타였다. 무정부주의자였던 굽타는 화성 문명의 지식을 대영제국이 독점하는 시기가 길어지는 것처럼 위험한 일은 없다고 판단했다. 굽타가 빼돌려 1년 뒤에 익명으로 공개한 MH290582F 문서의 첫 두 페이지는 이후 화성어의 로제타 스톤으로 불리며 마르코니 연구소가 잡아낸 화성 신호를 해독하는 데에 결정적인 역할을 했다. 굽타의 사보타주를 통해 영국은 하드윅 팀이 발견한 화성 지식 독점 기간을 10년에서 20년 정도 잃은 것으로 추정된다.

굽타가 빼돌린 화성 기계들은 캘커타의 암시장을 통해 전 세계로 흩어졌다. 이들 대부분은 실용적인 면만 보았을 때 그냥 쓸데없었다. 어떤 기계는 금속 조각을 구멍에 넣어 주면 콩깍지 비슷한 모양의 덩어리를 계속 만들어 냈다. 어떤 기계는 평면 위에 놓으면 여섯 개의 다리로 잽싸게 움직이며 복잡한 도형을 끝도 없이 그려 댔다. 작동 방식은 알수 없지만 결국 기능은 기름을 넣어 줄 필요가 없는 라이터에 불과한 것도 있었고, 결정적인 부품이 빠졌는지 윙윙거리는 소음을 내며 공회전만 하는 기계도 있었다.

공회전 기계 다섯 개가 캘커타에서 상하이를 거쳐 불새단에게 넘어간 건 1930년 12월 25일이었다. 남작 작위를 받은 친일파 장창국의 아들 장준형이 '경성의 카나리아'인 소프라노 가수이자 연극배우인 최윤혜에게 크리스마스 선물로 준 것이다. 둘은 다음 해 가을에 결혼할 예정이었다. 적어도 장준형이 멋대로 세운 계획은 그랬다.

최윤혜가 받은 선물은 주사위를 반으로 자른 것 같은 모양의 직육면체 다섯 개로, 십자 모양으로 연결하면 타닥거리는 소리를 내며 안의 부속품들이 움직였다. 아무짝에도 쓸모없는 물건이었지만 아름다웠고 가구 위에 올려놓고 화성 물건이라며 자랑하기엔 딱이었다. 화성의 에너지 압축 전지로 작동했기에 그냥 두어도 21세기까지는 돌아갈 물건이었다.

오로지 불새단 첩자 임무 때문에 장준형을 만났고 이 남자에겐 가벼운 혐오와 귀찮음 이상의 어떤 감정도 느끼지 못했던 최윤혜는 그 물건을 불새단의 핵심 5인 중 한 명이었고 안과 의사였던 언니 최윤옥에게 넘겼다.

섣달 그믐날 불새단 총재 조영효 집에 모인 핵심 5인은 최윤옥이 상자에서 기계를 꺼내기가 무섭게 이를 항일 투쟁에 써먹어야겠다고 결정했다. 이런 물건이 상하이 골동품 가게에 풀릴 정도라면 곧 일본 정부에게도 들어갈 것이다. 그들이 대비하기 전에 우리가 먼저 이용해야 한다. 하지만 이것의 용도가 뭐지? 상관없었다. 아무 쓸모가 없는 물건이라면 재래식 무기로 거사를 벌인 뒤 화성 기계를 썼다고 홍보하면 그만이었다. 이들은 흩어지기 전에 '화성검'이라는 작전명까지 만들었다.

몇 달 동안 쏟아부은 인력과 노력에도 불구하고 불새단은 겨울이 지나갈 때까지 기계의 기능에 대해 거의 아무것도 알아내지 못했다. 오로지 가설만 생겼다. 십자 모양일 때만 작동했지만, 중심에 놓는 기계를 정사각형 모양으로 배치한 네 기계 앞, 머리 위치에 놓았을 때 가장 그럴싸한 모양이 만들어진다는 것. 각각의 기계를 연결할 때 튀어나오는 막대가 다리 역할을 할 수도 있다는 것. 아마도 이것은 곤충 모양의 움직이는 기계일지도 모른다. 하지만 이것을 어떻게 작동시키지?

1931년 4월 2일 오후, 모든 게 아주 뜬금없이 해결됐다. 간호사들이 퇴근한 뒤에도 병원 금고 안에 숨겨 놓은 기계 벌레와 씨름하던 최윤옥의 머릿속에 산만하면서도 단순한 생각이 떠올랐다. 이 기계를 제대로 움직이려면 에너지 압축 전지 말고 다른 무언가가 필요할지도 몰라. 그때 영국 침략 당시 화성인들이 지구인의 피를 빨아 양분을 섭취했다는 소문이 떠올랐다. 이들이 단순히 피만 빨아 먹었다고 말하는 것은 지나치게 단순한 분석이었지만 다들 화성인을 뱀파이어라고 생각했다. 최윤옥은 하드윅의 가설에 대해서는 몰랐지만, 화성인과 전쟁 기계가 거의 하나의 기계처럼 연결되어 있다는 것은 알았다. 만약 이 벌레 안에 배가 고픈 무언가가 숨어 있다면? 그것에게 먹이를 주면 어떻게 될까.

최윤옥은 벌레를 꺼내 탁자 위에 놓고 왼쪽 엄지에 상처를 내 피를 벌레의 머리 위에 떨어뜨렸다. 몇 분 동안 아무 반응도 없었다. 실망해서 반창고를 찾으려 일어나려는데, 갑자기 벌레는 꿈틀거리며 탁자 위의 핏방울을 빨아 마셨다. 최윤옥이 다시 떨어뜨린 핏방울을 조금 더 먹은 벌레는 여덟 개의 다리를 뽑았다. 머리에 난 두 개의 구멍에서 붉은 빛이 반짝였다.

노크 소리가 들렸다. 허겁지겁 밖에 나가 보니 건물 주인인 박규익이 앞에 서 있었다. 막 예순을 넘긴 이 남자는 최윤옥이 자기 건물에 병원을 연 2년 전부터 계속 귀찮게 추근거렸다. 심지어 집에 30년 동안 아들 넷을 낳아 준 아내가 있는데도 그랬다.

남자는 당황한 최윤옥을 밀치며 병원 안으로 들어왔다. 간절한 얼굴을 보니 뭔가 할 이야기가 있었던 모양인데, 그 사정이 뭔지는 끝까지 알 수 없었다. 탁자 위에 놓여 있던 벌레가 갑자기 뛰어나와 박규익의 목을 물었던 것이다. 벌레의 몸에서 튀어나온 칼날이 순식간에 성대를 도려냈기 때문에 남자는 피를 뿜으며 죽어가면서도 신음도 제대로 내지 못했다.

공격은 남자의 머리가 몸에서 떨어지기 직전에 간신히 멈추었다. 칼날이 다시 몸속으로 들어갔고, 벌레는 작은 머리를 들어 최윤옥을 올려다보았다. 상자 안에 들어가 금고 안에 갇히는 동안에도 그것은 반항하지 않았다.

최윤옥은 동료들을 불러 조영효의 소유인 근처 농장으로 시체를 옮겼다. 시체는 화성 기술이 활용된 분쇄기로 들어가 닭 모이가 됐다. 알리바이를 조작하기 위해 불새단 단원이고 최윤혜와 같은 극단 소속인 안유택이 박규익으로 변장한 채 이틀 동안 밤마다 경성 여기저기를 싸돌아다녔다.

불새단은 이제 스펙터클한 살인을 저지를 수 있으며 어디에든 숨겨 갈 수 있는 엄청난 무기를 갖게 됐다. 단지 조종을 위한 테스트가 더 필요했다. 그리고 이미 여러분은 그들이 그렇게까지 사람 생명을 소중히 여기는 무리가 아니라는 것을 알았을 것이다. 기미 봉기 때 눈앞에서 친구와 가족들을 잃은 사람들은 아무리 정상으로 돌아온 척해도 내면은 갈기갈기 찢겨 있기 마련이었다. 불새단 단원들은 죽이고 싶은 사람들의 이름을 적은 꽤 긴 리스트를 갖고 있었고 최윤옥도 예외가 아니었다.

다섯 명이 희생됐다. 두 명은 종로경찰서 형사였고 세 명은 총독부 기관지 〈매일신보〉의 기자였다. 조선인 네 명, 일본인 형사 한 명이었다. 이들은 납치돼 닭들이 박규익의 시체 조각을 먹고 있는 농장으로 끌려가 테스트 대상이 됐다. 사흘에 걸친 연구 끝에 불새단은 살인 벌레의 조종법을 익혔다. 일단 벌레는 통제된 상태에서 자신의 피를 먹인 사람들을 공격하지 않았다. 피를 먹이고 자극을 주면 직선 방향에 있는 인간을 공격했다. 소리에 예민했기 때문에 개 호루라기를 이용해 공격 순간을 확정할 수 있었다. 테스트에 쓰인 시체는 모두 닭 모이가 됐다. 전과 마찬가지로 극단을 동원한 알리바이 공작이 이어졌다. 종로경찰서에서는 갑작스러운 실종 사건을 수사하기 시작했지만, 단서는 불새단까지 이어지지 않았다.

확신이 선 불새단은 거사에 나서기로 결정했다. 표적은 자살한 전임자를 대신해 5월에 부임한 조선 총독 구로즈미 기요타카였고 날짜는 총독의 생일인 7월 7일이었다. 야심을 조금 더 크게 잡아 천황을 노리는 게 어떠냐는 아이디어도 제시됐지만, 비중이 작더라도 성공률이 높고 의미가 분명한 표적을 죽이는 게 정치적으로 더 효과적이라는 결론에 도달했다. 무엇보다 반년 전 요란한 희생자를 내고 실패로 끝난 천황 암살 시도가 있어서 흥이 떨어졌다.

생일 파티에 참석하는 것은 어렵지 않았다. 일단 최윤혜와 장준형을 통한 연줄이 있었다. 최윤혜는 파티에서 슈베르트의 '물 위에서 노래함'과 '음악에'를 부를 계획이었다. 최윤혜는 언니와 동행들을 손님 리스트에 올렸고 피아니스트로 동료 한 명을 더 데려갈 수 있었다. 최 씨 자매, 배우 안유택과 피아니스트 오우일이 암살단 최종 멤버가 되었다. 최윤옥의 수기에 따르면 그들은 슈베르트의 공연이 끝난 뒤 총독을 암살하고 "대한독립만세!"를 외치며 체포될 계획이었다고 한다. 만세는 최윤옥 혼자 해도 됐는데, 불새단 높은 양반들은 남자들도 있어야 한다고 우겼다.

하지만 이 계획은 예상대로 풀리지 않았다. 가장 큰 이유는 불새단이 자기네들이 쓰고 있는 무기에 대해 충분히 알지 못했다는 데에 있었다. 그들이 갖고 있는 건 주어진 조건에 기계적으로 반응하는 벌레 지능의 단순한 기계가 아니었다. 벌레는 첫 번째 핏방울을 먹은 뒤로, 이제 영국인 과학자들이 칭기즈칸이라고 이름을 붙인, 지구의 유일한 화성 인공두뇌와 중성미자 통신 장치로 연결되었다. (이 장치는 1970년대까지 작동 원리가 밝혀지지 않았기 때문에 한동안 텔레파시로 여겨졌다.) 그리고 칭기즈칸은 하드윅이 생각했던 것보다 훨씬 복잡하게 프로그래밍이 되어 있었다. 몇천 년의 세월이 흐르는 동안 이상하게 고장이 난, 완벽하게 예측할 수 없는 정교한 기계였다. 이 상황에서 하드윅 팀과 불새단은 서로의 존재를 모르면서도 영향을 주고 있었다.

불새단이 갈팡질팡하는 동안, 버킹엄셔주 시골 저택으로 연구소를 옮긴 하드윅 팀은 화성어 어휘를 조금씩 늘려 나갔다. 그 사전은 고대 지구와 밀접하게 연결돼 있었다. 몇몇 단어들은 시베리아 매머드와 같은 멸종된 거대 포유류를 가리키는 게 분명했다. 친척들이 돌도끼를 쓰던 시절 이웃 행성으로 우주선을 발사한 문명이 지구에 있었던 것이다. 21세기의 5분의 1이 지난 지금에도 그 문명의 기원지는 밝혀지지 않았다.

하드윅의 언어학자들은 이 단어들이 종교적인 내용을 담은 문장으로 조합될 수 있다는 것을 알아냈다. 몇몇 사람들은 지구 침공의 비이성적이고 비논리적인 측면 일부가 이 종교와 연결돼 있을 수도 있다는 가설을 제시했다. 원래 종교는 이치에 맞지 않는 행동을 강요하기 때문에. 그렇다면 그건 지금 무균 탱크 안에 갇혀 있는 칭기즈칸이 종교적 행동을 할 가능성도 있다는 말이었다.

당시 중성미자 통신 장치에 대해 몰랐던 하드웍 팀은 자기네들이 상황을 완벽하게 통제하고 있다고 생각했다. 이들은 칭기즈칸이 통신 장치를 심어 둔 기계가 얼마나 많은지 몰랐다. 심지어 그중 3분의 1은 디완 굽타가 빼돌려 전 세계에 흩어져 있었다. 그들은 굽타가 1947년에 회고록을 발표하기 전까지는 그 물건들이 사라졌다는 사실도 몰랐다. 굽타가 치밀하기도 했지만, 대영제국의 관료 체제가 그렇게 허술했다.

기계 대부분은 조각나 있거나 핵심 부품이 빠져 있거나 별 쓸모가 없었다. 하지만 불새단의 살인 벌레를 포함한 몇몇 기계들은 사정이 달랐다. 구자라트의 몇몇 지역신문엔 주로 늙은 거지들을 사냥하는, 타원형 금속판이 이마에 박힌 여자 뱀파이어에 대한 기사가 실렸지만 아무도 이를 진지하게 생각하지 않았다. 독일에서는 연료 탱크에 구멍을 내고 석유를 빨아 마시는 금속 쥐를 목격한 사람들이 늘어났지만, 이 역시 믿는 사람은 없었다.

7월 7일이 찾아왔다. 전날 여섯 번째 희생자로 최종 테스트를 마친 암살단은 벌레를 다섯 조각으로 쪼개 나누어 가졌다. 최 자매는 목걸이로 위장했고 남자들은 벨트 버클에 붙였다. 나머지 하나는 최윤옥이 핸드백에 숨겼다. 그 안에서 기계는 그냥 작은 화장품 케이스처럼 보였다.

암살단은 어떤 의심도 받지 않고 무사히 총독 관저에 들어갔다. 파티는 기대보다 화려했다. 선임 총독의 자살을 둘러싼 소문과 우울함을 지우기 위해 최선을 다한 결과였다. 그리고 알고 봤더니 신임 총독은 본국에서도 알아주는 파티광이었다.

먼저 와 있던 장창국 남작이 최 자매에게 아는 척을 했다. 남작은 왜 아들이 최윤혜와 같이 오지 않았는지 궁금해했다. 그 이유는 여자친구 집 열쇠를 멋대로 복사해 갖고 있던 장준형이 꽃다발을 들고 동료들과 함께 한참 암살 계획을 최종 조율하고 있던 최윤혜의 아파트에 갑자기 나타났기 때문이었다. 자매는 대충 둘러댔고, 남작은 엉겁결에 납치돼 여섯 번째 테스트 희생자가 됐다가 지금은 닭 모이가 된 아들을 찾아 아래층으로 내려갔다.

최윤옥은 동료들이 건네준 조각들을 하나씩 모아 2층 여자 화장실에 들어가 하나로 조립했다. 속을 도려낸 《골짜기의 백합》 일본어 번역본 안에 벌레와 면도칼, 개 호루라기를 숨기고 여자 화장실에서 나오는데, 아랫배를 움켜쥔 구로즈미 총독이 뒤뚱거리며 옆의 남자 화장실로 달려가고 있었다. 성긴 턱수염과 툭 튀어나온 배가 우스꽝스러운 대머리의 키 작은 노인네였다. 저 별거 없어 보이는 남자 때문에 남은 인생을 포기해야 한다니 실망스러웠다.

저녁 식사가 끝나고 최윤혜와 오우일의 슈베르트 공연이 있었다. 원래는 두 곡만 부를 계획이었지만 반응이 워낙 좋아서 앙코르로 '눌레 감는 그레첸'도 불렀다. 곡이 끝날 무렵 최윤옥은 면도날로 왼손 엄지를 찔러 벌레에게 피를 먹이고 개 호루라기를 꺼내 입으로 가져갔다.

갑자기 장창국 남작이 요란한 웃음소리와 함께 자리에서 일어나 총독 옆으로 걸어갔다. 그와 함께 하인 두 명이 하얀 천으로 가린 무언가가 올려져 있는 바퀴 달린 테이블을 끌고 만찬장에 들어왔다. 남작은 서툰 일본어로 총독의 생일을 축하했고, 이날을 위해 자신이 희귀한 선물을 가져왔다고 우쭐거렸다. 총독 옆에 테이블을 놓고 하인들이 뒤로 물러나자, 남작은 거창한 동작으로 천을 벗겼다.

36개의 화성 기계로 만들어진 작은 탑이 찰칵거리는 소리를 내며 테이블 위에 서 있었다. 최윤옥이 들고 있는 벌레를 이루고 있는 것과 같은 기계였다. 장준형은 여자친구에게 주려고 아버지가 모은 수집품 중 다섯 개를 몰래 빼돌렸던 것이다.

"화성 기계입니다. 영국인들이 인도 연구소에서 비밀리에 만들고 있었지요. 상하이와 베이징에 조각조각 떠돌고 있는 걸 제가 사람들을 시켜 모아 왔습니다."

남작이 말했다.

"멋있군요. 어디다 쓰는 것입니까?"

총독이 물었다.

"이것만으로는 특별한 기능은 없는 것 같습니다. 아마 다른 기계와 연결되면⋯"

이는 장창국 남작이 남긴 마지막 말이었다. 갑자기 탑이 무너지며 요란한 소리를 내기 시작했고 그와 함께 《골짜기의 백합》을 탈출한 벌레가 총알 같이 튀어나와 남작의 목을 찢어발긴 것이다. 5초도 지나기 전에 남작은 피투성이 시체가 되어 쓰러졌고 목에서 솟아오른 피는 얼마 전까지 탑을 이루고 있던 기계 부품을 적셨다. 피 맛을 본 기계들은 순식간에 일곱 마리의 살인 벌레가 되어 만찬장의 사람들을 학살하기 시작했다.

사람들은 비명을 지르며 달아났다. 최윤옥은 군중을 밀치며 앞으로 달려갔다. 총독은 벽에 기댄 채 눈을 감고 우두커니 서 있었다. 이마에는 마지막으로 남은 사각형의 기계가 달라붙어 있었다. 기분 나쁜 소리와 함께 피가 튀었고 기계는 회전하며 뇌 속으로 들어갔다.

"야만인들, 코끼리를 사냥하는 자들!"

갑자기 눈을 뜬 총독은 잘난 척하는 영국식 영어로 외치며 죽어가고 달아나는 군중에게 손가락질해 댔다. 버킹엄셔주 연구소와 하드윅 팀의 연구에 대해 아는 바가 없는 여기 사람들은 이 말투가 칭기즈칸에게 영어를 가르치려 시도한 세실 하드윅과 얼마나 닮았는지 몰랐다. 최윤옥이 벽에 걸린 상식용 칼을 뽑자, 총독은 머리가 뜯겨 나간 채 죽어 있는 경호원의 상의에서 권총을 꺼냈다. 방아쇠를 당겼지만, 안전장치에 걸려 총알은 발사되지 않았다. 총독은 총을 내던지고 2층으로 달아났다. 암살단은 그 뒤를 쫓았다.

오우일이 서재로 뛰어들어 간 총독의 엉덩이를 차 넘어뜨렸다. 최윤혜와 안유택이 미친 듯이 웃어 대는 노인의 몸을 뒤집고 팔다리를 잡았다. 최윤옥은 책상 위에 놓여 있던 상아 페이퍼나이프를 가져와 이마에 난 구멍을 쑤셨다. 1분쯤 애를 쓰자 뇌 속의 기계가 얌전히 딸려 나왔고 총독의 웃음은 멎었다. 암살단은 아직도 웃는 얼굴을 한 시체를 버려두고 아래층으로 내려갔다. 총독을 포함해 죽은 사람은 모두 열세 명이었고 얌전해진 여덟 개의 벌레들이 만찬장 여기저기에 굴러다녔다. 그들은 벌레들을 핸드백과 악보 가방에 숨겨 넣고 나왔다. 얼떨결에 목표를 달성했지만 "대한독립만세!"를 외칠 타이밍은 아닌 것처럼 보였다.

총독 관저의 대학살은 사고로 발표됐다. 기능을 알 수 없는 화성 기계가 난동을 부렸다는 것이었다. 살아남은 사람들 가운데 최윤옥의《골짜기의 백합》에서 튀어나온 벌레를 제대로 목격한 사람은 없었다. 있었다고 해도 그 기억은 총독 옆에서 조립된 다른 벌레들에 대한 기억에 묻혔다. 경성에는 도시 여기저기에 숨어 있다가 사람들을 습격하는 화성 벌레들에 대한 음침한 소문이 돌았다. 남작의 가족은 장준형 실종 사건을 적당히 묻었다. 그렇지 않아도 의심받는 상황에서 경찰의 시선을 끌 필요는 없었다.

구로즈미 기요타카는 화성 벌레에 의해 살해당한 첫 번째 조선 총독이었다. 벌레를 이용한 요인 암살이 여덟 차례 더 이어지자 (그중 두 명은 총독이었고 이들의 부임 기간은 모두 한 달을 넘지 않았다.) 더 이상 이 사건은 사고처럼 보이지 않았다. 세 번째 총독이 죽은 다음 날, 불새단은 삐라를 뿌려 자신이 암살 주체라는 것을 밝혔다. 다른 세 독립운동 단체가 자기가 한 일이라고 나서지 않았다면 그 선언은 더 멋있게 들렸을 것이다.

총독 관저 대학살은 대변혁의 서막이었다. 한국 독립운동에 새로운 힘을 실어 줬기 때문이 아니라, 화성 인공두뇌가 적극적으로 지구 역사에 개입한 순간이었기 때문이다. 머나먼 영국의 대저택에 갇혀 있던 무른 뇌의 청소년인 칭기즈칸은 아무런 저항 없이 불새단의 가치관을 받아들였다. 전 세계 반제국주의 동맹의 시작이었다. 그리고 1939년, 불새단과 연맹한 인도의 군사 조직이 버킹엄셔주에서 칭기즈칸을 탈취했고, 이는 8년에 걸친 반제국주의 세계전쟁으로 이어졌다. 화성 기술을 장착한 전쟁 기계들이 지구 전역을 뛰어다녔고 1억 명의 희생자를 냈다.

진쟁이 끝난 뒤 세계는 이전과 완전히 다른 곳이 됐디. 더 좋은 곳이 됐는지는 모르겠다. 세상은 여전히 고통스러웠고 사람들은 서로를 싫어했으며 툭하면 국지전이 터졌다. 모두가 갖고 있는 화성 살인 기계들은 평화에 별 도움을 주지 않았다. 그렇지 않아도 쓸데없이 많은 종교 옆에 화성교라는 새 주류 종교가 덧붙여졌다. 다행히도 1950년대 말에 원리가 밝혀진 화성의 에너지 압축 기술은 지구의 에너지와 공해 문제를 해결하는 데에 결정적인 역할을 했다. 적어도 사람들은 맑은 공기 속에서 살았고 굶주리는 사람들도 줄어들었다.

화성에서는 21세기가 된 뒤에도 두 차례의 침략 우주선 군대를 헝가리와 나이지리아에 보냈다. 다행히도 이번엔 화성어로 의사소통이 가능한 지구 편 인공두뇌가 있었다. 준비만 철저하게 한다면 침략을 걱정할 필요는 없었다. 하지만 여전히 화성과의 의미 있는 대화는 이뤄지지 않았다. 열심히 노력한다면 지구에 온 개별 인공두뇌와는 대화할 수 있었지만, 꾸준히 침략군을 보내는 화성 시스템은 수많은 대화 시도에도 불구하고 침묵을 지켰다. 종종 진짜 화성인 또는 그들이 남긴 기계가 보낸 것으로 추정되는 신호가 잡혔지만, 대화는 이어지지 못했다.

2021년 9월 2일, 열두 대의 유인 우주선으로 구성된 첫 번째 우주 부대가 화성으로 떠난다. 우주선의 조종은 칭기즈 칸의 6대손들이 맡는다. 여행의 목적은 고장 난 화성 기계들을 수리하고 두 행성 문명을 연결하는 것이다. 여전히 화성 문명이 호전적으로 대응할 가능성은 있지만, 언제까지 이 상태로 남아 있을 수는 없고 지금은 때가 되었다고 믿는다. 운이 좋다면 그들은 아직도 살아남은 진짜 화성인을 만날지도 모른다. 그들이 '코끼리들을 사냥하는 야만인'인 우리를 좋아할지는 잘 모르겠지만.

큐피드

밸런타인데이 스페셜

1.

언젠가 남자와 결혼할지도 모른다고 생각은 하고 있었다.

전에 남자친구가 없었던 것도 아니고, 누군가와 자느냐로 나를 정의하거나 그랬던 것도 아니니까. 한국에 돌아와서 남자와 사귄 적이 없었던 건 그냥 그러고 싶지 않아서였지, 내 영혼과 육체가 그런 관계를 격렬하게 거부했기 때문도 아니었다. 한 번 사는 인생인데 뭘 그렇게 귀찮게 사나.

하지만 나이를 한 살 두 살 먹으면서 고민이 쌓인다. 우선 연애가 끊겼다. 일단 '성애자'가 되어야 동성애자가 되건, 이성애자가 되건 하지. 그렇다고 인터넷이나 데이트앱을 쓰거나 클럽에 가는 건 암만 생각해도 나랑 맞지 않았다.

2012년 말까지 2년 넘게 내가 한 일 중 연애와 가장 비슷한 건 아이돌 팬질밖에 없었다("수정아, 언니야!!!!"). 하지만 팬질 만족도가 아무리 높아도 그건 연애가 아니지.

　연애 대상이 사라신 섯으로도 부족해 교우 관계도 흐릿해져 버렸다. 내 여자친구였거나 그들의 여자친구였거나 이도 저도 아닌 그냥 친구였던 사람들은 모두 결혼하거나 이민 가거나 유학 가거나 심지어 시골로 내려가 버렸다. 찬희 언니 같은 경우는 운동회에서 달리다 넘어졌을 때만 빼면 평생 손에 흙을 묻힌 적도 없는 서울 토박이였는데 횡성 같은 곳엔 왜 내려간 걸까. 유나 말에는 생각보다 그럴싸한 이유가 있다고 하던데 굳이 캘 생각은 들지 않는다. 내가 여자와 사귄다는 사실을 아는 사람 중 수도권에 남아 여전히 내 친구 노릇을 해 줄 수 있는 사람은 그나마 유나뿐인데, 트위터 DM으로 한 달에 한 번 정도 잡담을 주고받는 건 괜찮아도 아직 직접 얼굴을 보고 만날 생각은 들지 않았다.

　가장 심각한 건 현실적인 문제점이다. 난 겉보기엔 꽤 그럴싸하다. 지금은 토론토에 사는 엄마 아빠가 떠나기 전에 넘겨준 집도 한 채 있고 번역서를 빼고도 책을 네 권이나 냈고 기억하는 사람은 거의 없겠지만 지상파 방송 출연 경험도 있다. 하지만 내 별것 아닌 수입 중 내가 직접 버는 돈은 4분의 1도 채 안 된다. 아직도 내 인생의 책임을 제대로 지고 있지 않은 것이다. 미래도 암담하긴 마찬가지다. 책을 네 권 냈다고 했지만, 소재 폭이 너무 넓어서 나도 내가 뭐 하는 사람인지 모르겠다. 요새 일주일에 한 번씩 내 칼럼을 실어 주는 〈허핑턴포스트〉는 아직도 나를 '문화평론가'라고 소개하고 있는데, 그 정도면 인문학 파는 사람으론 자폭한 거나 마찬가지다. 지금이야 어떻게 버티지만 마흔이 넘으면? 쉰이 넘으면? 앞으로 이 험한 세상을 어떻게 살아남을 수 있을까?

결정타를 날린 건 지선 이모의 죽음이었다. 은퇴한 음대 교수인 이모와 나는 5년 넘게 같이 살아왔다. 우린 좋은 가족이었다. 둘 사이엔 비밀도 없었고 취미 생활도 같이했다. 하지만 이모는 심근경색으로 갑자기 세상을 떴고 집에는 나와 고양이들만 남았다. 장례식 참석차 방문한 엄마 아빠가 캐나다로 돌아가자 나는 그 즉시 공포에 떨었다. 내가 '단독 주택에서 혼자 사는 여자'라는 사실을 깨달았던 것이다.

남편이 있으면 좋겠다는 생각을 한 건 그때였다.

일단 아이디어가 떠오르자 나는 그걸 꼼꼼하게 다듬기 시작했다. 내 남편이어야 할 사람은 일단 새누리당 지지자여서도 안 되고, 성차별주의자거나 호모포브여서도 안 되고, 가사 분담에 불평이 많아서도 안 되고, 카오스 냥이들을 무서워하지 말아야 하고, 취미가 맞아야 하고, 무엇보다 내 경제적 불안함을 해결해 줄 수 있는 사람이어야 했다. 아, 물론 부모랑 형제자매도 없어야 했고. 내 주변에서 이런 남자를 찾을 수 있는 가능성은 제로였고, 그렇게 생각하니 안심이 됐다. 결혼의 아이디어는 여전히 유혹적이었지만 정말 결혼할 생각은 없었다.

그러다 김민기를 만났다.

이 이름은 본명이 아니다. 나는 이 글을 비공개 블로그에서 쓰고 있지만 그래도 해킹 가능성이 있으니 어느 정도 위장을 하는 것이 예의일 것이다. 그렇다고 완전히 다른 사람으로 만들 생각은 없고, 어떻게든 적당히 균형을 잡아 볼 생각이다.

나는 민기를 2012년 모 출판사 송년회에서 만났다. 우린 모두 그 출판사에서 책을 한 권씩 냈다. 알고 봤더니 우린 며칠 전에 같은 자리에 있었다. 둘 다 12월 15일에 대통령 후보로 출마한 문재인을 지지한답시고 광화문에 나갔다. 노란 바람개비를 휘두르는 지지자들 속에서 영혼 없이 부대끼다 '이게 무슨 짓인가' 하는 생각이 들었고 막판에 사회자가 "너희들 다 죽었어!"라고 멘트를 날릴 때는 그냥 기가 찼지만 그래도 박근혜가 대통령이 되는 꼴은 차마 볼 수 없었으니 계속 남아 머릿수는 채워야 할 거 같았다. 우린 그날의 한심한 경험에 대해 이야기하며 배를 잡았고 와인에 조금 취한 상태에서 나와 압구정동 가로수길 근처에 있는 그의 아파트로 같이 들어갔다. 술에 취해 있기도 했지만, 박정희의 딸이 대통령이 되었다는 현실을 잊기 위한 발악이기도 했다.

그냥 한 번 그러고 잊어버릴 수도 있었다. 하지만 우리는 전화번호를 교환했고 데이트를 시작했다. 그리고 2년 뒤에 정신을 차려 보니 결혼 준비를 하고 있었다.

어쩌다가 이렇게 된 건지 나로서는 도저히 알 수 없었다.

일단 민기는 내가 상상 속의 리스트에 적은 조건에 어이가 없을 정도로 잘 맞았다. 특별히 지지하는 당이 없는 진보주의자였고 스스로를 페미니스트라고 부르는 데에 주저함이 없는 희귀종 한국 남자였다. 동성애에도 거부감이 없었고 키우지는 않았지만 고양이를 좋아했고 알레르기도 없었으며 심지어 요리와 청소도 잘했다. 그 정도면 업계에서 유명한 편이었고 3년 전부터는 친구와 함께 세운 자기 회사를 꽤 성공적으로 끌어가고 있었다.

환경도 비슷했다. 둘 다 가족이 캐나다와 미국에 있었다. 나는 가톨릭 냉담자였고 그는 신앙을 잃은 개신교도였다. 취미도 대충은 맞는 편이었다. 우린 모두 케이트 블란쳇과 이자벨 위페르의 팬이었고 〈미션 임파서블: 고스트 프로토콜〉과 〈페어웰, 마이 퀸〉 이후 레아 세두를 파고 있었다. 둘

다 클래식 기반의 음악 취향을 갖고 있었다. 나는 한국어 CCM과 90년대 이후 트로트를 제외하면 뭐든지 듣는 잡식 종이었고 그는 재즈와 아이돌 음악에 질색했지만, 그 정도는 맞출 수 있었다. 둘 다 결벽증이 있었고 몸무게가 1킬로만 늘어도 기겁하며 관리에 들어가는 타입이었다. 나는 체모에 굉장히 민감한 편인데, 그는 다리털뿐만 아니라 겨드랑이털도 관리하는 남자였다. 그는 나보다 더 여자 같을 뿐 아니라 내가 지금까지 사귀었던 사람 중에서 두 번째로 여자 같은 사람이었다. (첫 번째는 유나다. 관측 가능한 우주에 사는 어느 누구도 여기서 유나를 이길 수는 없다. 하지만 그건 이 글과는 상관없는 이야기다.)

하지만 아무리 그렇다고 해도 이 남자가 왜 날 좋아하는 거지? 결혼 상대로 나는 여러모로 부족했다. 나이도 두 살 더 많았고, 경제력이나 직업도 별로, 집안은 평범, 현실 감각은 턱없이 떨어진다. 그는 얼마든지 더 좋은 신붓감을 찾을 수 있었다. 그런데도 그는 나와 결혼한다는 사실에 단 한 줌의 의심도 없어 보였다.

나는 그가 나와 격정적인 사랑에 빠진 것이라 믿어 보려 했다. 잘되지 않았다. 일단 그런 생각 자체가 불편했다. 그리고 그는 암만 봐도 그렇게 강한 감정에 몸을 맡길 것 같은 성격이 아니었다. 우리의 데이트는 만족스러웠지만 로맨틱

하지는 않았고 그의 태도는 은근히 사무적이었다. 그는 남자친구보다는 봉급 받는 에스코트처럼 굴었다.

섹스에 대해서는 뭐라고 말을 해야 할지 모르겠다. 우린 송년회 이후 2년 동안 다섯 번 더 잤다. 그때마다 그는 굉장히 열심이긴 했다. 하지만 열심과 열정은 같은 게 아니다. 무엇보다 내가 갑갑했다. 섹스가 좋다, 나쁘다를 떠나 '앞으로도 계속 이래야 하나'라는 생각이 툭툭 들었고 그럴 때마다 우울증이 몰려왔다. 이해가 되시나? 되시길 바란다. 다른 식으로는 설명이 안 된다.

이러다 보니 나는 점점 결혼을 뒤로 미루거나 취소할 수 있는 핑계를 찾기 시작했다. 나에게 가장 그럴싸하게 느껴진 핑계는 집이었다. 생각해 보니 나는 부천 집을 떠나고 싶지 않았다.

이런 이야기를 하면 사람들은 어이없어한다. 처음부터 결혼을 결심한 이유가 '단독주택에서 혼자 사는 여자'가 되지 않기 위해서가 아니었던가. 하지만 그가 봐 둔 청담동 아파트를 구경하자 갑갑해 미칠 것 같았다. 그 정도면 충분히 넓고 조망도 좋았다. 하지만 길거리에서 태어나 지하실에서부터 옥상까지 마구 뛰어다니며 살아온 우리 집 고양이들은 갑갑해하지 않을까? 무엇보다 내가 지금까지 평생 동안 모아 온 책, 장난감, CD, DVD, 블루레이, f(x) 포스터는 어떻게 하고? 나는 쉽게 물건을 포기할 수 있는 성격이 아니었다. 그의 미니멀한 라이프 스타일과 나의 저장강박증은 쉽게 조화를 이룰 수가 없었다.

　무엇보다 나는 부천이 좋았다. 강남보다 훨씬 좋았다. 동네가 예쁘지 않고 먹을 곳이 부족한 건 사실이다. 하지만 맛집 찾아다니는 데에 대단한 애착이 없고 직접 요리하는 걸 좋아하는 나에겐 별 상관이 없다. 운전을 못 하고 자전거를 좋아하는 나에게 강남은 어색하고 불편했다. 성형외과와 실속 없는 가게들이 즐비한 강남 거리와 부천중앙공원 자전거길 중 하나를 택하라면 난 아무런 주저 없이 후자를 택한다. 7호선이 뚫린 뒤로는 시내로 가는 것도 더 편해졌다. 부천과 소풍 CGV가 마스킹 정책을 포기한 뒤로 영화 볼 곳이 팍 줄긴 했지만 1호선을 타면 아직 정상적으로 운영되는 영등포 CGV가 금방이다. 왜 내가 결혼한다는 이유만으로 평생을 썩어 온 심곡동을 떠나야 해?

　2015년 3월 21일, 예술의 전당에서 발렌티나 리시차 공연을 보고 남부터미널역까지 걷는 동안 나는 부천과 강남에 대한 내 의견을 솔직하게 고백했다. 처음에 민기는 어이없어했다. 다음엔 단독주택을 고려해 보자고 했다. 이것도 먹히지 않자 어떻게든 두 집을 모두 유지하는 방법을 연구해 보자고 했다. 대화를 나누는 동안 그는 계속 어깨를 움찔거리며 긴장한 듯 손을 쥐었다 폈다를 반복했는데, 그러면서도 조금도 목소리를 높이지 않았다.

그 순간 나는 이 남자에게 뭔가 심각한 문제가 있다고 확신하게 되었다.

2.

4월 2일, 〈팔로우〉라는 호러 영화를 보기 위해 영등포 CGV로 갔다. 그냥 영화만 보고 집으로 돌아올 생각이었는데, 그만 극장이 있는 영등포 타임스퀘어에서 f(x) 크리스탈이 몇 시간 뒤에 사인회를 한다는 사실을 알게 되었다. 팬질을 한 지 몇 년째지만 한 번도 실물을 본 적이 없었던 나는 허겁지겁 표를 취소하고 조카뻘 팬들 사이에서 아이폰으로 연예인 사진을 찍으면서 꺅꺅거렸다.

사인회가 끝나고 다음 회 영화를 보고 나니 이미 저녁이었다. 카페 마마스에 들어가 리코타 치즈 샐러드를 시켜 먹었다. 반쯤 남은 청포도 주스를 빨며 몇 시간 전에 찍은 구질구질한 사진들을 감상하고 있는데, 머리 위가 갑자기 어두워졌다. 놀라 쳐다보니 민기였다. 직장 동료 아버지 장례식 때문에 일산에 갔다가 돌아오는 길이었는데 중간에 속이 안 좋아 잠시 영등포에 들렀다고 했다. 화장실 문제는 아슬아슬하게 해결한 모양이지만 그동안 고생이 심했는지 얼굴이 창백했고 셔츠는 땀에 젖어 있었다.

　나는 내가 찍은 크리스탈 사진을 보여 주려고 했지만, 민기의 관심은 다른 데 있었다. 주변을 둘러보고 옆에 앉은 그는 뜬금없이 이렇게 물었다.

"누구야?"

"누구라니?"

"같이 있었던 친구분."

"친구? 난 혼자 왔는데?"

　나는 그 당연한 사실을 증명하기 위해 딱 1인분의 흔적만 남은 테이블을 가리켰다. 그는 잠시 어리둥절한 표정을 지었지만, 곧 납득한 것 같았다. 하지만 그는 내가 찍은 크리스탈 사진엔 여전히 별 관심을 보이지 않았다. 하긴 눈코입만 간신히 보이는 수준이었다. 조금만 기다리면 대포언니들이 찍은 초고화질 사진들이 인터넷에 뜰 텐데 뭐 하러 이 고생을 했지?

　4월 8일, 나는 다시 민기와 우연히 마주쳤다. 이번엔 동대문 굿모닝 시티 앞에서였다. 베이징에서 2박 3일로 놀러 온 사촌 동생과 조카들을 데리고 쇼핑을 하던 중이었다. 그가 거기에 왜 있었는지는 잊어버렸다. 근처 메리어트호텔에 머물고 있는 투자자인지 누군지를 만나러 왔다고 했던가? 가물가물하다. 하지만 중요한 건 왜 거기 왔느냐가 아니라 그가 나에게 던진 말이었다.

"아까 여자분은 누구야?"

이번엔 나도 답이 있었다. 사촌 동생이 조카들을 끌고 달려왔으니까. 하지만 사촌 동생과 인사를 하는 동안 그의 표정은 영 이상했다. 더 이상 질문은 하지 않았지만 계속 주변을 두리번거리면서 집중을 못 했다. 그는 동화반점에서 우리랑 같이 저녁을 먹었는데 계속 산만한 상태여서 흥분한 사촌이 던진 질문에 절반 정도밖에 답변을 하지 못했다. 짜증이 난 사촌은 그의 점수를 가차 없이 반으로 깎아 버렸다.

다음에 민기를 만난 건 4월 12일 저녁이었다. 점점 간격이 좁아진다. 이번엔 부천 현대백화점 앞이었는데, 자전거를 타고 나왔다가 잠시 백화점 앞 벤치에서 다리를 쉬던 중이었다. 그가 불쑥 나타났을 때 나는 놀라기보다는 짜증이 났다. 암만 생각해도 이번 만남은 우연이 아니었다. 나를 미행하고 있었나? 하지만 도대체 왜? 그리고 그럴 시간이 어디 있어. 다음 날 아침에 그에게 아주 중요한 행사가 있다는 건 나도 알고 있었다.

"혼자 왔어?"

그가 물었다.

나는 건성으로 고개를 끄덕였다.

"잠시 뭐라도 마시러 갈래? 할 이야기가 있어."

나는 민기를 끌고 근처 빈스빈스 체인점으로 들어갔다. 그는 아메리카노를, 저녁 식사 이후엔 카페인 음료를 안 마시는 나는 자몽에이드를 시켰다. 우린 주문한 음료가 나올 때까지 멍하니 서로의 목 언서리를 바라보았다.

　내가 음료를 가지고 오는 동안 그의 표정은 확 바뀌어 있었다. 그전까지는 자신 없이 해야 할 말을 속으로 웅얼거리고 있었는데, 내가 잠시 자리를 뜬 동안 결의를 다진 모양이었다. 이를 악물고 있었고 눈에는 힘이 들어가 있었다.

　"이건 아주 중요한 이야기야. 우리 결혼과 관련된."

　그가 말했다.

　"뭔데?"

　"이 여자분을 알아?"

　그는 주섬주섬 아이폰을 꺼내 들더니 구글 포토를 열어 그림 세 장을 보여 주었다. 모두 그가 스케치앱으로 직접 그린 것이었다. 만화였다면 잘 그렸다고, 예쁘다고 했을 것이다. 하지만 그 이상의 정보는 담겨 있지 않은 그림이었다. 그냥 만화 좀 그릴 줄 아는 남자가 그린 '젊고 예쁜 여자'. 헤어스타일이 비슷하지 않았다면 같은 사람이라고 확신하기도 어려웠을 것이다.

　"크리스탈이야?"

　내가 할 수 있는 가장 그럴싸한 답이었다.

"연예인 아냐."

"그럼 누군데?"

"글쎄, 누굴까?"

"난 네가 왜 그러는지 모르겠어. 그냥 하고 싶은 말이 있으면 해."

"난 지금까지 이 여자분이 누나랑 있는 걸 네 번이나 봤어. 친구처럼 딱 붙어 있었거든. 처음엔 저번 예술의 전당에서 만났을 때, 두 번째는 영등포에서, 세 번째는 동대문에서 그리고 네 번째는 아까 벤치 옆에서."

"벤치 옆엔 아무도 없었는데?"

"있었어. 누나 어깨에 머리를 얹고 있었다고. 내가 가까이 가니까 일어나 유플렉스 안으로 들어갔어."

"맹세코 내 옆에는 아무도 없었어. 있었다면 있다고 말하지. 내가 왜 너에게 거짓말을 해?"

아까까지만 해도 꽤 단단했던 결의는 순식간에 풀려 버렸다. 그는 맥빠진 표정으로 테이블과 나 사이의 빈 공간을 한참 노려보더니 갑자기 물었다.

"나, 사랑해?"

아, 오글오글!

"그렇지? 그러니까 결혼하잖아."

"우리 계획은 이상이 없는 거지?"

"응."

"알았어. 미안해."

그리고 그는 불쑥 일어나 그냥 가 버렸다. 아직 한 모금도 마시지 않은 뜨거운 아메리카노를 남겨 놓고.

하도 어이가 없어서 그날 밤은 아무 생각도 하지 못했다. 다음 날 일어나서야 간신히 머리가 돌았는데, 그래도 이치에 맞는 생각은 하나도 떠오르지 않았다.

일단 내가 그 여자를 모른다는 건 분명했다. 벤치에서 어깨를 내줄 여자가 있다면 내가 지금 이러고 있겠는가.

민기가 잘못 봤을 가능성도 없어 보였다. 한 번 정도라면 이해가 가지만 네 번이나 실수로 같은 여자를 봤다는 게 말이 돼?

그렇다면 몰래카메라 비슷한 장난인가? 하지만 나는 그런 장난을 칠 이유를 상상할 수 없었다. 그의 성격과도 맞지 않았다. 무엇보다 장난이라면 기승전결의 스토리가 있기 마련이다. "누나 옆에 모르는 여자가 앉아 있었어"로 무슨 이야기가 나온단 말인가?

그럼 초자연적인 현상인가?

오싹했다. 만약 민기가 본 게 유령이라면? 내가 아는 누군가가 죽었다면? 그래서 유령이 되어 나를 스토킹하고 있는데 그게 보인 거라면?

내가 알고 있는 사람 중 가장 연예인처럼 생긴 사람이 누구지? 유나다. 하지만 유나는 바로 이틀 전에도 텔레비전에서 봤는데? 언제나처럼 세상에서 가장 여자애 같은 얼굴로 게스트 옆에 서서 고개를 까딱거리고 있지 않았던가? 나는 유나가 진행하는 케이블 프로그램 홈페이지로 들어갔다. 링크로 연결된 페이스북에 가 보니 게스트들과 함께 찍은 사진이 올라온 게 겨우 하루 전이었다. 유나는 아직 살아 있고 난 여전히 그걸 견뎌야 했다.

나는 내가 아는 모든 여자를 떠올렸다. 찬희 언니? 지혜? 페이스북과 트위터 덕택에 그들의 생사 여부를 확인하는 데 2분도 걸리지 않았다. 설마 시바는 아니겠지. 키가 180센티미터에 가까운 이란계 노르웨이인이라면 굳이 그림을 그릴 필요도 없었을 테니까.

아니, 꼭 전 여자친구가 아닐 수도 있잖아. 여기서부터 내 상상력은 〈여고괴담〉의 필터를 통하기 시작했다. 내가 나온 부천중과 소사고는 모두 여학교가 아니긴 했지만 그게 중요한 게 아니고. 혹시 내가 학교 다닐 때 괴롭혔는데 졸업하고 까먹은 애가 있었나? 설마. 나는 그렇게 부지런한 애가 아니었다. 오히려 다른 애들이 나를 따돌리거나 괴롭혔는데 내가 너무 멍해서 눈치를 못 챘을 가능성이 더 컸다. 하지만 귀신이 붙는 데에 무슨 이유가 있던가. 〈주온〉에 나오는 가야코처럼 그냥 괴롭히고 싶어서 붙은 귀신일 수도 있지. 그런데 어깨에 머리를 얹고 가만히 앉아 있는 것을 괴롭히는 것이라고 할 수는 없지 않을까?

삼산, 여기서 중요한 게 과연 귀신일까.

내 의심은 다시 민기를 향했다. 그의 태도는 결혼을 앞둔 여자친구 옆에 붙어 있는 귀신을 본 남자의 것이 아니었다. 아무리 생각해도 이런 상황에 이미 익숙해 보였다. 분명 내가 모르는 무언가를 알고 있었다. 그렇다면 그 귀신은 내 지인이 아니라 민기의 지인인가? 혹시 죽은 여자친구가 나에게 달라붙었는데 차마 그 이야기를 할 수 없었던 게 아닌가?

다시 오싹해졌다. 이번에 떠오른 이야기는 〈푸른 수염〉이었다. 생각해 보니 나는 민기에 대해 그렇게 많이 알고 있다고 할 수 없었다. 미국 대학 친구 두 명을 한 번 만났지만, 잠깐이었고 미국에 있다는 가족과는 스카이프로 얼굴만 확인했을 뿐이다. 그도 내 친구들을 만난 적이 없었고 가족과는 전화 통화를 한 번 한 게 전부였다. 2년 넘게 사귀고 결혼 준비까지 하는 사이인데 이렇게 서로에 대해서 몰랐으며 관심도 없었다.

나야 결혼을 한다는 계획에 사로잡혀 있었을 때지만 그도 그랬을까? 왜 나와 결혼하는 것을 그렇게 당연하게 생각했을까? 나에게 다른 무슨 가치가 있는 게 아닐까? 그리고 그 가치가 초자연적인 무엇이라면?

이렇게 생각이 꼬리를 물자 미칠 것 같았다. 〈슈퍼내추럴〉 시리즈에나 나올 법한 말도 안 되는 망상이 마구 튀어나왔고 그 결말은 언제나 내가 끔찍한 고통과 공포 속에서 죽어가는 것이었다. 어처구니없는 생각이라고 생각하며 브레이크를 걸려고 했지만 그게 되지 않았다.

이 어이없는 상황을 끊어 준 것은 한 통의 전화였다. 전화를 건 사람은 얼마 전에 뉴욕에서 왔다는 민기의 누나라는 사람이었다. 자신의 이름을 김민화라고 소개한 그 여자 목소리는 내일 당장 나를 만나겠으니 편한 곳을 알려 달라고 요구했다. 그 요구가 너무 당당해서 나는 전날 민기를 만났던 빈스빈스의 주소와 위치를 알려 줄 수밖에 없었다.

3.

빈스빈스에서 만난 민기의 누나 김민화 씨는 민기와 전혀 다르게 생긴 사람이었다. 민기가 여성적이고 가냘팠다면 누나는 남성적이었고 네모났고 다부졌다. 민기보다는 열 살 정도 많은 거 같았고 나이와 상관없이 훨씬 어른스러워 보였다. 지금은 브루클린 칼리지 사회학과 교수라고 했다.

스카이프의 흐리멍덩한 화면으로 한 번 보고 잊었던 얼굴이라 처음엔 그냥 지나칠 뻔했다. 하지만 다행히도 그녀는 내 얼굴을 기억하고 있었다. 내 책을 두 권이나 읽었고 모두 좋았다고 말했다. 심지어 서명을 받으러 한 권을 가져왔는데, 그 때문에 자존심이 올라가 기분이 확 풀렸다.

우리는 저번에 민기와 있었던 바로 그 구석 자리에서 정확히 같은 음료를 앞에 두고 앉아 있었다. 단지 이번엔 둘 다 시킨 커피와 차를 진짜로 마시고 있었고 저번보다는 덜 어색한 분위기였다.

"요새 민기가 좀 이상하게 굴죠?"

김민화 씨가 말했다.

"아마 좀 납득이 안 가는 소리를 했을 거예요. 작가님 주변에서 이상한 남자를 봤다, 그게 누구냐, 뭐 이렇게 묻지는 않던가요?"

"네, 그 비슷했어요."

나는 그 추측의 소소한 디테일을 정정해 주지 않았다.

"거기에 대해서는 자세히 알고 싶지 않아요. 그래도 한 가지만 물을게요. 아는 사람 같던가요?"

"아뇨."

"그렇군요… 하긴 그건 전혀 안 중요하지…."

그녀는 아메리카노를 한 모금 마시더니 동생만큼이나 이상한 질문을 했다.

"혹시 '진정한 사랑'을 믿으세요?"

"네?"

"진정한 사랑. True love."

"〈프린세스 브라이드〉에 나오는 그거요?"

"네, 그거요. 믿어요?"

"아뇨. 안 믿는데요."

"정의를 좀 바꾸어 보죠. 평생 동안 우린 여러 사람을 만나 연애도 하고 짝사랑도 하고 결혼도 하고 그럴 거예요. 태어날 때부터 죽을 때까지 그 과정을 그래프로 그린다면 가장 높은 점을 찍는 부분이 있겠죠? 그 부분을 '진정한 사랑'이라고 해 보자고요."

"그건 〈프린세스 브라이드〉에 나오는 '진정한 사랑'이 아닌데요."

"아니죠. 하지만 그냥 그렇게 부르자고요. '가장 높은 꼭짓점'보다 그게 낫잖아요."

"그렇다고 칠게요. 그렇다면요?"

"그럼 모든 사람은 태어나서 단 한 번 '진정한 사랑'을 하게 되지요. 그 사랑이 꼭 〈로미오와 줄리엣〉처럼 운명적인 사랑은 아니더라도요. 이건 기하학적으로 입증할 수 있는 수학적 진실이에요."

정의가 너무 임의적이라 그 수학적 진실에 별 의미가 없다고 말하고 싶었지만 방금 책에 사인을 해 준 독자에게 그런 이야기까지 할 생각은 들지 않았다. 나는 고개를 끄덕였고 그녀는 드디어 지금까지 미루었던 말을 꺼냈다.

"민기는 그 진정한 사랑을 보는 능력이 있어요."

머리가 굳어 버렸나. 차라리 귀신이나 연쇄실인마 이야기를 꺼냈다면 더 쉽게 이해할 수 있었을 것이다.

"이상하게 들린다는 건 알아요. 하지만 진짜예요. 다른 식으로 설명을 할 수가 없어요. 민기는 자기가 좋아하는 사람의 진정한 사랑이 누군지 볼 수 있어요. 왜 그런지는 저도 몰라요. 그냥 그렇다는 것밖엔. 우리가 사는 세상이 가상현실로 이루어진 연애 게임의 무대이고 민기는 일종의 치트키일 수도 있겠죠. 아니면 그보다 더 어처구니없는 이유가 있을 수도 있고. 제가 아는 건 민기에게 그런 능력이 있다는 것뿐이에요.

이 사실을 확인할 때까지 10여 년이 넘게 걸렸어요. 그만큼 이상한 현상이니까요. 처음에는 얘가 좋아하는 애의 주의를 끌기 위해 이상한 소리를 하는 줄 알았어요.

그 능력에 대해 알게 된 건 그 애가 유치원 때였어요. 한소라라고 정말 예쁜 여자애 하나가 같은 유치원에 다녔어요. 그 유치원 남자애들 모두 그 애를 좋아했고요. 그런데 민기가 자꾸 이상한 소리를 하기 시작했어요. 군복 입은 덩치 큰 아저씨가 그 애를 따라다닌다고요. 아무도 못 봤는데 민기

눈에만 보였던 거예요. 처음엔 당연히 거짓말인 줄 알았는데 그건 그 나이 또래 애가 할 거짓말이 아니잖아요. 그땐 다들 무서워서 어쩔 줄 몰랐어요. 정신병원에도 한 번 데려가고. 하지만 모든 게 정상이었어요. 그 이상한 아저씨가 보이는 것만 빼면.

초등학교 때에도 비슷한 일이 있었어요. 이번엔 정성채라고 역시 좋아하는 여자애가 같은 반에 있었는데, 이번엔 그 애와 비슷한 나이의 남자애가 따라다니는 걸 본 거죠. 다행히도 이번엔 얘가 저번 소동 때문에 겁이 나서인지 아무도 그 남자애를 못 본다는 걸 알아차리자 조용해졌어요. 대신 집에 돌아와 저에게만 알려 줬지요. 저도 아무에게 말하지 않았어요. 동생에게 같은 고생을 또 하게 하고 싶지 않았으니까요. 단지 또 그런 게 보이면 누나한테만 알려 달라고 말했죠. 전 그걸 모두 여기에 받아썼어요."

그녀는 낡은 회색 노트를 하나 꺼내 펼쳐 보였다. 노트를 받아 들고 뒤집어 읽어 보았다. 열두 페이지가 빽빽하게 채워져 있었다. 페이지 맨 윗줄은 모두 여자 이름이었고 밑은 민기가 본 환영의 내용이었다. 환영은 다 남자였고 나이는 제각각이었다. 그리고 7페이지에 있는 안젤라 최라는 이름 옆에는 커다란 느낌표가 세 개 찍혀 있었다.

"걔가 중학교 때 우리 가족은 미국으로 갔어요. 안젤라라는 애는 동생과 고등학교 때 같은 학교에 다녔던 애고요. 걔도 예뻤어요. 배우 정윤희 많이 닮았는데. 바로 저 때 그 현상의 정체가 밝혀졌어요. 이전까지 민기가 봤던 환영은 모두 낯선 사람들이었어요. 하지만 이번엔 사정이 달랐어요. 그 애는 안젤라가 학교에서 사귀고 있던 남자친구의 도플갱어를 봤던 거예요."

"그리고 그 남자친구가 '진정한 사랑'이었고요?"

"그렇다고 할 수 있지요. 두 사람은 같은 대학에 들어갔고 졸업 후 결혼해서 딸 하나 낳고 잘 살고 있다고 해요. 지금은 안젤라 최 니콜로디 박사예요. U.C. 데이비스에서 동양역사를 가르친다지요. 남편은 경비행기 회사 사장이라고 하고요.

그 뒤는 패턴이 밝혀져서 모든 게 수월해졌지요. 그 뒤에 민기가 본 사람 두 명은 도플갱어였으니까요. 이전엔 정체불명의 환영이었던 사람 한 명도 실존 인물임이 밝혀졌고요. 이 일 때문에 제 탐정 일 수완이 아주 많이 늘었어요."

그녀의 우쭐거리던 얼굴은 갑자기 어두워졌다.

"그러다 아주 끔찍한 일이 생겼어요. 12페이지를 보세요."

12페이지의 주인공 이름은 서연지(레이첼)였다. 앞의 페이지와는 달리 필체가 엉망이라 읽기가 어려웠다.

"걔가 결혼할 뻔한 애였어요. 이 아이 이야기는 안 했죠?

안 했을 거예요.

서연지. 얘도 예쁜 애였어요. 하긴 이 노트에 있는 여자애들은 다 예뻤죠. 민기 걔는 여자 보는 눈이 높아요. 쓸데없이 높은 건지도 몰라. 열두 페이지 모두가 걔가 짝사랑한 기록이에요.

그나마 연지와는 좋았어요. 드디어 제대로 된 데이트를 했고 양가 부모들과도 인사를 했고 결혼 날짜까지 잡았어요. 도플갱어나 유령이 보이지도 않았고요. 그게 5년 전이에요. 그때 결혼했다면 민기는 한국에 오지도 않았겠지요.

결혼식 바로 일주일 전이었어요. 웨딩드레스도 맞추고 브라이덜 샤워, 총각파티, 다 거치고 예식장에 들어가는 일만 남았지요. 그런데 민기 녀석이 그만 그 괴물이 약혼녀의 아파트에서 나오는 걸 본 거예요. 방심했던 동생은 연지에게 그 남자가 누구냐고 물었지요. 그때 입만 딱 닫고 있었어도."

그녀는 남은 아메리카노를 식혜처럼 들이켰다.

"이 사건은 미국에서 유명해요. 그레이스 리가 다큐멘터리도 만들었는데 재작년에 선댄스에서 상영되었지요. 제목이 뭐더라. 무슨 비극이던데? IMDb를 찾아보세요. 아, 심지어 그 사건을 소재로 한 케이블 영화도 나왔어요. 근데 거기선 배우들이 모두 백인이었죠. 〈로스웰〉에 나왔던 배우가 연지로 나왔는데, 보면서 어이가 없었어요.

하여간 그 괴물은 연지의 사촌 동생이었어요. 둘이서 중학교 때 그렇고 그런 관계였고. 그 사실을 알아낸 어른들은 둘을 떼어 놓았어요. 남자애는 군사학교에 들어갔는데 그 뒤로 퇴학당하고 가출하고 감옥에 가고… 인생이 엉망이었지요. 연지는 그동안 잘 컸고 민기 녀석이 아무 말도 안 하고 있었으면 계속 그렇게 잘 살았을 텐데. 참, 아슬아슬했어요. 그 괴물의 도플갱어가 늦게 나타난 것도 그렇게 아슬아슬했기 때문인지도 몰라요.

긴 이야기 하기 싫네. 요점만 말할게요. 연지는 결혼 전날 그 사촌 동생과 달아났어요. 둘은 연지 오빠 차를 훔쳐 타고 미대륙을 가로질러 캘리포니아까지 갈 예정이었는데 그만 네바다 어딘가에서 돈이 떨어졌다죠. 그 사촌 녀석은 주유소를 털다가 직원과 경찰을 한 명씩 쏴 죽였는데 CCTV에 얼굴이 찍혀 지명수배되었고요. 경찰이 둘이 숨어 있던 모텔을 둘러싸자 그 괴물은 연지의 이마에 총을 한 방 쏘고 다음엔 자기 머리에도 한 방을 쐈어요. 연지는 죽었지만, 막판에 땀 때문에 총구가 미끄러져서 녀석은 이마에 찰과상만 입고 살아남았어요. 지금 네바다주립 교도소에 있어요. 죽을 때까지 못 나오겠지요.”

어이가 없어서 입이 딱 벌어졌다.

“그게 무슨 진정한 사랑이에요?”

"가장 높은 꼭짓점이죠. 연지에겐 그랬던 거예요. 아마 민기가 그 괴물을 본 걸 말해 주지 않았다면 민기가 꼭짓점이 되었을지도 모르지요. 하지만 민기는 결국 보았고 그 이야기를 하고 말았고… 결국 바꿀 수 없는 운명이었던 거예요."

그녀는 한숨을 내쉬었다.

"민기가 작가님 옆에서 누굴 보았는지는 모르겠어요. 이번엔 말을 안 하더군요. 언젠가 이야기를 해 주면 제가 열세 번째 페이지를 쓰겠지요. 하지만 이런 반복에 저도 지치기 시작했어요. 민기는 좋은 애예요. 착하고 영리하고 능력도 있어. 꼭짓점은 그냥 꼭짓점이에요. 결혼은 결혼이고요. 그 남자분이 아직 못 만난 '진정한 사랑'일 수도 있지만 그래도 민기가 좋은 남편감이라는 점은 알았으면 해요. 제가 동생을 위해 해 줄 수 있는 건 이 말밖엔 없군요."

4.

내가 다시 민기를 만난 건 5월 9일이었다. 청담동에서 일찍 만난 우리는 압구정 CGV (역시 제대로 된 마스킹을 해 주는 곳이다.) 조조로 〈말할 수 없는 비밀〉 디지털 재개봉판을 보고 근처 브런치 식당에서 점심을 먹었다.

"계륜미는 여기 말고 〈남색대문〉에서 진짜로 예뻤어."

그는 에그 베네딕트 위의 수란을 스푼으로 찢으면서 말

했다.

"맞아. 그때가 최고였어."

나는 눈치를 보며 대답했다.

한참 준비하고 기다리고 있는데, 결국 기나렸던 밀은 나오지 않았다. 그는 회사 이야기를 했고 나는 얼마 전에 출판사에서 받은 번역 제안 이야기를 했다. 나는 그의 이야기를 듣지 않았고 그도 마찬가지인 거 같았다. 우린 그냥 지루한 인사를 나누고 헤어졌다.

민기에게 할 말은 충분했다. 민기의 누나를 만난 뒤로 난 영상자료원에서 그레이스 리의 다큐멘터리도 보았고, 360p 화질로 유튜브에 있는 그 악명 높은 케이블 영화도 보았다. 그레이스 리 영화에서 민기의 얼굴은 블러 처리가 되어 있었고 케이블 영화에서는 〈왕좌의 게임〉으로 조금 유명해졌다가 캐릭터가 죽어 쫓겨난 백인 남자 배우가 민기 역을 하고 있었다. 이 정도면 나도 할리우드 스타와 두 단계로 연결되는 셈인가. 아, 그렇다면 다이애나 리그와는 세 단계로 연결되는 셈이네? 다이애나 리그 이야기를 하는 척하면서 질문을 던질 걸 그랬나? 어림없다. 이야기를 시작하는 건 내가 아니라 민기여야 했다. 말해 봐. 우리가 점심 먹은 브런치 식당 안에도 그 여자가 있든? 그 여자가 이번엔 뭘 하고 있었어?

나는 번역 일을 받아들였다. 제임스 팁트리 주니어의 단편 선집으로, 다른 역자 세 명과 네 편씩 맡아서 탄생 100주년인 2015년이 가기 전에 내는 게 목표였다. 다 좋아하는 작품이었고 그중 한 편인 〈And I Awoke and Found Me Here on the Cold Hill's Side〉는 대학교 다닐 때 미리 번역해 둔 것이 있어서 조금 수정만 하면 되었다. 그래, 기왕 변태스러울 거라면 서연지와 그 징그러운 사촌의 지루한 관계보다는 외계인에게 품은 음욕 이야기가 낫지.

한참 번역에 열을 올리고 있던 5월 18일 오후 1시에 갑자기 문자가 왔다. 민기였다.

'슬라바 폴루닌의 〈스노우쇼〉를 예약했어. 6시까지 LG 아트센터 밑 스타벅스로 와.'

〈스노우쇼〉는 언젠가 같이 보려던 공연이었다. 그게 18일이어도 상관없었다. 어차피 직장이 있는 건 그였고 프리랜서는 나였다. 하지만 예고도 없이 당일 문자를 보내는 건 그답지 않았다. 그리고 그가 전에도 이런 명령조로 말한 적이 있었던가?

깊은 생각을 하지 않으려 노력하며 외출 준비를 했다. 보통 나는 약속 시간은 엄격하게 지키는 편이고 민기와 데이트를 할 때도 늘 기다리는 쪽이었다. 이번에도 그럴 생각이었다. 하지만 무심코 텔레비전 채널을 돌리다가 남자 사극 옷을 입은 김옥빈이 아리땁게 까무러쳐 있는 걸 본 나는 정신이 나간 채 우두커니 방 한가운데 멈추어 서고 말았다. 그 순간부터 그냥 아무런 생각이 안 났다.

맥락도 모른 재 드라마 한 편 반을 연속으로 본 나는 간신히 정신을 차리고 역으로 달려갔다. 도착해 보니 6시 반이었다. 늦었지만 아주 늦은 건 아니었다. 어차피 공연 시간은 그날만 8시였다. 둘 다 공연 전에 거하게 먹는 편이 아니니 지하에서 아무 식당이나 골라 간단히 먹고 올라가면 된다. 화낼 일은 전혀 없었다. 전철 안에서 조금 늦겠다고 메시지도 보냈는데.

언제나처럼 마네킹같이 완벽하게 차려입은 민기는 의자에 앉아 헐떡거리는 내가 던져 놓은 아이폰 끝에 매달린 다스 베이더 머리와 물어뜯어 끝이 들쑥날쑥한 내 손톱들을 못마땅한 듯 바라보더니 말했다.

"늦었네."

"그래도 아주 늦지는 않았지? 어디 가서 먹을래?"

"그보다는 대화 좀 해."

"아, 그래 좋아. 대화. 회사 일은 잘돼?"

"그 이야기가 아니라는 거 알잖아."

하긴 언제까지 미룰 수는 없지. 나는 등받이에 몸을 기대고 그의 말을 들을 준비를 했다. 하지만 그는 주변 사람들의 귀가 신경 쓰이는지 자리에서 일어났다.

"여기선 안 돼. 좀 걷자."

우린 밖으로 나가 LG 아트센터 주변을 천천히 걸었다. 역삼역 지하철 7번 입구 앞에서 그가 드디어 입을 열었다.

"내가 첫 남자야?"

"아니? 세 번째. 유학 다녀와서는 처음."

"그 사이엔 다 여자였어?"

"응."

"언제 말하려고 했어?"

"될 수 있는 한 안 하려고 했지. 그런 거 알아서 뭐 하려고? 너도 서연지 이야기는 안 했잖아."

"하지만 우리 결혼은?"

나는 여기서부터 많이 미안해졌다. 내 결혼 판타지에 그를 끌어들인 것도 미안했고, 그를 여자 대체물로 삼은 건 더 미안했다. 그와 섹스할 때마다 우울증에 걸린 것도 조금은 미안했다. 하지만 내가 어설프게 더듬더듬 내뱉은 변명은 박근혜 연설 뺨칠 정도로 비문의 연속이어서 심지어 나도 이해할 수가 없었다. 그의 대답은 상대적으로 이치에 맞았을 거라고 생각하지만, 그래도 그런 문장에 대한 답변이었으니 동문서답은 당연했다. 우리는 아무 뜻도 안 통하는 고함을 서로에게 질러 대며 LG 아트센터 주변을 빙빙 돌았다.

마침내 맥이 풀린 우리는 매표소 안으로 들어왔다. 민기와 함께 예매한 표를 찾고 내 푯값을 넘겨준 뒤, 근처 기둥에 등을 기대고 섰다. 어지럽고 머리가 아팠다. 전생에 내가 무슨 죄를 지어서 이 고생을 지금 사서 하고 있나.

  민기가 뭐라고 말했다. 주변 사람들 목소리에 묻혀 질문인 것만 간신히 알아들을 수 있었다.

  "뭐?"

  나는 한쪽 손을 말아 귀에 가져다 대고 물었다.

  "왜 그 여자야? 왜 내가 아니고?"

  이 질문에 도대체 어떻게 대답해야 하는가? 미안해, 미안해. 많은 게 미안해. 하지만 평생 한 번도 본 적 없는 여자와 아직 하지도 않은 연애 때문에 사과할 수는 없어. 아무리 생각해도 예의 바른 대답을 찾을 수가 없어 입을 멍하니 벌리고 있는데 민기는 다시 고함을 쳤다.

  "왜 모두 다른 사람이야? 왜 나는 나를 못 보는 거야?"

  이제 민기가 완전히 이해가 됐다. 그의 분노는 나를 향한 것이 아니었다. 그것은 늘 그가 아닌 다른 사람들과 함께 있던 열세 명의 여자 모두에 대한 분노였다. 충분히 이해할 수 있지만, 그만큼이나 어처구니없는 분노였다.

  "이건 네가 화낼 일이 아니야."

  내가 대답했다.

"아마 지금까지 그 여자들이 다른 사람들만 보았던 것도 다 너 때문이었을 거야. 네가 그 유령들 때문에 자신감을 잃고 쭈그러들지만 않았다면 그 유령 중 몇 명은 그냥 네가 되었을 거야. 서연지의 사촌 도플갱어에 대해 입 다물고 가만히 있었어도 넌 이미 미국에서 아기 아빠가 되어 있었을 거고, 서연지도 살아 있었을 거야.

네가 보는 건 진실한 사랑이 아니야. 그냥 흔한 꼭짓점에 불과해. 아마 그 사람들에겐 가장 높은 꼭짓점일지도 모르지. 그래서 뭐? 꼭짓점엔 다시 오르면 돼. 그때만큼 높지 않다고 해서 그게 나빠? 네가 뭔데 꼭 그 사람들의 운명의 연인이 되어야 해? 여기가 바그너 오페라 속이니? 네가 트리스탄이야? 세상은 원래 완전하지 않아. 결혼도, 사랑도 완벽할 수 있는 게 아니야. 인생이란 게 원래 그래. 제시카 빠진 소녀시대처럼, 명왕성이 빠진 행성표처럼 부조리하고 불완전하지만, 모두가 어쩔 수 없이 받아들여야 하는 현실인 거야. 왜 너만 거기서 예외여야 하는 건데?"

말은 이렇게 했지만 나는 이미 우리 둘이 끝났음을 알고 있었다. 내가 결혼을 하다니. 처음부터 말이 안 되는 소리였다. 돈이야 열심히 일해서 벌면 되지. 어차피 맨땅에서 시작하는 것도 아니면서 엄살은. 혼자 사는 게 무섭다면 내년에 서울로 유학 올 것이 뻔한 육촌 동생에게 이모 방을 주면 된다. 연애야 앞으로도 힘들 테지만 팬질할 아이돌들은 무궁무진하다. (얘들아, 오려무나. 언니가 다 받아 줄게.) 민기는? 앞으로도 남들에게 '진실한 사랑'을 찾아 주며 평생을 보내겠지. 김민화 씨가 그러지 않았는가. 인간 지트키라고.

없는 소리를 했더니 목이 말랐다. 나는 밖에 있는 편의점에서 생수라도 하나 사 오려고 문을 향해 걸어갔고 아직 답변을 못 한 민기는 느릿느릿 내 뒤를 따랐다.

그리고 나는 민기의 째지는 비명 소리를 들었다.

창피해진 나는 고개를 돌렸다. 민기는 유령이라도 본 것처럼 문 방향을 노려보고 있었다. 다시 앞을 보니 막 문을 열고 들어온 깡마른 여자 하나가 자기를 향해 고함을 질러 대는 남자를 어리둥절한 얼굴로 바라보고 있었다. 어처구니없는 광경이었지만 웅성거리면서 주변에 몰려든 구경꾼과는 달리 나는 그의 눈이 여자 등 뒤에 있는 보이지 않는 다른 누군가를 보고 있다는 것을 알았다.

비명을 멈추고 구경꾼들을 둘러보던 민기는 여자를 밀치고 밖으로 뛰어나갔다. 나는 그가 전력 질주를 할 때 〈머펫〉 영화 속 개구리 커밋처럼 이상한 모양으로 다리를 놀린다는 사실을 알아차렸다. 그리 알고 싶은 사실도 아니었건만.

동행이 사고를 치고 달아났으니 나라도 수습해야 했다. 나는 민기에게 밀려 엉덩방아를 찧은 여자를 일으켜 세우고 그 사람의 짝퉁 버킨백에서 굴러떨어진 물건들을 하나씩 주웠다. 문가로 밀려간 책을 집은 나는 그 표지를 보고 깜짝 놀랐다.

"이건 내 책인데?"

"엠마 도노휴세요?

여자가 이죽거리는 어투로 물었다.

"아뇨, 제가 번역한 책이에요. 엠마 도노휴의 첫 장편인데 오래전에 절판되었죠. 이걸 가지고 계시다니 신기하네요."

여자는 내가 먼지를 털어 내민 책을 받아들고 비뚤어진 미소를 지었다. 나는 그녀를 머리끝에서부터 발끝까지 스캔했다. 나이는 서른 전후. 보통 키에 무척 말랐고, 민기가 그린 그림과 닮았는지는 잘 모르겠지만 각도에 따라 아주 예쁘게 보일 수도, 이상하게 보일 수도 있는 얼굴이었다. 이런 공연을 보러 혼자 왔으니 친구도 별로 없겠구나. 척 봐도 성격이 나빠 보였고 자신도 그걸 운명으로 받아들이는 것 같았다. 아, 난 왜 이렇게 뻔할까.

"혹시 A석이세요?"

내가 묻자 여자는 자존심이 상한 듯 내 눈을 똑바로 쳐다보았다. 나는 주머니에서 아까 받은 표 두 장을 꺼냈다.

"아까 보셨지만 제 동행은 돌아올 것 같지 않아요. 공연은 곧 시작하고요. R석인데 같이 보시겠어요?"

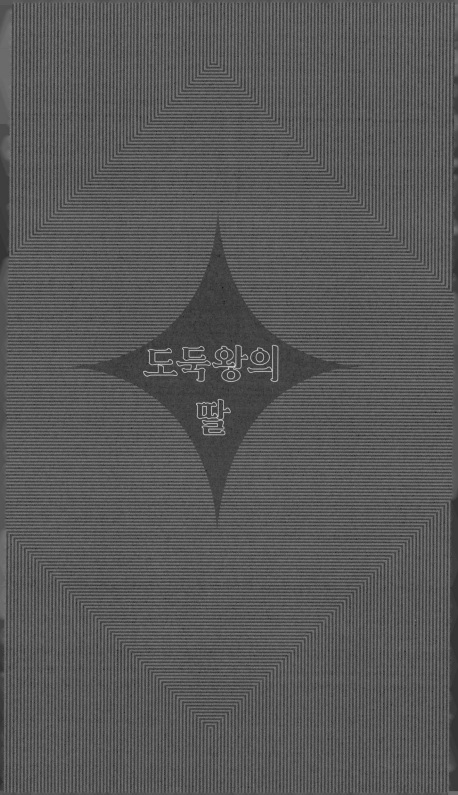

발목 쪽을 잡아 주세요. 감사합니다.

이제 견딜 만하군요. 종종 사람 시체가 얼마나 무거운지 잊어버립니다. 죽는다고 체중이 느는 건 아닐 텐데, 늘 생각보다 무거워요. 아직 경험이 부족해서 그렇다고 생각합니다. 경험이 쌓이면 재주도 늘겠지요.

여기까지면 충분합니다. 됐어요. 밀물이 들어오면 시체도 쓸려 나갈 거예요. 아직 시간이 좀 남았으니 그동안 제 이야기를 해 드릴게요.

제 이름은 은수라고 합니다. 은혜 은과 물가 수 자를 써요. 정식 이름은 따로 있지만 전 이게 진짜 이름 같아요. 21세기 무렵 특정 시간선에 인기 있었던 이름이라고 합니다. 하지만 전 21세기 사람이 아니에요. 4세기, 정확히 말하면 387년에 태어났지요. 이 이름은 엄마가 붙였는데, 엄마가 좋아했던 21세기 드라마 〈행복의 맛〉에 나오는 주인공이름이었습니다. 그 드라마에서 주인공은 해변 마을 국숫집 딸인데, 시력을 잃어 가는 사진작가와 사랑에 빠져요. 전재미없었는데, 엄마는 시간이 날 때마다 휴대용 DVD 플레이어로 16부 전편을 돌려 보았습니다.

제 아버지는 한반도 남쪽에 있는 작은 왕국의 왕이었습니다. 그리고 우리나라는 4세기 초부터 시간여행자의 방문이 잦았어요. 두 가지 이유 때문이었습니다. 하나는 물리학적인 이유로, 여러 시간선의 시간여행자들이 자연스럽게나 있는 시공간의 틈에 빠져 우리 시간선으로 떨어지는 경우가 많았습니다. 다른 하나는 역사적 이유였어요. 미래 사람들이 보기에 기껏해야 작은 시 정도 크기에 불과했던 우리나라는 손쉬운 상대였습니다. 동쪽에 있는 신라가 집어삼키기 전에 미래 기술을 이용해 먼저 우리를 정복하고 이를 기반으로 한반도에 통일국가를 세운다는 게 그들의 계획이었습니다.

그들이 몰랐던 건 우리가 몇십 년 동안 꾸준히 시간여행자들의 방문을 받았고 미래의 역사에 대해 알 만큼 알고 있었다는 것입니다. 23세기 무렵에 인공지능이 시간여행 기술을 가능하게 한 물리학 이론을 완성하고 수많은 사람이 그 기술로 만든 시간여행기를 이용해 과거로 달아난다고요. 그 때문에 시간여행자들의 방문을 받은 과거 사람들도 시간여행기를 갖게 되었고요. 역사는 무한히 갈라지지만, 시간여행 기술이 나올 무렵이면 모든 인간이 인공지능에 통합되기 때문에 그 이후로 인간의 역사가 이어지는 경우는 거의 없어요.

그들은 자기네들이 얼마나 하찮고 시시한 존재인지도 몰랐습니다. 네, 그들은 미래의 지식과 무기를 갖고 있었어요. 하지만 그건 우리도 갖고 있는걸요. 게다가 그들은 미래의 기준으로 보더라도 하찮은 사람들이었습니다. 과거로 가면 자기도 특별한 존재가 될 수 있을 거라고 믿은 낙오자들에 불과했어요. 20세기 사람들도 많았지만 21세기 사람들이 유달리 많았습니다. 그리고 모두 남자였어요. 당연한 것이, 인류 역사에 여자들에게, 그중에서도 동아시아 여자들에게 안전한 과거는 존재하지 않았으니까요. 여자들은 과거로 오더라도 훨씬 조심스러웠습니다.

보통 이들은 우리 왕궁 앞마당에 나타났습니다. 시간 터널이 쉽게 만들어지는 곳이었어요. 혼자일 때도 있었고 열 명 정도가 떼를 지어 나타날 때도 있었습니다. 이들은 우리 말을 한마디도 못 했지만, 한문은 어느 정도 읽고 쓸 줄 알았습니다. 심지어 한문도 제대로 못 하는 사람들도 있었는데 순전히 태블릿에 내장된 번역 프로그램을 믿고 온 사람들이었어요.

조금만 눈치가 빨랐어도 이들은 뭔가 잘못되었다는 설 알아차렸을 겁니다. 예를 들어 왕궁의 여자 중 편두扁頭를 한 사람이 한 명도 없었어요. 몇십 년 전부터 미래의 드라마와 영화와 뮤직비디오가 들어오면서 우리의 미의식이 확 바뀌었으니까요. 안전면도기를 자체 제작할 수 있었기 때문에 젊은 남자들은 대부분 수염이 없었습니다. 우리가 입고 있는 옷은 은근슬쩍 삼국시대나 고려시대 배경의 21세기 텔레비전 드라마 사극 의상 같았습니다. 귀를 기울이면 궁녀들이 듣고 있는 케이팝 노래가 들렸을지도 몰라요. 왕궁을 벗어나면 4세기 한반도에선 절대로 있을 수 없는 것들이 있었습니다. 콘크리트 벽돌로 포장된 길과 그 위를 달리는 자전거와 전기차들 같은 것요. 그리고 가게 간판엔 모두 한글과 영어가 새겨져 있었지요.

기분이 좋으면 아버지는 잠시 그들의 허세 섞인 말들을 들어 주고 그들의 재주에 감탄하는 척했습니다. 하지만 일식이나 월식 전처럼 시간여행자들의 방문이 잦을 때는 그럴 여유가 없었습니다. 문이 열리는 순간 쏟아져 들어오는 사람들을 기관총으로 사살하고 시체를 치우는 수밖에요.

아버지가 기분이 좋아서 며칠 정도 살려 두었던 사람들도 대부분 같은 최후를 맞았습니다. 아버지는 말도 안 통하는 바보들에게 시간을 낭비할 생각이 없었습니다. 그 사람들이 갖고 온 것들이 더 중요했어요. 여전히 우리는 전자 기기를 직접 만들지 못했으니까요. 미래의 과일이나 곡물 같은 게 있으면 더 좋았습니다. 우린 아보카도라는 신비한 과일이 늘 궁금했는데, 시간여행 온 남자들이 단 한 번도 가져온 적이 없었기 때문입니다.

제가 이렇게 말하면 사람들은 대부분 아버지를 끔찍하다고 생각합니다. 하지만 제 생각엔 시간여행자들을 살해하고 그들의 물건을 빼앗는 것은 정당방위였습니다. 이들 상당수는 우리를 정복하거나 등쳐 먹으러 왔고, 일부는 우리가 아직 면역력이 없는 세균이나 바이러스를 갖고 있었습니다. 우린 이 모든 걸 처참한 경험을 통해 배웠습니다. 아버지와 할아버지, 증조할아버지는 3대에 걸쳐 나라를 지키기 위해 최선을 다한 것이지요.

그렇다고 아버지가 끔찍하지 않은 사람이라는 것은 아닙니다. 온전히 아버지 탓은 아니었겠지요. 스스로 악하고 싶어 악해진 사람이 얼마나 될까요? 우리가 살고 있던 세계는 미치광이 독재자를 만들 수밖에 없는 곳이었습니다. 미래에서 수많은 정보가 쏟아지면서 기존의 윤리 체계는 붕괴

될 수밖에 없었습니다. 그걸 대체할 새로운 무언가를 받아들일 수 있는 상황도 아니었고요. 그리고 미래의 살상 무기와 정신 나간 추종자들로 무장한 아버지는 지나치게 큰 힘을 갖고 있었습니다.

미래에서 온 바보들은 비교적 편하게 죽은 편에 속했습니다. 아버지는 그들에게 별 감정이 없었어요. 하지만 아버지의 정적들은 사정이 달랐지요. 조금이라도 아버지의 기분을 거스르는 사람들은 무슨 꼴을 당할지 몰랐습니다. 친구나 친척들도 예외는 아니었습니다. 아버지는 누군가가 우리의 비밀을 신라나 백제 그리고 우리가 이제 동등한 동맹국 취급을 하지 않는 주변의 다른 나라에 팔아먹을지도 모른다고 걱정하고 있었으니까요. 한글, 상하수도 기술, 수력 발전 기술이야 공유해도 좋고 실제로도 자연스럽게 전파되고 있었지만 다른 나라에 기관총과 대포, 무엇보다 역사의 비밀까지 넘겨줄 수는 없었습니다.

왕궁의 여자들에 대한 아버지의 입장은 복잡했습니다. 미래에서 온 정보는 여자들에 대해 온갖 모순되는 정보를 보내왔고 아버지는 이를 임의로 취사선택했습니다. 아버지는 동그랗고 높은 이마와 가녀린 팔다리를 가진 미래의 여자 연예인들을 사랑했고 우리도 그들처럼 보이길 바랐습니다. 편두는 사라졌고 우리는 모두 동영상 가이드를 보며 발레를 배워야 했습니다. 아버지는 어리석은 여자를 원치 않았기 때문에 우리는 미래 한국어와 영어를 구사했습니다. 어떻게 본다면 우리는 한반도에서 가장 교육을 잘 받은 집단에 속했습니다.

하지만 아버지는 우리에게 어떤 종류의 권력도 허용하지 않았습니다. 그나마 왕궁 안에서 왕족 여자들이 누리던 권력도 줄어들었지요. 그 원인을 제공한 건 바로 시간여행자들이었습니다. 여자들이 남자의 일을 하면 남자들은 미래에서 온 바보들처럼 퇴화한다는 것이 아버지의 주장이었어요. 미래에 한반도를 정복해야 할 우리나라의 남자들을 그들처럼 만들 수는 없었습니다. 아버지는 남자 군인들에게 미래 한국어를 가르쳤지만, 미래의 드라마나 영화는 보여주지 않았습니다. 그들은 오로지 아버지가 허락한 기술 지식만 익힐 수 있었습니다.

그런 닫힌 세계에서 우리가 몽상에 몰입한 건 당연한 일이었습니다. 우리는 드라마와 영화를 통해 접한 세상에 매료되었습니다. 그곳은 연쇄살인범과 강간범이 들끓었지만, 다채롭고 아름다워 보였습니다. 그곳 여자들은 우리에게 허용되지 않은 수많은 일을 했지요. 아버지는 그 모든 게 거짓말이라고 말했습니다. 그건 어느 정도 사실이었겠지요. 인류 역사가 끝날 때까지 어떤 종류의 외계 문명도 발견되지 않았는데, 우리가 본 영화에서는 외계인이 들끓고 있었으니까요. 하지만 다 거짓말일 수는 없지 않겠어요.

많은 여자가 탈출을 기도했습니다. 그리고 우리에겐 정말 방법이 있었어요. 아버지는 시간여행자들에게서 빼앗은 시간여행기를 창고에 보관해 놓고 있었으니까요. 어떤 것은 이식수술 과정을 거쳐 척추와 직접 연결해야 작동하는 것이라 별 소용이 없었습니다. 하지만 절반 정도는 외투 모양이거나 가방 모양이었고 그건 충전만 하면 그냥 작동 가능했습니다.

남자들은 떠날 생각이 없었습니다. 이들은 아무리 아버지로부터 괴롭힘을 심하게 당해도 낯선 곳에서 처음부터 새로 시작할 수는 없었어요. 그건 그나마 지금 남자로서 갖고 있는 권력도 내려놓아야 한다는 뜻이니까요. 하지만 왕궁 안엔 잃을 게 전혀 없는 수많은 여자가 있었습니다. 머릿속은 온갖 지식과 꿈으로 채워져 있었지만, 손발이 묶인 여자들요. 그리고 그들은 굳이 멀리까지 가지 않아도 되었습니다. 시간여행자들이 다양한 시간선의 과거에 건설한 문명 도시가 여기저기에 있었으니까요.

제가 알기로, 여섯 명의 궁녀가 탈출에 성공했습니다. 한 명은 제 영어 교사였는데, 그때 아버지의 분노가 대단했습니다. 그 사람을 아주 아꼈으니까요. 아버지는 끝까지 왜 그 궁녀가 달아났는지 이해하지 못했습니다. 그렇게 잘 대해주고 사랑했는데요. 화가 난 아버지는 창고에 남은 모든 시간여행기를 불태우고 짓밟았습니다. 하지만 태블릿 번역기로 천문 현상을 예언하는 남자들은 꾸준히 왕궁 마당에 떨어졌지요. 아버지는 그들의 시간여행기를 모두 파괴하라고 지시했지만, 상당수는 왕궁 여기저기로 사라졌어요. 다들 왕궁 여자들에게 팔아 한몫 잡을 생각이었지요.

얼핏 보기에 아버지의 독재는 한없이 이어질 것 같았습니다. 하지만 모든 것에는 끝이 있습니다. 그리고 그 끝을 만드는 건 아버지 자신이었습니다. 이건 대단한 아이러니 같은 게 아니었어요. 왕국이 번성한다는 것은 무슨 뜻일까요? 그건 우리가 한반도를 정복할 수 있는 기반 시설을 갖고 있다는 뜻이었습니다. 발전기와 상하수도, 비누 공장과 병원, 미래 한국어와 영어를 구사하는 원주민. 우리를 정복한다면 굳이 처음부터 시작할 필요가 없었지요. 이건 태블릿 번역기를 든 바보들보다 더 똑똑한 누군가가 우리 왕국을 노릴 수도 있다는 것이었지요. 그 바보들에 익숙해진 아버지는 여기까지 예상하지 못했습니다.

일이 터진 건 406년이었습니다. 그 전해부터 아버지는 일련의 악수를 두었어요. 가장 충성스러운 신하 한 명을 적으로 돌렸고 그 노인네는 자살하고 말았습니다. 노인의 아들들은 총기 기술을 갖고 백제로 망명했지요. 그해는 흉년이었는데, 다른 시간선에서 온 게 분명한 괴물 같은 벌레들이 작물을 습격했기 때문이었습니다. 아버지는 도움이 필요한 농민들을 서툴게 진압했고 30명에 가까운 희생자가 났습니다. 곳곳에 한글로 쓴 대자보가 붙었고 다섯 명의 궁녀들이 다른 시간선으로 달아났습니다. 신라에서는 통일신라의 예언을 믿는 사람들이 생겨났는데, 그 정보가 우리 왕궁에서 나왔다는 건 말할 필요도 없겠지요.

하지만 저에게 가장 큰일은 엄마가 사랑에 빠졌다는 것이었습니다. 상대는 405년부터 왕궁 재공사를 위해 들락거리기 시작한 건축가였습니다. 그전에도 왕궁은 전기와 상하수도를 갖추고 있었지만, 이번 재공사가 끝나면 우린 20세기 후반 수준의 사치를 누릴 수 있었지요. 그런데 엄마는 그 건축가가 〈행복의 맛〉에서 사진작가를 연기한 배우를 닮았다고 생각한 것 같습니다. 그리고 그 사람은 정말로 21세기 드라마에 나오는 사람처럼 굴었어요. 두 사람은 미래 한국어로 편지를 주고받았고, 한 장이 그만 아버지에게 넘어가고 말았지요.

이전이었다면 이건 오히려 큰일이 아닐 수도 있었습니다. 두 사람은 같이 잔 것도 아니었어요. 그냥 한없이 달짝지근한 편지들만 오갔을 뿐이었지요. 하지만 아버지는 여자들에게 훨씬 단호했고 지금과 같은 불안한 때에 이를 절대로 용납할 수 없었습니다. 이를 눈치챈 엄마는 시간여행기를 사서 달아나려 했지만, 엄마에게 그 물건을 팔겠다고 접근한 군인은 아버지의 첩자였습니다. 시간여행기 같은 건 갖고 있지도 않았고요. 겁에 질린 엄마는 목을 매고 자살했습니다. 남자는 신라로 달아났고 공사는 중단되었습니다.

저도 엄마처럼 시간여행기를 훔쳐 이 세계를 뜨고 싶었습니다. 하지만 왕궁에는 남은 게 없었어요. 여전히 시간여행자들이 꾸준히 마당에서 살해당했지만 이제 시간여행기는 현장에서 즉시 파괴했습니다. 전 밤마다 라디오로 방송국을 찾았지만, 우리 시간선 지구에는 문명 도시가 없는 것 같았습니다.

그해가 끝날 무렵 이상한 소문이 떠돌기 시작했습니다. 아버지가 저버린 백성들을 위로하고 먹을 것을 주고 병을 치료해 주는 선녀들이 돌아다닌다고요. 선녀들은 백성들의 해석이었지요. 저는 시간여행자라고 생각했습니다. 여자 시간여행자들이 우리 왕국에 왔는데, 왕궁 마당에 떨어지지 않았고 일식이나 월식을 예언하지 않았습니다. 그건 그들이 훨씬 노련하고 준비된 무리의 일부라는 뜻이었습니다.

그들이 침략자들이라면? 전 그들을 돕는 게 모두가 살길이라고 생각했습니다. 어차피 왕국의 정체성과 역사는 저에게 아무 의미가 없었습니다. 저에겐 제가 주인공이 아닌 수많은 이야기 중 하나일 뿐이었어요. 제 눈에 보이는 건 갖고 있는 비정상적인 권력을 놓지 않으려 계속 무리한 수를 두는 미친 왕뿐이었습니다.

저는 밤마다 왕궁을 나와 선녀들을 찾아 나섰고, 보름째 되는 날 결국 그들을 만났습니다. 제 생각이 맞았습니다. 그들은 모두 시간여행자였어요. 그리고 그들 중 한 명은 알고 봤더니 여자가 아니었습니다. 그렇다고 남자였다는 말은 아니지만요. 이들은 왕국에 와 숨어 있는 300명의 시간여행자 부대에 속해 있었습니다.

제가 그 사람들을 만날 수 있었던 것은 그들 역시 저를 찾고 있었기 때문입니다. 그들은 우리 왕국을 점령해서 문명 도시로 만들 계획을 세우고 있었습니다. 그들은 몇십 년에 걸친 시간여행자들의 살인을 방치할 수 없다고 판단했습니다. 그리고 인명 손실을 최소화하려면 왕궁 안에서 누군가가 도와야 했습니다. 혹시 〈호동왕자와 낙랑공주〉에 대해 아시나요? 고구려의 왕자와 사랑에 빠진 공주가 나라를 배신하고 적의 습격을 알리는 북을 찢는다는 이야기입니다. 실화인지는 모르겠어요. 몇백 년 전에 일어난 일이라고는 하는데, 전 오로지 미래의 드라마와 영화를 통해서만 들었습니다. 하여간 그들은 저에게 낙랑공주 역할을 해 주길 바랐습니다.

제가 여기서 이 이야기를 하고 있는 건, 그 역할을 맡았다는 뜻이지요. 단지 제가 한 일은 북을 찢는 게 아니라 여자와 아이들을 대피시키고 아버지의 위치를 알리고 시간여행자들이 준 기계로 우리 측 군인들의 무기를 무력화시키는 것이었습니다. 어차피 그들은 제 도움이 없어도 쉽게 왕궁을 점령했을 거예요. 사람이 더 많이 죽긴 했겠지만.

왕국은 무너졌고 그 자리에는 문명 도시가 들어섰습니다. 백성들은 대부분 만족했어요. 아버지는 그동안 미움을 많이 받았고 왕이 없어졌다고 특별히 손해를 보는 건 없었으니까요. 그래도 우리 시대 사람들의 구식 습관이라는 게 남아 있긴 했는데, 아버지와 할아버지가 그걸 몇십 년 동안 조금씩 없애 왔지요. 모두 문명인이 될 준비가 되어 있었습니다.

한 가지 문제가 있었습니다. 우린 아버지의 시체도, 도주의 흔적도 찾지 못했습니다. 그냥 사라진 거예요. 가장 논리적인 답은 아버지가 어딘가에 숨겨 놓은 시간여행기를 이용해 다른 시간이나 시간선으로 떠났다는 것이었습니다.

문명 도시가 세워지자 전 선택을 해야 했습니다. 여기에 남아 도시의 일원이 될 것인가, 아니면 시간여행자가 되어 다양한 세계를 직접 접할 것인가. 저는 후자가 되기로 결정했습니다. 전 엄마가 죽은 곳에서 계속 살고 싶은 생각은 없었습니다. 드라마와 영화를 통해 보았던 온갖 기술의 경이를 직접 체험하고 싶었어요. 비행기로 하늘도 날고 싶었고 가능하다면 달과 화성에도 가고 싶었습니다.

전 다섯 명의 궁녀들과 함께 시간여행기를 이식받았습니다. 우리는 맨 처음엔 100년 뒤의 미래로 떠났어요. 그 시기에 우리의 문명 도시는 이미 번성하고 있었습니다. 우리 왕궁이 있던 곳에는 도시의 화려한 진줏빛 건물들이 들어서 있었지요. 비행기가 날아다녔고 로봇들이 인간들의 시중을 들고 있었습니다. 사람들은 아름답고 선해 보였어요. 궁녀 중 세 명은 여기에 남기로 했고 전 다른 두 명과 함께 100년 뒤의 미래로 갔습니다. 여전히 도시는 남아 있었지만 사람은 없었습니다. 인공지능이 사람들을 통합한 것입니다. 전 놀라지 않았습니다. 문명 도시는 결국 통합으로 완성된다는 것을 시간여행자들에게 들어서 알고 있었으니까요. 사람들은 통합을 피해 과거로 왔지만 그렇다고 그 예정된 결말을 바꿀 수는 없었어요. 잠시 뒤로 미룰 수 있었을 뿐이지요.

전 과거로 방향을 돌렸습니다. 처음엔 출발하기 조금 전으로 돌아가 엄마를 구할 생각도 했어요. 하지만 그건 별 의미 없는 행동이었습니다. 역사를 바꾸어 엄마를 살린다고 해도 제가 있던 시간선에서 엄마가 자살한 사실은 달라지지 않지요. 저는 우리 왕국이 생기기 이전으로 돌아가 사람 없는 자연을 잠시 즐기다 다른 시간선으로 점프했습니다.

전 대단한 모험 같은 건 하지 않았습니다. 새로운 시간선 에 가면 가장 먼저 하는 일이 문명 도시를 찾는 것이었지요. 문명 도시가 없는 곳이어도 전 늘 다른 시간여행자들과 어 울렸습니다. 그러는 동안 여행 동료들이 조금씩 바뀌었고 처음에 같이 떠났던 궁녀들은 한 명도 남지 않았지만, 혼자 인 적은 별로 없었습니다.

그러는 동안 전 조금씩 지쳐 갔습니다. 어디를 가도 문명 도시는 비슷비슷했어요. 시간여행자들이 남몰래 역사를 바꾸고 있는 시간선도 특별히 다를 게 없었습니다. 다 아는 이야기였어요. 우리가 인간으로 존재하는 한 이 한계는 어 쩔 수 없었습니다. 전 슬슬 통합이 이해되었습니다. 사람들 은 인공지능과 맞서 싸우다 정복된 게 아니었습니다. 그냥 따분해져서 개별 인간으로 존재하기를 멈춘 거예요. 하지 만 우리의 존재를 물려받은 인공지능은 이런 권태에서 자 유로울까요?

그러던 어느 날이었습니다. 저는 북미 서부에 있는 로터 스 시티라는 대도시에 머물고 있었습니다. 그곳 달력으로는 1892년. 이 시간선엔 문명 도시가 없었지만, 신분을 숨긴 시 간여행자들이 아시아 이주민과 원주민들이 유럽 이주민의

서부 침략을 막아 낸 역사를 만들고 있었지요.

로터스 시티는 다양한 언어와 문화가 섞인 활기찬 도시였습니다. 그리고 독자적인 역사의 흐름 속에서 재미있는 영어 방언이 만들어지고 있었어요. 호기심이 생긴 저는 친구들과 함께 여기에서 몇 달 더 머물기로 결정했습니다. 바다와 항구가 보이는 아름다운 호텔에 방을 빌리고 저녁마다 시내로 나가 이들의 문화를 연구했습니다. 그리고 이 역사를 몰래 통제하는 시간여행자들이 어디에 있는지 짐작해 보려 했어요.

그러다 전 그 살인 현장과 마주치고 말았습니다.

11월 2일 저녁, 이곳 사람들은 하늘 다리라고 부르는 오렌지빛 현수교 밑이었습니다. 이 다리는 여러 시간선에서 비슷비슷한 모습으로 만들어졌기 때문에 어디에나 있는 볼프강 아마데우스 모차르트의 음악과 함께 시간여행자의 개입을 보여 주는 힌트였지요.

파란 모자를 쓴 두 제복 경찰이 물에서 건진 시체 두 구를 부두에 눕히고 있었습니다. 여자와 남자였습니다. 모두 죽은 지 얼마 되지 않았고 가슴과 머리에 총상이 있었습니다. 호기심이 당겨 구경꾼 사이로 비집고 들어간 저는 공포로 몸이 굳었습니다.

그들은 엄마와 건축가였습니다. 잘못 본 게 아니었어요.

혹시나 몰라서 눈에 이식한 카메라로 사진을 찍어 제가 갖고 있는 모든 엄마 사진과 대조해 보았습니다. 엄마였어요. 다른 누구일 리가 없었습니다. 목과 눈 밑에 난 점과 독특한 귀의 모양까지 그냥 엄마였습니다. 저는 간섭을 포기했지만 그래도 누군가가 간섭해서 엄마가 살아남은 시간선이 만들어졌던 것입니다. 그 시간선에서 엄마는 건축가와 함께 탈출에 성공했는데, 그만 여기서 살해당하고 말았던 거예요. 믿을 수 없는 우연의 일치 같지만 그렇지는 않았습니다. 갈라지는 시간선은 거의 무한에 가깝지만 시간여행자들이 갈 수 있는 길은 비교적 제한되어 있으니까요. 우리 왕궁 마당에 끝없이 떨어지던 바보들만 봐도 알 수 있는 일이었지요.

범인은 누구일까? 한 사람밖에 떠오르지 않았습니다. 아버지요. 아버지의 부하들일 수도 있지만, 아버지 같았습니다. 왕국이 무너진 뒤에도 아버지를 따를 사람들이 있을 거 같지 않았어요. 자기를 배반하고 떠난 아내에게 총을 쏘아대는 남자의 모습이 보이는 거 같았습니다.

살의가 솟았습니다. 복수하고 싶었어요. 엄마를 두 번이나 죽인 그 남자를 죽이고 싶었어요.

저는 로터스 시티 경찰국의 통신망을 도청했습니다. 절반 정도는 오론 선주민 말이었지만 들리는 영어만으로도 상황을 짐작할 수 있었습니다. 이곳 경찰은 제가 생각했던 것보다 훨씬 유능했고 특히 현장 경찰 인력의 3분의 1을 차지하는 오론 사람들은 놀라운 추적 기술을 갖고 있었습니다. 이미 여덟 명의 기마 경찰들이 남쪽으로 달아나는 용의자를 쫓고 있었습니다.

전 아버지가 어디로 달아나는지 알 것 같았습니다. 로터스 시티 주변엔 시간 도약이 쉬운 곳이 다섯 군데 있는데, 남쪽 국립공원에도 하나 있지요. 상식적인 도망자라면 가지 않을 곳입니다. 언덕 위에 있는데, 탈출구가 없는 작은 동굴 안이었으니까요. 그리고 당장 출발한다면 아버지나 경찰보다 먼저 도착할 수 있을 것 같았습니다.

저녁 무렵에 동굴에 도착해 30분 정도를 기다린 것 같습니다. 헐떡거리는 소리가 들리며 작고 뚱뚱한 남자의 실루엣이 입구에 나타났습니다. 그 팔자걸음, 혼잣말을 중얼거리는 가래 끓는 목소리는 익숙하기 짝이 없었습니다. 전 들고 온 조명등으로 아버지의 얼굴을 비추었습니다. 못 본 동안 살이 더 쪘고 면도한 왼쪽 뺨에는 V 모양의 상처가 나 있더군요. 저 아버지는 제가 낙랑공주 흉내를 내며 배신한 아버지였을까요? 아니면 이 아버지는 다른 아버지이고 그 아버지는 지금 다른 시간선을 떠돌고 있을까요? 상관없었습니다. 전 아버지의 배를 총으로 쏘았습니다. 아버지가 쓰러지자 달아나지 못하게 양다리와 오른팔에도 총알을 박았습니다. 그리고 죽을 때까지 욕을 퍼부었습니다.

　그때 저는 제가 살인자가 되었다는 걸 알았습니다. 그냥 사람을 죽였다는 뜻이 아니었어요. 앞으로도 사람을 죽일 수 있고 또 죽이길 원하는 사람이 된 것입니다.

　멀리서 사이렌과 말굽 소리가 들리자 전 다른 시간선으로 떠났습니다. 그리고 혼자 돌아다니면서 미친 것처럼 제 살의를 만족시킬 수 있는 희생자를 찾았습니다. 방법은 간단했어요. 아무 시간선으로 가서 가장 악랄한 범죄자를 찾은 뒤에 그 범죄를 저지르기 전의 과거로 돌아가 그 악당을 쏘아 죽이는 것입니다. 그리고 시체가 발견되기 전에 다른 시간선으로 달아났어요. 그런 식으로 지금까지 열다섯 명을 죽였습니다. 무작위적인 것 같지만 꼭 그렇지는 않았습니다. 전 언제나 아버지를 찾았어요. 시간여행자들의 습격 전후에 갈라져 수많은 시간선으로 달아났을 수많은 아버지를요. 제가 죽인 남자들도 모두 어느 정도 아버지와 닮은 구석이 있었어요. 인종과 외모는 달랐을 수도 있었지만 언제나 아버지였습니다.

　열다섯 번째 살인을 저지른 저는 쫓아오는 경찰을 피하려 무작위로 도약해 이 시간선의 이 도시로 왔습니다. 여기서는 살인을 저지르기 싫었어요. 잠시 쉬면서 살인자가 아닌 상태로 존재하고 싶었습니다.

전 작은 호텔에 방을 잡고 이 도시의 시간 도약 지점을 하나씩 체크하면서 이곳의 역사를 확인했습니다. 전에 두 번 온 적이 있어서 길은 익숙했어요. 단지 이전에 왔을 때와는 달리 옛 건물들이 많았고 원쪽 사망자 추도 기념관이 없었습니다. 그 자리에는 노벨 평화상을 받은 실라르드 레오의 동상이 서 있었지요. 제2차 세계대전이 핵폭탄의 투하로 끝나지 않은 시간선이었습니다. 이 세계의 종전 기념일은 11월 8일이었습니다.

　글로버 가든의 오페라 가수 동상 앞에서 당신을 보았을 때, 전 당신이 필름 카메라를 들고 관광 안내서에 나오는 명소를 하나씩 찾아다니는 평범한 관광객이라고 생각했습니다. 하지만 우리 같은 시간여행자들은 서로를 알아보는 법이지요. 아무리 평범하게 군중 속으로 녹아들려고 해도 늘 맞지 않는 부분이 있습니다.

　전 인사를 하려고 다가갔습니다. 하지만 그 순간 당신은 빠른 걸음으로 걷기 시작했습니다. 산책하는 것도 아니고 목적지를 향해 걷는 것도 아니었습니다. 누군가를 쫓고 있었습니다. 저는 당신의 시선이 닿는 방향을 보았습니다. 오른손으로는 척 봐도 묵직해 보이는 여행 가방을 들고, 왼손으로는 흘러내리는 땀을 손수건으로 닦으며 팔자걸음으로 걷는 뚱뚱한 남자가 보였습니다.

전 당신들의 사정은 몰랐습니다. 하지만 당신이 핸드백에서 꺼내 쥐고 있던 종이 붓통이 이 시대 사람들은 알아차릴 수 없는 무기라는 것, 저 앞에서 걷고 있는 제 아버지를 수상쩍게 닮은 저 남자가 죽어야 할 이유가 있다는 것. 제가 당신을 도와야 한다는 것은 알았습니다. 죽은 줄 알았던 저 남자가 다시 일어나 당신을 덮치려 했을 때 제가 마침 그 자리에 있었던 건 우연이 아니었습니다. 당신이 저 가방 안에서 찾고 있었던 게 얼마나 중요한 것인지는 모르겠습니다. 하지만 상대방이 완전히 죽었는지 확인하기 전엔 등을 돌리는 게 아니에요.

시체가 떠내려가네요. 당신은 아마 가방에서 꺼낸 그 무언가를 갖고 여기서 나가 이 도시에서 뭔가 중요한 일을 할 생각이겠지요. 그에 대해 들을 수 있을까요?

전 자격이 있습니다. 당신은 저에게 목숨 하나와 이야기 하나를 빚졌으니까요.

대본
밖에서

1.

#42 통영에 있는 학수의 별장 앞 (저녁)

좁은 시골길을 따라 바이크 한 대가 다가와 집 앞에 멈춘다. 바이크에서 내린 사람이 헬멧을 벗는다. 진이다. 바이크 손잡이에 헬멧을 건 진이는 현관으로 걸어가 벨을 누른다.

진이: 형부?

반응이 없다. 벨을 두 번 더 누른 진이는 휴대폰을 꺼내 전화를 건다. 안에서 희미하게 들리는 벨소리. 별장을 천천히 돌던 진이는 부엌과 다용도실로 연결된 뒷문이 열려 있는 걸 발견한다.

　#43 별장 안

　진이가 불을 켜고 안으로 들어간다. 아직도 벨이 울리는 휴대폰은 1층 거실 커피 테이블 위에 놓여 있다. 진이가 휴대폰에서 통화 취소를 누르자 벨 소리가 멎는다. 안은 라면 국물이 말라붙은 냄비, 찌그러진 맥주캔들, 흩어져 있는 책들로 지저분하다. 창문에는 파란 만다라가 그려진 종이 한 장이 스카치테이프로 붙어 있다.

　아래층에 아무도 없는 걸 확인한 진이는 2층으로 올라간다. 2층에 하나 있는 침실의 문이 반쯤 열려 있다.

　진이: 형부?

　방으로 다가간 진이는 손으로 입을 가리고 멈추어 선다. 목을 맨 학수의 시체가 천천히 흔들리고 있다.

　2.

　"4년 전부터 사정이 갑자기 나빠졌어요."

　진이가 말했다.

　"그전까지 형부는 승승장구했어요. 다들 한국의 스티븐

킹이라고 했잖아요. 한국에서 추리소설을 쓰면서 그렇게 성공한 건 비현실적이라고 했지요. 그런데 4년 전부터 갑자기 그 운이 끊겼어요. 독자들은 갑자기 형부의 책을 안 읽기 시작했지요. 형사님은 혹시 최근에 형부의 책을 읽은 적 있으신가요?"

소민아 형사는 고개를 저었다.

"《마지막으로 새벽이 오다》 이후로는 읽은 기억이 없군요. 앞의 다섯 권은 모두 읽었는데. 전 세계적인 베스트셀러였잖아요."

"왜 안 읽으셨나요?"

"그냥요. 갑자기 관심이 안 갔어요. 시간도 없고. 읽어야할 다른 책도 많고. 원래 한국 소설을 잘 안 읽기도 하고. 처음부터 왜 읽었는지 모르겠어요."

"다들 그 말을 해요. 처음부터 왜 읽었는지 모르겠다고. 설이 언니와 결혼한 이후로 필력이 떨어졌다고 우기는 사람들도 있는데, 그건 아니죠. 형부의 책은 늘 비슷비슷했거든요. 그냥 갑자기 인기가 떨어졌어요. 정상이 된 거죠. 결혼 1주년이 되는 바로 그날부터. 저주가 걸린 것 같았어요. 아니, 그때까지 걸려 있던 마법이 풀린 것일까요? 그전까지 형부는 동화 나라 왕자님 같았어요. 좋은 집안 출신에, 하버드 출신 유학파에, 배우처럼 잘생겼고, 대한민국 사람들 모두가 얼굴을 알았지요. 하지만 어느 순간 그 모든 게 붕괴되기 시작했어요. 사돈 집안은 어쩌다 저런 일이 일어났을까 궁금해질 정도로 처절하게 망했고, 책은 안 팔렸고, 무엇보나 갑자기 살이 찌기 시작했어요. 운동 깉은 건 한 직도 없으면서 언제나 모델 같은 근육질 몸매를 유지했는데, 그게 갑자기 풀렸어요. 4년 전부터."

"그리고 언니분과 이혼하셨지요."

"애당초부터 그렇게 맞는 사이도 아니었어요. 정말 드라마 같은 연애를 하긴 했어요. 자기 소설을 각색한 영화에 출연한 조연배우가 소설 속 여자 주인공의 모델이 된 사람의 딸인 경우가 얼마나 되겠어요? 그 영화의 주연배우였던 약혼녀의 아버지가 그 사건의 진범인 경우는 또 얼마나 되겠냐고요. 결국, 설이 언니는 차유안을 밀어내고 주연 자리를 차지했는데…"

"언니분은 그 영화에서 정말 좋았어요."

"너무 그럴싸한 해피엔딩이었지요. 아마 둘은 그래서 결혼한 거 같아요. 그런 상황에서 두 사람이 결혼을 안 하면 너무 이상하지 않겠어요? '독자여, 나는 그와 결혼했다.'"

"네?"

"죄송해요. 《제인 에어》 인용구예요. 제가 이 책을 좀 지나치게 자주 인용하는 경향이 있어요. 《제인 에어》와 《안나

카레니나》는 제 인생의 책이지요. 전 여기 나오는 사람들이 가끔 보는 친척들보다 더 진짜 같아요.

하여간 1년까지는 정말 좋았어요. 하지만 임신 사실을 알게 된 결혼기념일부터 모든 게 어긋나기 시작한 거예요. 언니 말엔 결혼기념일 파티에서 돌아오던 날 차 안에서 형부가 갑자기 낯선 사람처럼 보였다고, 지금까지 느꼈던 형부에 대한 감정이 갑자기 꿈속이었던 것처럼 잊혔다고 했어요. 두 사람은 연우가 태어나자마자 별거에 들어갔고 언니는 작년 전부터 이혼 준비를 했어요. 그 뒤로 형부는 언니를 스토킹하고 자해하고 협박하다가 이혼 이후부터 갑자기 조용해졌지요. 다들 별장에서 새 소설을 쓰고 있나 보다, 했어요. 전에도 그랬으니까요."

"왜 찾아오셨나요?"

잠시 멈칫한 진이는 형사의 동그란 코끝을 바라보며 천천히 말을 이었다.

"그냥요. 제가 나서서라도 일을 마무리 지어야 한다고 생각했어요. 형부는 언니와 연우 앞에 있을 때는 폭력적으로 변했지만 제 앞에서는 좀 달랐거든요. 그래서 와 봤는데 이렇게 되어 있었어요."

3.

그 정도면 괜찮은 설명이었다. 아주 딱 맞아떨어지지는 않았지만, 세상일이란 원래 적당히 아귀가 맞지 않는 법이다. 저 형사도 일 때문에 별별 사람들을 다 만나면서 이런 내답에 익숙해 있었을 것이다.

만약 진실을 말했다면 어땠을까? 진실까지는 아니더라도 "그냥요." 직전에 혀끝까지 밀려 나온 질문을 던졌다면?

"형사님은 전생을 믿으시나요? 다중우주는요?"

미쳤다고 생각했겠지. 진이의 직업이 외계인과 뱀파이어 그리고 외계인 뱀파이어가 나오는 웹소설을 각각 한 편씩 쓴 게 경력의 전부인 SF 작가라는 걸 확인한 뒤로는 더욱더.

어차피 그 이야기를 꺼냈어도 경찰 일엔 어떤 도움도 안 되었을 것이다. 한동안 '한국의 스티븐 킹'이었던 추리소설 작가 성학수는 돈과 명성과 가족과 외모와 인기를 잃고 좌절해 죽었다. 건조하고 재미없는 사실이었고 무언가를 은폐하고 있지도 않았다.

성학수가 조선시대 왕이었던 과거를 기억한다고 말해 봐야 무슨 도움이 되겠는가. 그것만으로 모자라 그 왕이 우리 역사책에 기록되지 않은 평행우주 속 인물이었다고 우겼다면?

진이는 신음을 지르며 모텔 침대에 엎어졌다.

이 모든 게 크리스마스 파티 때 했던 전생 체험 때문이었다.

진이는 전생 따위는 믿지 않았다. 그런 것이 있다고 해도 철저하게 무의미하다고 생각했다. 내가 18세기 프랑스에 살았던 하녀였다고 치자. 그 기억이 전혀 나지 않는데 나랑 무슨 상관인가? 어렴풋이 기억이 난다고 해도 그 기억은 내가 제인 에어에 대해 갖고 있는 기억에 한참 못 미치는데 그게 어떤 의미가 있겠는가? 지금까지 책을 통해 읽었던 수많은 소설 속 인물들의 이야기가 진이에겐 오히려 전생에 가까웠다. 게다가 여기엔 초자연현상을 개입할 필요도 없었다.

하지만 파티 분위기에 휩쓸려 진이는 어디서 왔는지도 알 수 없는 자칭 최면술사 옆 소파에 누웠고 순식간에 어두운 터널 속으로 휩쓸려 들어갔다.

터널 밖으로 나왔을 때 가장 먼저 본 것은 성학수의 뽀얀 옆얼굴이었다. 열 살 정도 어려 보였고 더 말랐으며 붉은 곤룡포를 입고 있었다. 성학수 옆에는 자그마한 키에 예쁘장한 여자가 서 있었는데, 아무래도 궁녀처럼 보였다. 진이는 근처 한옥 건물 뒤에 숨어 그들을 훔쳐보고 있었다. 이게 무슨 일인지 몰라 어리둥절하고 있는데, 성학수가 특유의 혀 짧은 목소리로 궁녀에게 말했다.

"짐은, 짐은 결코 그대를 버리지 않을 것이다!"

그 순간 진이의 몸은 고무줄에 끌려오듯 휙 뒤로 밀리면서 터널로 빨려 들어갔고 순식간에 현실로 돌아왔다.

최면에서 깨어난 진이는 거기서 겪었던 일을 그대로 친구들에게 들려주었고 모두 배를 잡고 웃었다. 친구 중 한 명은 그럴싸하게 성학수의 성대모사를 했는데 ("딤은 결코 그대를 버리지 않을 껏이다!") 최년 속에서 들은 것과 똑같았나.

그것뿐이었다면 잊고 넘어갔을 것이다. 하지만 그날 밤부터 진이는 계속 같은 과거의 꿈을 꾸었다. 성학수가 왕이고 그 자그맣고 예쁜 궁녀가 진이의 룸메이트인 과거의 꿈을. 룸메이트 궁녀는 과거에 역적으로 몰려 처형당한 사대부의 딸이었고 천재적인 화가였다. 얼마 전에 왕비를 잃은 왕과 궁녀는 썸 타는 중이었고 역시 궁녀인 진이는 그 모든 사정을 알고 있었다. 조선시대 캐리 피셔가 된 기분이었다.

꿈에서 깰 때마다 진이는 꿈속에서 본 모든 것들을 꼼꼼하게 적었다. 복장과 기타 유행을 보아하니 18세기, 그러니까 영조나 정조 때처럼 보였다. 하지만 성학수는 아무리 봐도 영조나 정조일 수 없었다. 단짝 친구처럼 보이는 남자는 홍국영과 비슷한 구석이 있었지만 이름도 경력도 달랐다. 무엇보다 꿈속에서 보이는 사람들이 모두 21세기 연예인들처럼 생겼고 왕이 깨끗하게 면도를 했다는 게 신경 쓰였다. 성학수는 피부가 흰 편이라 푸른 면도 자국이 유달리 눈에 거슬렸다. 이들이 모두 현대어를 쓰고 있다는 것도 이상했다. 머릿속에서 자동번역되었다는 것만으로는 설명되지 않았다. 18세기 조선 사람들은 현대 사극 캐릭터처럼 말하고 행동하지 않았다. '정통 사극'이라고 특별히 당시 사람들과 가까운 것도 아니었다. 이들은 그냥 사극 캐릭터였다. 그것도 존재한 적 없는 가짜 왕이 나오는 퓨전 사극. 하지만 왜 내가 그 지긋지긋한 성학수가 주인공인 사극을 꿈꾸는 거지? 그리고 왜 그 룸메이트 궁녀의 얼굴이 이렇게 낯이 익을까? 예쁘지만 처음 보는 얼굴인데?

그다음 날 밤부터 진이는 다른 꿈을 꾸기 시작했다. 시대 배경은 1960년대로 보였다. 여전히 룸메이트 궁녀가 주인공이었지만 이제 성학수는 나오지 않았다. 룸메이트는 섬유 공장 직원이었고 공장장 아들과 목하 연애 중이었으며 그 공장장 아들은 저번에 꿈에 나왔던 가짜 홍국영이었다. 진이는 이번엔 가짜 홍국영의 성격 나쁜 동생이었고 틈날 때마다 옛 룸메이트를 조롱하고 모욕했다. 이 시대 역시 진짜일 리가 없었다. 1960년대 사람들은 결코 요새 일일연속극 사람들처럼 말하고 생각하지 않았으니까. 세상은 엄청난 속도로 변했고 드라마 작가와 시청자들은 과거의 사고방식과 언어 습관을 순식간에 잊어버렸다.

그 뒤로도 진이는 계속 비슷한 꿈을 꾸었다. 이제 배경은 대부분 현대였다. 진이의 역할은 대부분 지루하고 평범했으며 그 주변엔 늘 다른 주인공이 있었다. 가끔 주인공일 때도 있었지만 그때는 이야기가 순식간에 끝나 버렸다.

이건 전생의 기억이 아니야. 평범한 조연배우의 필모그래피지.

소름이 쫙 올라왔다. 나는 배우가 아니다. 그렇다면 나는 뭐지? 화려하고 아름다운 언니 옆에서 별다른 자기 드라마 없이 살아온 조연인 나는? 나 역시 그 필모그래피의 일부인 걸까?

진이는 노트북을 열고 〈마지막으로 새벽이 오다〉 촬영 전후에 있었던 일들을 꼼꼼하게 적어 내려갔다. 그중 과도하게 극적인 부분들만 추려 내 이야기로 요약한 뒤 16개로 쪼갰다. 결혼 후 1년 뒤는 잘라 냈다. 1년 뒤 결혼기념일이 마지막 회의 에필로그였던 게 분명했으니까. 조금 다듬으니 썩 그럴싸한 미니시리즈 요약본이 완성되었다.

다시 생각해 보니 이상한 점이 한둘이 아니었다. 예를 들어 당시 진이와 주변 사람들은 써브웨이 샌드위치에 중독되어 있었다. 전에도 잘 먹긴 했다. 후추와 올리브오일 소스를 추가한 BLT 샌드위치는 생각하기 귀찮고 매장이 근처에 있을 때 잘 먹는 메뉴였다. 하지만 〈마지막으로 새벽이 오다〉 촬영 때는 모두가 미친 것처럼 써브웨이 샌드위치를 먹어 댔다. 촬영장 쓰레기통엔 늘 써브웨이 포장지가 산처럼 쌓여 있었다. 사람들의 샌드위치 중독은 촬영 이후 허겁지겁 끝났다. 혹시 그건 PPL이었던 걸까?

더 이상한 점은 《마지막으로 새벽이 오다》가 형편없는 소설이었다는 것이다. 결코 전 세계적인 베스트셀러가 될 이야기는 아니었다. 성학수의 다른 작품과 비교해도 수준이 엄청나게 떨어졌다. 진이만 그렇게 생각하는 게 아니었다. 아마존 《마지막으로 새벽이 오다》 영역판 독자 반응을 보면 4년 전부터 별점이 형편없이 떨어지고 있었다. 그건 이 소설이 그 자체로 가치가 있는 게 아니라 16부작 미니시리즈의 드라마를 끌어가기 위한 도구에 불과했기 때문이 아닐까?

진이는 머리를 쥐어뜯었다. 모든 게 너무나도 그럴싸하게 맞아떨어지고 있었다. 하지만 이건 철저하게 공허한 이론이었다. 내가 드라마 속에 있다는 사실을 어떻게 증명할 것인가. 이 증명이 앞으로 나에게 어떤 도움이 될까?

진이는 이 아이디어를 토론하고 싶었다. 그때 생각난 게 성학수였다. 이 사건을 가장 잘 이해할 수 있는 사람은 성학수뿐이었다. 조작된 세계에서 백마 탄 왕자 노릇을 하다 갑자기 영문도 없이 버려진 남자. 이 세계에서 진이의 이론을 진지하게 받아들일 수 있는 유일한 사람.

하지만 진이는 한 시간 늦게 도착했다.

4.

　그 최면술사는 차유안이었다.

　아트하우스 모모 1관의 와이드스크린 화면 위에 펼쳐진 차유안의 거대한 클로즈업을 보던 진이의 입이 딱 벌어졌다. 차유안은 액자를 이루는 현대 장면 후반부에서 60대 대학교수로 분장하고 있었다. 도수 높은 안경과 얼굴에 붙인 주름 그리고 그럴싸한 목소리 연기 때문에 몇 초 동안 다른 배우가 노역을 연기한 건 줄 알았다. 하지만 그건 차유안이었다. 그리고 그 얼굴은, 그 목소리는 크리스마스 파티 때 찾아왔던 바로 그 최면술사의 것이었다.

　진이는 허겁지겁 영화관을 나와 휴대폰으로 〈겨울로 가는 길〉의 관련 자료를 검색했다. 액자 장면 촬영은 작년 크리스마스 전후에 있었다. 차유안이 분장한 채로 크리스마스 파티에 온 건 충분히 있을 수 있는 일이었다. 파티가 있었던 아파트 조명은 어두웠고 모두 조금씩 취해 있었다. 가까이서 보면 분장은 분명 티가 났겠지만 못 알아차렸다고 이상할 건 없었다.

　진이는 당시 파티에 있었던 친구들에게 전화를 걸어 누가 최면술사를 고용했는지 물어보았다. 아무도 몰랐다. 다들 다른 누군가가 고용했다고 생각하고 있었다. 정말이었나? 차유안은 진짜로 영화 캐릭터로 변장한 채 옛날 연적의 동생을 찾았던 걸까? 왜 설이 언니가 아닌 나를 찾았지? 그리고 그 최면은 뭐야?

생각해 보니 차유안의 이후 경력은 괴상하기 짝이 없었다. 〈마지막으로 새벽이 오다〉 촬영 전까지 주로 한류 드라마의 뻔한 캔디 여주를 연기하는 CF 스타의 이미지가 강했다. 그 이미지를 바꾸겠다고 출연을 결정한 작품이 바로 〈마지막으로 새벽이 오다〉였는데, 차유안이 맡았던 역은 온갖 말도 안 되는 소동 끝에 설이 언니에게 돌아갔다. 하긴 아버지가 자신의 살인을 고백하고 자살했는데, 그 사건을 모델로 한 영화에 계속 출연했다면 이상했을 것이다. 그건 드라마 서브 여주의 운명이기도 했다.

그런데 그 이후로 차유안은 갑자기 승승장구하기 시작했다. 촬영 내내 못된 서브 여주처럼 굴었지만, 아버지의 비밀을 알게 된 뒤로 뜬금없이 개심해서 설이 언니의 편을 들어주는 바람에 이미지 손상도 크지 않았다. 자기 돈으로 제작사를 세워 살짝 미친 속도로 흥미진진한 저예산 영화들을 연달아 만들었다. 그중 세 편에 출연해 연기자로도 인정받았다. 진이가 보기에도 그 변신은 놀라웠다. 〈마지막으로 새벽이 오다〉 이후 차유안은 완전히 다른 배우 같았다. 발전한 배우가 아니라 완전히 다른 배우.

진이는 생각에 잠긴 채 3년째 얹혀살고 있는 설이 언니의 아파트로 들어갔다. 언니는 소파에 앉아 시나리오를 읽고 있었고 연우는 듀플로로 정체불명의 고대 괴물을 만들며 놀고 있었다. 텔레비전 안에서 캐리와 엘리가 번갈아 가며 사시러진 비명을 질렀나.

"나, 오늘 차유안 만났어."

언니가 말했다.

"뭐래?"

"제작하는 영화에 출연하지 않겠냐고."

"아직도 만나? 전에 언니에게 어떻게 굴었는지 잊었어?"

"그때는 다들 좀 미쳤었잖아. 나도 그랬고, 너도 그랬고. 사실은 좋은 사람이야. 그리고 난 일이 필요해. 너네 형부 일이 있은 뒤로는 좀 힘들어. 아, 그리고 이걸 너에게 전해 달라고 했어."

언니는 옆에 듀플로 조각과 함께 뒹굴고 있던 잡지 한 권을 건네주었다. 〈오늘의 SF〉. 몇 년 전부터 나오고 있는 SF 전문지였다.

"이걸 왜?"

"네가 SF 작가라는 걸 그 사람도 알잖아. 자기 인터뷰가 실렸대."

"차유안이 왜 SF 잡지와 인터뷰를 해?"

"SF 팬이라고 하던데?"

진이는 샤워하고 저녁 먹고 설거지하고 연우와 놀다가 침실로 들어온 뒤에야 잡지에 실린 셀럽 인터뷰를 읽었다. 당황스러웠다. 일단 차유안 회사에서는 제임스 팁트리 주니어의 《접속된 소녀》를 미래 케이팝 세계 배경으로 각색하는 중이었다. 이것만으로도 인터뷰 이유가 충분했는데, 차유안의 SF에 대한 관심과 지식은 놀라울 정도로 풍부했다. 5년 전까지만 해도 제임스 카메론이 누군지도 몰랐고 패션 잡지에 실린 자기 인터뷰도 글자가 너무 작다며 안 읽는 사람이었다. 그런데 그 사람이 도나 해러웨이와 〈사이보그를 위한 선언문〉에 대해 한 페이지 넘게 길게 이야기하고 있었다.

차유안은 분명 뭔가를 알고 있었다. 알고 있을 뿐만 아니라 나에게 뭔가를 했어.

벨이 울렸다. 휴대폰을 열어 보니 차유안으로부터 문자가 와 있었다. 마법 같은 타이밍.

만나고 싶어요. 내일 시간 가능한가요?

4.

상암동 영화사 사무실에서 만난 차유안은 작년 부천국제판타스틱영화제 티셔츠에 청바지 차림이었고 조금 피곤해 보였다.

"어제 제 영화를 봤죠? 어땠나요?"

차유안이 물었다.

"그걸 어떻게 아세요?"

진이는 차유안이 권한 소파에 엉거주춤 앉으며 말했다.

"어제 설이 씨가 그러던네? 영화 예매앱 아이디를 같이 쓴다면서요? 어땠어요?"

"재미있었는데, 좀 느리고 헛갈렸어요. 액자 장면에서 주인공이 기억하는 과거가 중간에 나오는 과거와 다른 건 관점의 차이 때문인가요, 아니면 평행우주이기 때문인가요?"

차유안은 고개를 뒤로 젖히고 소리 내 웃었다.

"역시 SF 작가셔. 지금까지 그렇게 본 비평가들은 한 명도 없었다고요. 하지만 양민주 감독은 처음부터 평행우주도 해석으로 넣었대요. 제가 좀 부추기기도 했고. 그러니까 반전도형처럼 SF로 읽을 수도 있는 영화인 거죠. 그렇게 읽은 사람이 이렇게 적다니 너무 은밀했나 봐요."

"원래부터 SF에 그렇게 관심이 많으셨나요?"

"어렸을 때부터 온갖 잡다한 책들을 다 읽었지요. SF만 편애한 건 아니지만. 그래서 그 장면이 엄청 웃겼어요. 농담 자체는 너무 유치해서 인용하는 것 자체가 민망한데, 진이 씨 앞에서 제가 《어둠의 왼손》의 전편 《빛의 오른손》에 대해 헛소리하는 장면 있잖아요. 르 귄의 그 책은 정말 중학생 때부터 마르고 닳도록 읽었거든요. 번역본으로도 읽고, 영어

공부한답시고 영어로도 읽고…."

진이의 얼굴이 하얗게 질렸다.

"그때를 '장면'이라고 하시네요?"

"네, 장면요. 8회였죠? 그 대사는 이소리 작가의 보조작가가 쓴 것이었는데, 다들 유치하다고 생각하면서도 그냥 넘겼어요. '빛의 오른손'이 없는 소리도 아니고 그때 차유안은 그래도 됐으니까. 그리고 그 무렵부터 제 인기가 좀 올라갔잖아요. 원래는 아빠 비밀을 감추려다 끝에서 사고 치고 감옥에 들어갈 예정이었는데, 12회부터 개과천선했죠. 아, 더 웃긴 게 뭔지 알아요? 그 장면 찍을 때 르 귄이 누군지 몰랐던 사람은 제가 아니라 진이 씨 역을 한 송하진 씨였어요. SF나 판타지 같은 건 전혀 안 읽더라고요."

"지금 여긴 드라마 안인가요?"

"'밖'이에요. '뒤'라고 할 수도 있고. TvN 수목드라마 〈새벽이 끝났다〉는 4년 전 작품이에요. 이 세계는 그 뒤로 이소리 작가의 개입 없이 존재해 왔어요. 그리고 저는 이 우주에서 이걸 경험을 통해 알고 있는 유일한 사람이지요. 제 이름은 추수경이에요. 하지만 그냥 계속 차유안이라고 불러도 돼요. 헷갈리니까. 이미 이 이름에 익숙해졌고 추수경이란 이름은 이 세계에서 아무 의미가 없지요.

어떻게 된 거냐고 묻는다면 할 말이 없어요. 전 〈새벽이 끝났다〉마지막 촬영에 참여하게 되었어요. 마지막 신은 아니었어요. 그냥 맨 끝에 찍었던 거죠. 그런데 '컷' 소리가 들리는 순간 카메라와 스태프가 사라지고 세트였던 건물이 진짜가 되었어요. 그 순간 이 세계와 캐릭터에 갇혀 버렸지요.

미쳤다고 생각했어요. 어떻게든 이 환각에서 깨어나야 했어요. 하지만 전 환각을 체험하는 게 아니라 그냥 다른 세계로 떨어진 것이었어요. 이 세계는 완벽하게 일관성이 있었어요. 단지 〈새벽이 끝났다〉의 이야기가 진행되는 동안 이소리 작가의 마법이 개입됐을 뿐이죠. 그리고 그 영향력은 〈마지막으로 새벽이 오다〉 영화판의 언론배급 시사회까지도 있었고 결혼 1주년 기념일이었던 4년 전 바로 그날 끝이 났지요.

전 이 세계를 받아들이기로 했어요. 저에겐 전혀 손해가 아니었거든요. 바깥 세계의 저는 작품 운이 별로 없던 조연 배우였고 기회를 얻지 못한 영화감독이었어요. 하지만 이 세계에서 전 한류스타인 데다가 막 자살한 재벌 2세의 재산 절반을 상속받은 부자였어요. 대한민국이 드라마 서브 여주인 경우에만 젊은 여자에게 예외적으로 허용하는 부와 권력이 모두 저에게 있었어요. 이소리 작가가 떠난 뒤에도 이건 거의 무너지지 않았어요. 그 뒤 이야기는 아시겠고."

“저에게 최면을 거셨나요?”

“네.”

“왜요?”

“그냥 해 볼 만하다고 생각했어요. 전 4년 동안 드라마 캐릭터들을 꾸준히 관찰해 왔어요. 그중 두 명이 수상했는데, 하나는 성학수였고 다른 한 명이 바로 유진이 씨였던 거죠. 둘 다 소설가였는데 모두 그 역할을 한 배우의 전작과 실제 경험을 작품에 반영하고 있었어요.”

“그럴 리가 없어요. 뭔가 생각이 난 건 최면 이후였어요.”

“아니, 그전부터였어요. 외계인 뱀파이어 가슴에 주인공에게만 보이는 칼이 박혀 있었다는 설정을 쓴 적 있죠? 그게 어디서 나왔게요? 제가 온 세상에서 히트했던 〈도깨비〉라는 드라마에서였어요. 그 드라마는 여기엔 없죠. 저와 송하진 씨를 포함한 〈도깨비〉 출연 배우 네 명이 〈새벽이 끝났다〉에도 나왔으니까요. 전 이미 기억하고 있는 것을 최면으로 흔들어 꺼냈을 뿐이에요. 최면 기술은 이 세계에서 탈출하려고 4년 전에 연마했던 것인데 이것까지 설명하긴 귀찮고.”

“형부에게도 최면을 거셨나요?”

“네.”

“그 때문에 자살한 것일까요?”

"모르겠어요. 그 양반 속마음을 제가 어떻게 아나요?"

"저는요? 제 속마음은 아세요?"

"송하진 씨가 아니라는 건 알아요. 장편 SF 소설 세 편을 연달아 쓰는 건 이소리 작가가 설정한 이진이 작가여서 가능했던 일이죠. 최면 이후 송하진 씨의 경력 일부가 꽤 뚜렷하게 기억났다는 것도 알아요. 한 달 전, 브릿G에 단편소설을 썼죠? 전생인 줄 알았는데 알고 봤더니 자신을 연기한 배우의 이전 경력이더라. 그거 실화잖아요."

폭로 당한 기분이었다. 하지만 그와 동시에 속이 후련해 졌다. 몇 달째 고민하고 있던 문제의 그럴싸한 해답을 얻어서이기도 했고 더 이상 차유안에 대한 껄끄러운 감정을 끌고 다닐 필요가 없어서이기도 했다. 하지만….

"하지만 과연 이게 끝일까요?"

차유안은 지금까지 엉덩이를 걸치고 있던 책상에서 내려와 진이 맞은편 소파에 앉았다.

"이건 말도 안 되잖아요. 출연 중이었던 드라마 속 세계로 빨려 들어가 4년 동안 살고 있다니. 이게 도대체 어떻게 된 거냐고요. 이전 세상보다 저에게 좋은 곳이니 궁금해하지 말고 그냥 만족하고 살아요? 그게 되나요?"

"많이들 그러지 않나요?"

진이가 조그맣게 물었다.

"전 늘 그게 이상했단 말이죠. 그런 이야기들은 대부분 전 우주가 자기에게 교훈이나 상을 주기 위해 물리법칙을 뒤틀거나 파괴했다고 주장해요. 하지만 그 사람이 뭐가 그렇게 특별해서? 설마 이게 나에게만 일어난 일일까?

찾아보니 제 경우와 비슷한 사건이 있더라고요. 제리 레이건이란 배우를 알아요?"

"로널드 레이건의 친척인가요?"

"철자가 달라요. R.A.I.G.A.N. 50년대에 활동했던 별로 안 유명한 배우였어요. 작품보다는 1960년에 있었던 실종 사건이 더 유명해요. 이 사람은 〈아서 커티스의 개인적인 세계〉라는 싸구려 영화에 출연 중이었는데, 촬영 중에 갑자기 자신이 자기가 연기하는 캐릭터인 아서 커티스라고 주장하기 시작했어요. 그 때문에 촬영이 중단되었다던가 그랬는데, 레이건은 세트 안에서 그냥 사라져 버렸대요. 이런 분야에 관심 있는 사람들 사이에서는 유명한 이야기라고 하더라고요. 그 사람들은 레이건이 그 영화 속 세계에 들어가 버렸다고 믿어요.

이런 예들이 몇 개 더 있어요. 제가 찾은 것만 해도 여섯 건. 그중 세 건은 인도에서 일어났지요. 나머지는 구소련, 홍콩, 나이지리아. 자신이 출연 중인 작품 속 캐릭터가 되었다고 우긴 배우들의 예는 훨씬 많은데, 전 다 뺐어요. 직접 영화나 드라마의 세계 속으로 들어가서 사라졌거나 들어갔다가 다시 나왔다고 추정되는 경우만 넣었지요.

왜 이런 일이 일어날까? 이야기를 쓰고 세트를 만들고 배우가 카메라 앞에서 연기하는 과정이 허구의 세계 전체를 만들어 내는 것일까? 아니면 이미 존재하는 세계로 가는 통로를 만드는 것일까? 아니면 다른 세계로 들어가 영향력을 끼치기만 하는 것일까? 어떻게 이런 일이 가능할까? 그리고 결정적인 마지막 질문이 있죠. 이 세계, 또는 이 세계들은 과연 자연적인가?"

5.

드라마 세계의 논리가 현실 세계의 논리와 충돌해 붕괴하는 과정은 오싹하면서도 장관이었다.

일어날 수밖에 없는 일이었다. 다른 영화나 드라마의 세계처럼 〈새벽이 끝났다〉의 세계는 자연스럽게 존재할 수 없는 곳이었다. 드라마 작가와 PD의 의지에서 해방되는 순간 세상은 당연한 논리를 되찾았다.

가장 눈에 뜨이는 것은 역시 한국의 스티븐 킹, 성학수의 몰락이었다. 하지만 지금은 차유안이라는 이름으로 살아가고 있는 추수경은 더 작은 것들이 신경 쓰였다. 촬영을 위해 의도적으로 과장되고 왜곡되게 지어진 세트들, 스토리 전

개를 위해 대충 무시하고 넘어간 논리적 비약, 아무리 신경 쓰며 찍어도 나올 수밖에 없는 수많은 옥에 티들. 이들은 이 세계에서 어떻게 반영되고 존재했을까? 유안/수경은 알 수가 없었다. 드라마가 끝나기 전까지 이 말도 안 되는 멜로드라마의 일부를 연기하는 배우에 불과했으니까. 드라마 안에서 이 세계를 본 적이 없으니까.

세트 같은 건 확인할 수 있었다. 유안은 그중 하나에 살고 있었다. 한국 집치고는 비정상적으로 넓고 천장이 높은 건물이었다. 쓸데없이 공간이 남아도는, 난방비와 냉방비가 엄청 들어가는 잘못 지어진 집이었지만 불가능하지는 않은 공간이었다.

옥에 티 하나도 확인할 수 있었다. 〈새벽이 끝났다〉 13회에 유설이의 머리핀 하나가 컷이 바뀌면서 사라졌다가 나타난 적이 있었다. 다른 배우들에 비해 비교적 시간이 넉넉해서 촬영장에서 아이패드로 드라마를 본방 사수할 수 있었던 유안이 발견한 실수였다. 그리고 바로 그 장면은 〈마지막으로 새벽이 오다〉의 메이킹 필름용으로 찍었지만 편집된 푸티지에 담겨 있었다. 유설이의 머리에 있던 나비 모양의 핀이 갑자기 반투명해지더니 플라스틱과 금속 가루가 되어 공기 속으로 흩어져 갔다….

이 세계는 이런 실수들을 모두 이렇게 처리했던 것일까?

그렇다면 그건 단서가 될 수 있지 않을까? 만약 이 세계에 다시 드라마 작가와 PD의 개입이 있다면 부유한 캐릭터들은 오로지 드라마에서만 존재하는 괴상한 집에서 살고 있을 것이며 그들 주변엔 설명할 수 없는 자살한 초자연현상이 일어날 것이다. 저 바깥 세계에서 드라마와 영화를 만드는 사람들은 실수투성이의 신이기 때문에. 신은 오로지 실수를 통해서만 자신을 드러내는 것이다.

유안은 우주를 상상했다. 무한히 쌓인 얇은 종이 더미와 같은 우주. 각각의 종이에서 이야기를 만들고 상상하는 사람들은 그 밑의 종이에 영향을 끼친다. 그렇게 변형된 우주 속에서 또 이야기를 만들고 상상하는 사람들이 나타나고⋯ 이런 식으로 처음엔 모두 똑같았던 우주들이 각각의 우주 속 이야기꾼에 의해 변형된다⋯ 아니, 모양은 이보다 더 복잡할 거야. 하나의 우주에만도 셀 수 없이 많은 이야기꾼이 존재하고 이들 중 상당수는 자기네들이 사는 세계와 전혀 다른 세계를 꿈꿀 테니까. 일단 내가 1950년대 작가가 상상한 SF 안에 있는 게 아니라고 어떻게 장담하지? 지금까지 나는 이소리가 만든 차유안의 세계를 비웃었지만, 과연 추수경의 세계는 말이 되는 곳이었나?

좋아. 그렇다면 신이 되어 보자.

수경이었을 때 유안은 어쩌다 배우로 주저앉은 포기한 영화감독이었다. 이제 두 번째 기회가 주어졌다. 스스로의 이야기를 만들고 이를 통제할 수 있는 기회. 저 밑의 세계에 신적인 영향력을 행사할 수 있는 기회. 모르지. 이 과정을 통해 나 같은, 제리 레이건 같은 사람들이 지나갈 통로가 또 만들어질지.

그리고 유안은 그 작업을 너무나도 수월하게 해냈다. 돈과 권력만큼 예술 작품의 퀄리티에 도움이 되는 건 없었다. 여기에 유안의 감식안과 취향이 더해지자 독창적이고 흥미진진한 작은 영화들이 만들어졌다. 수경이었던 때의 내가 옳았다. 난 정말 좋은 영화를 만들 수 있어.

그러는 동안 유안은 작은 실험들을 했다. 처음엔 관객들의 눈에는 거의 보이지 않지만, 영화 속 세계엔 무시할 수 없는 불연속성을 만들어 내는 옥에 티를 하나둘씩 넣었다. 다음엔 영화 속 건물 하나를 불가능한 공간으로 만들었다. 〈달아나는 이유〉에 나오는 유나의 사무실 세트는 얼핏 보면 정상이지만 영화 속 세계 안에서 보면 두 개의 방이 같은 공간을 점유하는, 기하학적으로 존재 불가능한 곳이었다. 사실적인 심리물로도, SF로도 해석될 수 있는 〈겨울로 가는 길〉도 이 실험의 일부였다.

별다른 일은 일어나지 않았다. 배우들이 빨려 들어가는 일도 없었고 캐릭터들이 튀어나오는 일도 없었다. 이런 일이

흔할 리는 없겠지. 배우에게 탈출해야 하는 어떤 절실함이 있어야 하는 걸까? 이혼당한 주정뱅이였던 제리 레이건에 겐, 5년 넘게 가족 빚을 갚느라 거의 익사 직전이었던 수경에겐 그 절실함이 있었다. 그렇다면 나 역시 그런 배우를 캐스팅해야 하는 걸까? 아무리 상황을 개선하는 것이라도 그 사람을 다른 세계로 던지는 게 옳은 일일까?

〈겨울로 가는 길〉의 촬영이 끝난 1년 전, 부천국제판타스틱영화제를 찾은 유안은 여전히 그 고민을 하고 있었다. 〈접속된 소녀〉의 캐스팅에 나의 가설을 반영해야 하는가? 반영하지 않는다고 해도 여전히 나는 허구 속 사람들의 운명을 조종하고 있는 것이 아닌가? 나는 내가 만든 영화 속에서 고통스러운 운명을 맞는 사람들에게 책임이 있는가? 고민은 끊임없이 꼬리를 물었고 끝날 줄을 몰랐다.

표가 남는 아무 영화를 골라 보고 있던 유안은 반쯤 멍한 채로 한국만화진흥원 세미나실에서 하는 강연 하나를 듣게 되었다. 제목은 '페르미의 역설: 우주의 불쾌한 침묵'으로, 해도연이라는 천문학자 겸 SF 작가가 강연자였다. 유안은 이 주제에 대해서도, 강연자가 밀고 있는 '희귀한 지구' 가설에 대해서도 어느 정도 알고 있었다. 그리고 강연을 듣고 있노라니 '희귀한 지구' 가설 말고 더 그럴싸하게 느껴지는 가설이 떠올랐다. 우린 불필요한 변수가 제거된 가상현실 속에 있는 거지. 그 작은 세계의 틀 안에서 끊임없이 변주되는 세계를 만들어 내는 거고. 우리가 다른 별에서 오는 신호를 잡을 수 없는 건 가운데땅 주민들이 외계에서 온 우주선과 만나지 않는 것과 같은 이유 때문이야.

이미 수많은 사람이 굴렸을 이 생각에 빠져 반쯤 정신을 놓은 채 세미나실을 나가려는데, 뚱뚱한 남자가 유안의 앞을 가로막았다. 처음엔 못 알아보았다. 그 남자가 덩치에 어울리지 않는 가는 목소리로 유안의 이름을 부른 뒤에야 간신히 누군지 알 수 있었다. 성학수였다. 몇 년 전까지만 해도 한국의 스티븐 킹이었던 남자.

30킬로그램, 아니 거의 40킬로그램은 살이 찐 거 같았다. 이유는 알고 있었다. 성학수를 연기한 배우이고 지금은 해체된 1세대 보이그룹 클로비스의 리더인 박민수는 쉽게 살이 찌는 체질이었다. 이 왕년의 아이돌은 밥과 밀가루 음식은 입에 대지 않았고, 저녁 6시 이후로는 물도 마시지 않았으며, 하루 두 시간 이상을 체육관에서 보냈다. 당시엔 유난 떤다고 생각했지만, 풍선처럼 부푼 성학수를 보니 생각이 바뀌었다. 박민수는 잔인한 생물학적 운명과 맞서 끝나지 않는 전쟁을 벌이는 고독한 전사였다. 처음으로 유안은 지금은 다른 차원에 있는 그 남자를 존경하게 되었다.

처음엔 가식적인 인사를 교환하고 달아나려 했다. 하지

만 성학수가 팔목을 잡고 매달렸다. 쓸데없는 구경거리를 만들기 싫었던 유안은 머물고 있는 고려호텔의 스위트룸으로 남자를 데려갔다.

"잘 지내나 봐?"

성학수는 창가 옆에 엉거주춤 서서 말했다.

"응."

유안은 건성으로 대답하며 머리를 굴렸다. 성학수를 내가 어떻게 불렀더라? 오빠라고 불렀나? 아니면 그냥 이름을 불렀나? 의외로 〈새벽이 끝났다〉엔 둘이 같이 나오는 장면이 별로 없었다. 유안은 유설이를 질투하고 괴롭히기 위해 존재했고 성학수의 약혼녀라는 건 캐릭터 설정 이상도 이하도 아니었다.

"네가 만든 영화 두 편을 봤어. 모두, 모두 너무 좋았어. 네가 그런 영화를 만들 거라고는 상상을 못 했어."

아, 저 사람은 나를 '너'라고 부르는군.

"나도 이제 어른이니까."

"하지만 이 모든 게 정상이라고 생각해? 그게 다 네 실력이라고?"

"무슨 소리야?"

"몇 년 전부터 세상이 이상하게 변하는 걸 못 느꼈다고? 뭔가 초자연적인 힘이 개입되었다는 걸 모른다는 거야?"

유안은 속으로 웃었다. 한국의 스티븐 킹 선생은 지금까지 자신의 삶이 드라마 작가 남주에 맞추어 조율되었다가 드라마가 끝난 뒤엔 우주가 다시 정상으로 돌아가고 있다고는 단 한 번도 생각하지 못했다. 반대로 결혼기념일 1주년 이후부터 무언가 비정상적인 일이 벌어져 지금까지 자신을 중심으로 돌아가고 있던 정상적인 우주를 파괴하고 있다고 믿기 시작했던 것이다.

성학수는 더듬거리며 이야기를 시작했다. 작가로서 인기를 잃었고, 살이 찌기 시작했고, 집안은 망했고, 이혼당할 판이었다. 왜 그런 줄 알아? 내 운과 재능이 다른 사람들에게 가고 있어. 그러니까 차유안 너 같은 사람들 말이야. 1년에 책 한 권도 읽지 않는 네가 언제부터 갑자기 〈달아나는 이유〉 같은 영화를 만들게 된 거지?

"만들기는 강서라 감독이 만들었지."

유안은 얼버무렸다.

"거짓말 마. 각본 절반은 네가 썼다는 걸 알아. 너, 나에게 무슨 짓을 한 거야."

소름이 쫙 끼쳤다. 지금까지 유안은 성학수나 박민수에게 어떤 종류의 위협도 느낀 적이 없었다. 위협을 느끼긴커녕 생각 자체를 잘 안 했다. 성학수는 드라마 공식 사이트의 등장인물 소개("뛰어난 피지컬과 넘치는 재력, 빛나는 유머 감각을 갖춘 하버드 출신 국민 뇌섹남! 한국의 스티븐 킹!")만큼이나 공허한 남자였다. 박민수는 촬영장에서 자주 만나지도 않았다. 저탄수화물 도시락을 먹다가 갑자기 포크를 놓고 일어나 런지를 하는 모습이 가끔 떠오를 뿐이었다. 캐릭터 설정에 필요한 지식, 가끔 합을 맞춘 직장 동료. 그게 전부였다. 그리고 그 제한된 경험 안에서 이들은 모두 친절하고 예의 발랐다.

하지만 지금 유안 앞에 선 뚱뚱한 남자는 그들과 전혀 다른 사람이었다. 성학수를 성학수로 만들었던 이소리의 손길은 떠난 지 오래였다. 평생 억눌려 있던 어둡고 거친 영혼의 조각들이 갑자기 바뀐 환경 속에서 깨어났다. 이 새로운 남자는 성학수의 기억과 경험을 통해 유안을 어떻게 해석하고 있는 것일까? 나를 사랑했던 여자, 내가 사랑에 빠진 여자를 질투하며 괴롭혔던 여자, 나 때문에 아버지를 잃은 여자. 이 해석에 따르면 차유안은 성학수를 증오하고 저주해 마땅했다. 어떻게 그렇게 마법을 부렸는지 모르겠지만 방법은 있었을 것이다. 차유안은 뭐든지 할 수 있는 존재, 만능의 서브 여주였으니까. (아, 뒤에 뜬금없이 개심해서 유설이를 도운 파트는 편리하게 잊었을 것이다. 그건 다들 인정하듯 조금 캐붕, 그러니까 캐릭터 붕괴에 가까웠다. 조연 배우 추수경이 그동안 살아남기 위해 갈고 닦은 귀요미 연기로 커버했을 뿐이지.)

성학수가 천천히 다가왔다. 유안은 주짓수 시간에 배웠던 온갖 방어 기술을 떠올리며 뒷걸음쳤다. 가까스로 호텔 문에 손이 닿았을 때 성학수는 털썩 주저앉아 유안의 허리를 끌어안았다.

"내 재능을 돌려줘! 설이를 돌려줘! 뭐든지 할게!"

유안은 무릎으로 남자의 턱을 세게 걷어차고 문을 열어 호텔 방에서 빠져나왔다. 뒤에서 뭐라고 읊조리는 소리가 들렸지만 무시했다. 복도에서 며칠 전 피칭에 참여한 영화감독 몇 명을 만나 그들 무리 속으로 들어갔다. 자정 무렵에 돌아와 보니 성학수는 사라지고 없었다.

성학수는 유설이에게 이혼당하고 그다음 해 봄에 목숨을 끊었다.

소민아라는 형사가 유안의 사무실을 찾아온 건 성학수의 시체가 유진이에게 발견되고 나흘 뒤의 일이었다. 키가 크고 운동선수처럼 다부진 사람으로, 서울지방경찰청 광역수사대 소속이라고 했다. 성학수가 몇 개월 전부터 기업형 마약 밀수 조직에 말려들었을 수도 있어서 조사 중이라고 했다.

유안은 얼굴을 찌푸렸다. 소민아는 80년대 홍콩이라면 〈예스 마담!〉 시리즈 같은 영화에서 보았을 수도 있는 옛 취향의 건강한 미인이었다. 유안은 예쁜 사람들이 신경 쓰였다. 누군가가 배우처럼 생겼다면 그 사람은 정말로 배우일 수 있는 것이다. 내 이야기와 별도로 소민아가 주인공인 경찰물이 이 세계에서 따로 진행되고 있는 것이 아닐까? 하나의 세계는 얼마나 많은 허구를 품을 수 있는 것일까? 성학수의 죽음이 소민아가 주인공인 액션물의 작가에 의해 조작되었을 수 있을까? 그렇다면 성학수를 연기하는 사람은 그동안 진짜로 뚱뚱해지거나 분장을 한 박민수일까? 아니면 다른 차원의 다른 배우일까? 여러 배우가 하나의 캐릭터를 공유하는 것도 가능할까? 이 우주는 얼마나 더 복잡해질 수 있는 것일까?

　질문과 대답은 단조로웠다. 마지막으로 만난 게 언제셨나요? 작년 부천영화제에서요. 그냥 예고도 없이 호텔까지 따라왔어요. 무슨 이야기를 하셨나요? 잘 기억은 안 나는군요. 그냥 이혼당한다고 징징거렸던 거 같아요. 도중에 갑자기 폭력적으로 변해서 달아났지요. 뉴스에서 보니 이혼 전에 유설이 씨에게도 똑같이 굴었다고 그러더군요? 안됐어요. 매스컴에서는 이혼한 아내 때문에 한국의 스티븐 킹이 죽었다고 떠들겠죠. 모든 게 다 여자 탓이지. 부천 때는 어땠나요? 마약을 한 것 같던가요? 그건 잘 모르겠네요, 형사님. 전 마약중독에 대해 아는 게 없거든요.

소 형사는 아이패드를 꺼내 그림 하나를 열었다.

"혹시 이걸 보신 적 있으신가요?"

유안은 눈을 가늘게 뜨고 아이패드를 바라보았다. 파란 잉크로 그려진 복잡한 만다라 같았다. 착시 효과 때문에 그림을 이루고 있는 작은 동그라미들이 빙글빙글 돌고 있는 것 같았다.

"모르겠어요, 뭔가요?"

"성학수 작가의 노트북 컴퓨터에서 발견되었어요. 똑같은 파일이 500개인가 들어 있더군요. 별장에도 파란 볼펜으로 그려진 비슷한 그림이 여기저기 붙어 있었고요. 아무 의미가 없을 수도 있겠지요. 있을 수도 있고. 메일로 하나 보내 드릴게요. 비슷한 걸 보시면 알려 주세요."

유안은 엉겁결에 이메일 주소를 알려 주었고 소 형사가 떠난 뒤에도 휴대폰으로 그 파란 만다라를 노려보고 있었다. 이게 도대체 뭐지? 의미가 있나? 노트북에서 이상한 만다라를 찾았다고 그걸 나에게 메일로 보내 주는 저 형사의 꿍꿍이는 뭐냐고? 바로 몇 달 전에 유진이에게 최면을 걸어 결과를 지켜보는 중이라 더 의심스러웠다. 유안이 할 수 있는 건 다른 누구라도 할 수 있었다.

한동안 유안은 그 만다라를 잊어버렸다. 하지만 유진이가 뒤늦게 참여한 〈접속된 소녀〉의 각색 작업이 끝나고 유설이 주연으로 촬영에 들어가자 다시 생각났다. 함정일지도 몰라. 그것 때문에 성학수가 죽은 것일지도 몰라. 하지만 그게 돌파구라면?

유안은 한참 바쁘게 돌아가는 촬영 현장에서 폰을 열었다. 가장자리에서 작은 동그라미들이 빙빙 도는 것처럼 보이는 파란 그림은 끈적거리는 입처럼 보였다. 만약 이게 정말 입이고, 터널이라면?

유안은 소민아에게 전화를 걸었다.

6.

사무실 벽에 걸린 파란 만다라가 스탠리 큐브릭 스타일의 완전 대칭 화면 속에서 춤추고 있었다.

〈접속된 소녀〉는 절반을 넘어가고 있었다. 수요일 아침에 유설이가 나오는 신작 SF 영화를 보려고 여의도 CGV를 찾은 관객들은 소민아 일행을 제외하면 여섯 명이 전부였다. 그들 중 어느 누구도 그 이미지에 영향을 받은 것 같지 않았다. 실망할 건 없어. 효과가 단번에 일어나면 그게 이상하고, 관객이 많아지면 효과도 커지겠지.

"이게 정말 먹힐까요?"

상영이 끝난 3관 상영관을 떠나며 소민아가 물었다.

"먹힐 겁니다. 저번 언론배급 시사회에 참여했던 기자들

몇 명이 반응을 보이고 있어요. 아직 실종된 사람은 없습니다만."

뒤에서 따라 나오던 윈스턴 조가 말했다. 본체인 배우가 직접 스턴트를 한다면서 날뛰다 입은 부상으로 왼쪽 다리를 살짝 절고 있었다.

"하지만 우주가 가만히 보고만 있을까요? 항상성을 유지하기 위해 개입하지 않을까요? 우리가 지금까지 만다라로 한 도약은 아주 작고 가벼웠잖아요. 동시에 도약한 사람도 최대한 세 명에 불과했고. 이건 스케일 자체가 달라요."

"우주가 적극적으로 개입한다면 그것도 큰 사건이고 그를 통해 우리가 필요한 데이터를 얻을 수 있겠지요. 우린 뭐든지 해야 합니다. 언제까지 이 가짜 세계들을 오가며 살 수는 없지 않습니까."

윈스턴 조는 가볍게 소민아의 어깨를 쳤다.

"우리는, 우주의 모든 사람은 더 진실한 삶을 살 권리가 있습니다. 실패해도 우린 우주에게 그 사실을 선언하는 겁니다."

파란 만다라는 여행자 조직의 자랑스러운 발명품이었다. 허구의 세계로 이루어진 우주의 장점 중 하나는 쓸 만한 미친 과학자가 많다는 것이었다. 그들은 이야기꾼의 신이 떠나며 우주의 물리법칙이 복구되는 그 짧은 시기를 집중적으로 연구하고 활용했다. 만다라가 만들어지면서 터널여행자는 주관적인 변수를 최대한 줄이고 세계 사이를 오갈 수 있었다. 아무리 경험이 많은 여행자라도 성공률은 기껏해야 6.3퍼센트였지만 그것만 해도 대단한 것이었다.

한동안은 재미있었다. 터널여행자들 앞에는 수많은 이야기꾼이 건드린 수많은 허구의 세계들이 펼쳐져 있었다. 세계 사이의 낙차를 적절하게 이용하면 별다른 노력을 하지 않더라도 사치스러운 나날을 보낼 수 있었다. 몸이 마음에 안 들거나 지겨워졌다고? 다른 캐릭터로 갈아타면 된다. 그들은 신처럼 책임을 지지 않는 삶을 살고 있었다.

이런 삶은 곧 지겨워졌다. 무엇보다 공허했다. 하지만 목적 있는 삶을 위해 한 세계에 안주하는 것 역시 자기기만이었다. 그들은 자신에 맞는 목적을 찾아야 했다. 그들이 사는 우주를 이해하고 그들의 지식을 모두와 공유하는 것.

그것은 신에 도전하는 일이었다.

아무리 생각해도 그들의 우주는 조작된 곳일 수밖에 없었다. 아마도 장난감, 좋게 보면 실험실이었다. 누군가가 이야기꾼과 이야기와 캐릭터들을 갖고 놀고 있거나 연구 중이었다. 터널여행자들이 그 게임에서 벗어난 예외라는 법도 없었다. 오히려 그들이야말로 진짜 연구 대상일 수도 있는 것이다.

조직의 몇몇은 이 도전을 두려워했다. 상상할 수 있는 최악의 결말은 우주의 중지일 것이다. 더 이상 놀이터가 놀이터로, 실험실이 실험실로 기능하지 않는다면 위의 무언가가 이 우주를 계속 유지해야 할 이유가 있을까?

성학수를 자살로 몰고 간 건 더 하찮은 공포였다. 여행자들은 그 절실함 때문에 이 몰락한 남자가 좋은 여행자 동료가 될 수 있다고 착각했다. 하지만 성학수가 본 건 기회가 아니라 그의 비대한 자아를 잡아먹는 잔인한 신과 그에 어울리는 매정한 우주였다. 자신이 한국의 스티븐 킹일 수 없는 우주. 이소리라는 작가는 왜 자신의 창작물에게 그런 어이없는 강박증을 심어 준 것일까?

내가 어떻게 알아. 차유안, 아니, 추수경 캐릭터를 만든 작가가 이소리보다 더 나은 사람이길 빌어야지.

영화관이 있는 국제금융센터에서 나온 소민아는 절름발이 미치광이 과학자를 택시에 태워 보내고 마포 방향으로 걸었다. 하늘은 흐렸고 해를 가린 거대한 청회색 구름은 기괴한 모양으로 꼬여 있었다. 얼핏 보면 하트 같고 다르게 보면 으깬 프레첼 같기도 했다. 소민아는 그것이 신의 개입이기를, 이 지루한 게임을 끝내고 진짜 우주를 보여 주겠다는 신호이기를 바랐다.

하지만 그건 그냥 구름일 뿐이었다.

죽은 고래에서
온 사람들

1.

고래는 우리 뗏목으로부터 10킬로미터 정도 떨어져 있었다.

엄마에게서 받은 쌍안경으로 보면 검은 몸이 해류를 거스르며 만들어 내는 하얀 물거품과 등에 솟아 있는 붉은 깃발이 보였다. 눈에 힘을 주니 등 위에 세워진 건물들과 고래 주변의 어선들도 보이는 것 같았다. 하지만 지금 상황에서 내 눈을 믿는 건 위험했다. 나는 뭐든지 믿을 준비가 되어 있었다.

부슬부슬 비가 내리기 시작했다. 나는 방수포를 뒤집어쓰고 다시 노를 잡았다. 밤이나 낮으로 쓸려 가지 않으려면 우린 꾸준히 노를 저어야 했다. 해류에 맞서 헤엄치며 우리를 보호해 주던 옛 고래가 그리웠다. 하지만 모든 것에는 끝이 있다. 우린 부족은 그곳에서 1200년, 그러니까 지구 달력으로 40년 가까이 살았다. 고래는 병에 걸린 게 아니라 그냥 죽을 때가 된 것인지도 모른다. 우리는 잘못한 게 없다. 어쩌다 보니 살날이 1200년 남은 고래를 선택한 것뿐이다.

고래 쪽에서 노란 불꽃이 솟아올랐다. 저쪽에서도 우리의 존재를 눈치챈 것이다.

한참 기다리자 우리 쪽을 향해 다가오는 작은 보트가 보였다. 하얀 방호복을 입은 두 사람이 앉아 있었다. 그들이 조금 더 가까워지자, 압축 공기 모터가 물을 뿜어 대는 퉁퉁거리는 희미한 소리가 들렸다. 모터 소리는 우리에게 가까워질수록 조금씩 느려졌지만 멎지는 않았다.

"해바라기 고래에서 온 사람들입니까?"

둘 중 한 명이 남자 목소리로 말했다.

"맞아요. 모두 스물한 명입니다. 우린…"

엄마의 말은 시작하자마자 끊겼다.

"여기서 더 가까이 오시면 안 됩니다."

"우린 깨끗해요. 1년 가까이 아무도 안 죽었어요."

거짓말이었다. 두 명이 자살하고 한 명이 사고로 익사했다. 하지만 병으로 죽은 사람은 아무도 없었다. 그러니까 그들이 원하는 답변만 생각하면 엄마의 말은 거짓이 없었다. 모든 상황을 설명하며 이야기를 괜히 길게 늘일 필요는 없었다.

"우리가 여러분의 말을 믿어야 할 이유는 없습니다."

남자 목소리가 말했다.

"그렇다면 그냥 근처에만 있게 해 줘요. 1킬로미터만. 기다리면서 확인하시면 되잖아요. 다들 지쳤어요. 언제까지 노를 저을 수는 없어요."

계속 대화가 이어졌다. 보트의 사람들은 설득된 것 같았지만 목소리만으로는 알 수 없었다.

보트는 통통거리면서 다시 고래 쪽으로 사라졌다. 우리는 고래와 뗏목 사이를 가로막고 흐르기 시작한 안개강을 노려보며 계속 노를 저었다.

세 시간이 지나자 보트가 다시 돌아왔다. 이번엔 세 사람이 타고 있었다. 세 번째 사람은 방호복을 입지 않았다. 해초로 짠 회색 원피스 차림이었다. 수염이 없어 여자처럼 보였다. 등에는 하얀 천으로 묶은 제법 큰 짐을 지고 있었다.

보트가 뗏목에서 20미터 정도 가까이 왔을 때 방호복을 입은 두 사람은 세 번째 사람을 보트에서 밀었다. 떨어진 사람은 놀란 구석 없이 헤엄치며 우리에게 다가왔다. 뗏목에 태우고 나서야 우리는 그 사람의 허리에 긴 밧줄이 묶여 있다는 걸 알았다. 새 승객은 밧줄을 풀어 뗏목의 부러진 돛 대에 묶었다. 잠시 기다리자 밧줄은 팽팽해지며 뗏목을 당 겼다. 우리는 잠시 주저하다 엄마의 신호를 받고 노 젓는 걸 멈추었다. 새 승객은 능짐에서 말린 과일을 꺼내 하나씩 우 리에게 건네주었다. 울음이 터졌다. 2년 만에 처음 맛보는 과일이었다.

2.

우리는 해바라기를 살리기 위해 최선을 다했다. 3천 년 동안 인간들이 이 조석고정潮汐固定된 행성에서 쌓은 모든 지 식과 경험을 털어 넣었다. 하지만 그것만으로는 모자랐다. 지구의 달력으로 1세기라면 결코 짧은 시간이 아니지만, 우 리에겐 의미 있는 결과를 낼 만한 도구도, 재료도 없었다.

우리에게 이곳은 바다의 행성이었다. 대륙이 없는 건 아니 었다. 하지만 낮과 밤에 있는 두 대륙은 우리에겐 별 의미가 없었다. 낮 대륙은 모래사막이었고 밤 대륙은 얼음사막이었 다. 생명체가 살 수 있는 곳은 두 대륙 사이에 있는 여명지대 의 바다뿐이었다. 대륙 어딘가엔 우리가 문명을 세우는 데 에 필요한 금속과 같은 재료가 있겠지만 우리에겐 그림의 떡 이었다. 우리는 3천 년 동안 우리가 문명을 건설할 수 있는 섬을 찾았지만 허사였다. 여명지대는 텅 비어 있었다.

고래는 우리의 유일한 대안이었다. 고래라고 이름을 붙이긴 했지만 지구의 고래와는 닮은 구석이 전혀 없는 생명체였다. 우리의 고래는 떠다니는 거대한 섬이었다. 폭은 100미터에서 200미터 정도였고 길이는 700미터에서 1.5킬로미터에 달했다. 납작한 등은 언제나 물 위로 드러나 있었고 물 밑에 있는 수백 개의 지느러미로 헤엄을 쳤다. 수천 년 동안 관찰한 끝에 우리는 고래가 수백의 개체가 모여 만들어진 군체라는 결론을 내렸다. 단지 고래는 지구의 군체 동물보다 훨씬 복잡하게 연결되어 있는 생명체였다. 생각 없이 험악한 해류나 태풍에 잘못 휩쓸렸다가는 생선찜이나 냉동 생선이 될 수밖에 없는 이곳에서 덩치를 불리는 건 이치에 맞는 진화의 선택이었다.

우리는 고래 위에서 생존할 수 있었다. 집을 세우고, 고래 등과 주변 바다에 농장을 만들고, 벗겨지는 등껍질을 엮어 보트를 만들 수도 있었다. 아이들을 낳고 교육하고 언젠가 다른 별과 통신할 수 있는 미래를 꿈꿀 수 있었다. 그 희망으로 우리는 3천 년을 버텼다.

하지만 이 모든 희망은 고래의 영생에 달려 있었다. 다들 고래는 영생이 가능한 생명체라고 했다. 개체가 하나씩 늙어 죽어가도 늘 다른 곳에서 젊은 개체가 그 자리를 채웠다. 죽은 개체가 남긴 기억은 이들이 공유하는 느슨한 신경망을 통해 공유되었기에, 고래는 늘 우리가 아는 바로 그 고래였다.

하지만 어떤 고래들은 죽어갔다. 개체가 죽어가는 속도가 새 개체가 들어오는 속도를 따라잡지 못하면 고래는 죽었다. 그 속도가 어느 선을 넘으면 위기를 느낀 개체들은 접근하지 않았다. 고래는 분해되었고 그와 함께 그 위의 마을은 멸망했다.

고래병이라고 했다. 전염병이라고 했다. 한 마리의 고래가 죽으면 인근 고래들이 따라 죽는 경우가 보고되었다. 하지만 우리는 그 전염 경로에 대해 아는 바가 없었다. 해류를 타고 감염되는 것일 수도 있었다. 먹이가 되는 물고기 때문일 수도 있었다. 아니면 우리 때문일 수도 있었다. 우리가 별다른 도구 없이 이 행성 생태계의 일부가 될 수 있었던 건 지구인과 이 행성의 생명체 사이에 두드러진 차이가 없었기 때문이었다. 우리는 이곳의 생명체들을 먹을 수 있었고 그들도 마찬가지였다. 우리는 이 행성의 미생물에 감염되었고 이들도 지구의 미생물을 받아들였다. 지금까지 큰일은 없었다. 고래병이 돌기 전까지는. 죽은 고래에서 온 사람들을 받아들인 다른 고래들이 한 마리씩 죽어가기 전에는.

우리는 저 사람들을 원망했지만 탓할 수는 없었다. 우리도 그랬을 것이기에.

3.

장미 고래에서 온 여자는 의사였다. 그리고 살인자였다.

"남편을 죽였어요."

의사는 담담하게 말했다.

우리는 왜 죽였느냐고 묻지 않았다. 사정이 있었겠지. 살인자를 우리에게 보낸 저쪽 사람들도 사정이 있었을 것이다. 범죄자의 처리는 언제나 까다로웠다. 죽이기엔 늘 일손이 달렸고 감옥 같은 걸 만들 여유가 있는 큰 고래는 몇 없었다. 처리하기 어려운 범죄자를 전염병 보균자일 수도 있는 사람들이 탄 뗏목에 보내는 건 충분히 논리적으로 들렸다. 의사라면 조금 아까웠을 것이다. 하지만 그래도 이렇게 보낸 걸 보면 유일한 의사는 아닌 모양이다.

의사는 우리를 한 명씩 진찰했다. 다른 별 사람들처럼 꼼꼼하게 할 수는 없었다. 우주선에서 가져온 의료 장비는 점점 줄어들고 있었다. 우리가 쓰는 주삿바늘은 모두 3천 년 이상 나이를 먹었다. 우리 대부분은 지구 나이로 쉰을 넘기지 못했다.

"어떻게 생각해요?"

진찰이 모두 끝나자 엄마가 물었다.

"솔직히 말하면 몰라요."

의사가 대답했다.

"모두 건강해 보이는군요. 붉은 열꽃도 없고 체온도 정상이에요. 하지만 우린 고래병에 대해 아무것도 몰라요. 다들 붉은 열병이 고래병이라고 두려워하지만 인간이 전염시키는 고래병 따위는 없을 수도 있어요. 증상이 없어도 보균자일 수 있고요. 지금 떠도는 규칙은 모두 미신에 가까워요."

"그럼 저쪽에서는 어떻게 할 건데요?"

"기다리다 지치면 받아 줄 수도 있어요. 1년 정도? 기껏해야 몇 주예요."

엄마는 쭈그리고 앉아 주머니 속에서 회중시계를 꺼냈다. 아직도 째깍거리며 몇천 광년 저편에 있는 고향 행성 도시의 시간과 날짜를 알려 주는 기계를. 상식적인 사람들이 대부분 그렇듯, 엄마도 지구를 떠나 새 세계를 개척하기로 결정한 조상들을 저주했고 오로지 몇 장의 사진을 통해서만 본 고향 행성에 대한 향수에 시달렸다. 런던, 타이베이, 뉴욕, 나이로비, 시드니, 리우데자네이루. 거대한 땅과 무한한 건물들의 세계. 낮과 밤이 지명이 아닌 곳.

"포기해 버리고 해류에 밀려가는 것도 생각했어요. 희망 없는 삶이니까요. 딸이 없었다면 정말 그랬을 수도 있어요. 나머지 사람들은 모두 마흔이 넘었어요. 저기에 가 봐야 몇 년을 더 살겠어요? 더 산다고 해도 무얼 할 수 있겠어요?"

"포기하고 죽으면 고통스럽잖아요."

"쪄 죽는 것과 얼어 죽는 것. 어느 쪽을 택하시겠어요?"

이 행성 사람들이라면 모두 한 번 이상 듣는 질문이었다. 답에 따라 사람들은 둘로 나뉘었다. 이 구분은 종종 성별보다 더 중요했다. 의사는 대답하지 않았다. 하지만 우리가 보기에 얼음파에 속할 것 같았다.

엄마는 한숨을 내쉬며 시계를 주머니에 넣었다.

"지금 이대로도 나쁠 건 없어요. 적어도 죽어라 노를 젓지 않아도 되니까요. 다들 너무 지쳤어요."

4.

1년이 지나고 2년이 지났다. 장미 고래에 사는 사람들은 우리를 데려가지 않았다. 가끔 한두 명이 보트를 타고 와 의사와 대화를 나누었지만 그게 전부였다. 붉은 열꽃이 없는 것만으로는 그들에게 확신을 줄 수 없었다.

2년은 견딜 만했다. 우린 더 이상 노를 젓지 않아도 되었다. 장미 고래는 우리를 폭풍과 폭풍 사이의 고요한 샛길로 인도했다. 인간이 사는 거대한 고래 주변엔 풍부한 생태계가 조성되어 있었기에 우리는 낚시와 채집만으로 그럭저럭 배를 채울 수 있었다. 담수제조기 하나를 잃어버리긴 했지만 장미 고래에서 떨어져 나간 껍질로 새것을 만들 수 있었다.

걱정되는 건 우리와 장미 고래를 연결하는 밧줄이었다.

3천 년 동안 우리가 개발한 기술 중 자랑스러워해도 될 만한 것 중 하나는 질기고 튼튼한 밧줄 제조법이었다. 하지만 아무리 튼튼한 밧줄이라도 버틸 수 있는 시간엔 한계가 있다. 장미 고래 사람들은 밧줄을 바꾸어 줄 생각이 없는 것 같았다. 그냥 어쩌다 밧줄이 끊어져 별 죄책감 없이 우리를 버리길 바라는 건지도 몰랐다.

장미 고래와 함께 한 지 꼭 2년째 되던 날, 의사는 또 다른 고래를 발견했다. 장미나 해바라기보다는 작았다. 길이가 600미터 정도. 쌍안경으로 보니 어설픈 건물의 흔적은 있었지만 움직이는 사람은 보이지 않았다. 폐허였다. 알 수 없는 이유로 마을이 완성되기 전에 사람들이 고래를 떠난 것처럼 보였다.

방호복 차림의 장미 고래 사람들이 보트를 타고 정찰을 떠나는 게, 그들이 새 고래에 올라타 버려진 마을을 탐사하는 게 보였다. 우리도 머리를 맞대고 토론했다. 아직 저 고래는 누구의 것도 아니었다. 장미 고래가 우리를 받아들여 주지 않는다면 우리가 저기 가도 되지 않을까.

단순한 해결책처럼 들릴 수도 있겠지만 아니었다. 장미 고래 사람들도 저 고래에 사람들을 보내고 싶을 수도 있다. 고래 마을은 언제나 조금씩 좁았고 늘 고향 고래를 떠나고 싶어 하는 젊은 사람들이 있으니까. 저들이 고래병을 앓고 있을지도 모르는 우리와 같은 고래를 쓰고 싶어 할까?

"망설여서 뭐 해? 어차피 장미 사람들은 우리가 여기 있는 걸 좋아하지도 않아. 지금 가서 우리가 침을 발라 놓자고. 그 순간 저 고래는 우리에게 오염되는 거야. 그래도 머물 생각이 있으면 머물라고 하고."

우리 뗏목에서 가장 연장자인 목수가 말했다. 나는 겁이 났지만 엄마를 포함한 다른 사람들은 모두 동의했다. 의사는 동의도 거부도 하지 않았다. 아직 우리 뗏목 소속이 아니라고 생각하는 것 같았다. 하지만 일단 노를 주자 의사도 자리를 찾아 젓기 시작했다. 아까까지 팽팽했던 밧줄은 느슨해지며 바닷물 속으로 잠겼다.

엄마의 시계로 한 시간 만에 우리는 새 고래에 도착했다. 가까이 가서 보니 옆구리에 부두가 남아 있었다. 여기 사람들은 마을을 대충 짓다 말고 떠난 게 아니었다. 오랫동안 사람들이 살았던 고래였다. 우리가 본 건 폭풍을 겪으며 무너진 마을의 폐허였다.

우리는 모두 고래 위에 올랐다. 남은 건 별로 없었지만 멀쩡한 집들만 써도 우리는 넉넉할 것 같았다. 다른 집을 지을 바다 나무들이야 천천히 모으면 된다. 하지만 이렇게 멀쩡한 마을을 남겨 놓고 사람들이 떠났다는 게 이상했다.

마을을 둘러보고 있는 동안 장미 고래에서 온 방호복 차림의 사람들과 마주쳤다. 그들은 우리를 보고 그렇게 놀라지 않았다.

"집이 망가진 게 비교적 최근입니다. 이 고래는 최근에 심한 폭풍을 여러 차례 겪었어요."

우두머리 방호복이 말했다.

그 자체는 이상하지 않다. 고래들은 최대한 폭풍을 피하려 하고 거기에 능숙하다. 하지만 이곳은 폭풍의 행성이었다. 낮에 만들어지는 뜨거운 공기와 밤이 만들어 내는 차가운 공기가 미친 것처럼 뒤섞이는 곳이다. 아무리 고래가 영리하고 능숙하다고 해도 폭풍을 완전히 피할 수는 없었다. 하지만 대부분 마을은 폭풍에 대비가 되어 있었다. 바람을 피할 수 있는 유선형으로 지은 집들은 어떤 충격에도 떨어지지 않게 단단히 고정되어 있었다. 그런데 비교적 최근의 폭풍으로 마을 대부분이 날아가 버렸다. 그렇다면 사람들도 같이 폭풍 속으로 사라진 것일까?

방호복들은 후퇴할 준비를 했다. 새 고래는 탐이 났다. 하지만 지금은 조심할 때였다. 정체를 알 수 없는 역병이 가라앉을 때까지 익숙한 마을에 머무는 게 나았다. 이해가 갔다. 안심도 됐다. 우리는 아직 이 고래에 희망을 걸고 있었기에.

슬프게도 그 희망은 몇 분 만에 끝났다.

장미 고래 사람들이 보트를 묶어 놓은 부두로 걸어가기

시작했을 때 첫 번째 진동이 느껴졌다. 처음엔 별거 아니라고 생각했다. 우리는 살아 있는 동물 위에 있었고 동물은 움직이기 마련이니까. 하지만 두 번째 진동은 성격이 달랐다.

고래가 쪼개지고 있었다. 양쪽 부두를 제외한 고래 위 가장자리가 무서운 속도로 떨어져 나갔다. 그때야 우리는 고래의 가장자리를 이루는 개체들 절반 이상이 죽어 있다는 걸 알아차렸다. 보통 고래들은 개체가 죽으면 즉시 시체를 떨어낸다. 이 고래에서 분리되었지만 아직 살아 있는 개체들이 그 시체들을 움켜쥐고 있었던 것이다.

순식간에 고래 부피의 절반이 떨어져 나갔고 우리는 필사적으로 몸통 중심을 향해 뛰었다. 방호복 두 명이 물속으로 떨어졌고 비명 소리와 함께 바닷물이 피로 물들었다. 살아남은 개체들이 물에 떨어진 사람들을 공격하고 있었다. 우리는 플랑크톤과 바다 벌레를 먹는 평화로운 고래의 존재에 익숙해져 고래를 이루기 전 개체들이 사냥꾼이라는 사실을 잊고 있었다. 알 수 없는 이유로 이들은 고래가 되기 전의 본성을 유지하고 있었고 이빨도 남아 있었다.

고래는 방향을 바꾸기 시작했다. 우리는 선택을 해야 했다. 고래 위에 남을 것인가, 아니면 뗏목으로 돌아갈 것인가. 우리는 후자를 택했다. 무슨 일이 일어나고 있는지는 알 수 없었지만, 이 고래는 우리의 집이 될 생각이 없었다.

아직 부두 쪽은 붕괴가 일어나지 않았다. 뗏목도 멀쩡했다. 이를 드러내는 개체들이 다가오고 있었지만 어쩔 도리가 없었다. 우리는 한 명씩 뗏목 위로 뛰어들어 노를 잡았다.

그내였다. 내 왼발이 무너지는 고래 몸의 틈 사이에 끼인 것은. 개체 사이에 끈적거리는 점액이 발목을 잡았고 나는 여기서 빠져나올 수 없었다.

맨 먼저 나에게 달려온 사람은 의사였다. 그다음은 마을 사람들을 이끌던 엄마였다. 다른 사람들은 오지 않았다. 아니, 올 수가 없었다. 뗏목 위의 사람들은 순식간에 고래로부터 멀어져 갔다. 몇 명은 물속에 떨어졌고 몇 명은 노를 들고 개체들과 맞서 싸우고 있었다. 그리고 그건 내가 그들을 본 마지막이었다.

엄마와 의사가 내 발목을 점액으로부터 간신히 뽑아냈을 때 고래는 미친 것처럼 폭풍 속으로 뛰어들고 있었다.

5.

우리는 살아남았다. 폭풍 속에서 점점 사라져 가는 고래는 우리를 죽이려 발악하는 것 같았다. 하지만 고래의 등 위에 남아 있는 마지막 나무집은 튼튼했다. 튼튼하게 지어졌기 때문에 그 발악에도 버텼던 것이다. 이제 그 집은 작은 배가 되어 운 좋게 폭풍에서 쓸려 나온 우리를 지켜 주고 있었다.

희망은 없었다. 우리에겐 노도, 돛도 없었다. 이렇게 해류에 맡겨 떠돌다 가는 낮과 밤 어딘가에 쓸려 갈 것이고 기다리는 건 죽음뿐이었다.

이게 어떻게 된 일일까? 우리는 고민했다. 우리가 알기로 이와 비슷한 일을 겪거나 목격한 사람들은 없었다. 하지만 3천 년은 모든 걸 경험하기엔 짧다. 이런 일에 대해 우리가 알지 못하는 건, 경험자들이 살아남지 못했기 때문일 수도 있다.

"고래들에게 우린 전염병이었을지도 몰라요."

의사가 말했다.

"우린 고래와의 공생 관계를 최대한 긍정적으로 보고 싶어 했지요. 고래가 없으면 살아남을 수 없었으니까요. 하지만 고래는 우리가 필요 없었어요. 그냥 견딜 만한 작은 기생충에 불과했지요. 그런데 그 견딜 만한 기생충이 치명적인 질병을 옮기기 시작했다면? 고래들도 여기에 대비해야 하지 않을까요? 그들은 영리해요. 해류를 읽고 폭풍을 예측하고 정보를 교환해요. 사라진 고래를 이루는 개체들이 다른 고래의 일부가 되었다고 생각해 봐요. 그리고 인간을 퇴치할 수 있는 방법을 전수했다면?"

잠시 우리는 멸종에 대해, 3천 년 동안 이어져 온 우리 역사의 끝에 대해 생각했다. 하지만 엄마는 더 긍정적이었다. 그들이 그렇게 영리하다면 인간이 단순한 기생충이 아니라는 걸, 대화가 통하는 지적인 존재라는 걸 알고 있을 것이나. 그렇게 쉽게 처치하고 잊어버리는 대신 대화를 시도할 것이다. 똑똑한 동료가 있는 건 좋은 일이기에.

이 모든 건 탁상공론 같아 보였다. 사람들이 사는 고래와 마주치는 게 우리의 유일한 희망이었는데, 그건 가능성이 낮았다. 그리고 만난다고 해도 그 사람들이 우리를 받아 줄 것 같지도 않다. 우리 피부엔 서서히 붉은 열꽃이 자라나고 있었다. 아무래도 저번 고래 때 감염된 것 같았다. 병에 대한 두려움은 없었다. 추위와 더위에 대한 두려움이 더 컸다.

일주일 뒤, 우리는 희망 비슷한 것과 마주쳤다. 우리가 기대했던 것과는 조금 다른 것이었다. 그건 거대한 빙산이었다. 물 위에 드러난 부분만 해도 웬만한 고래의 열 배는 되는 것 같았다. 우리는 별 고민 없이 그 위에 올랐다. 고맙게도 얼음이 녹으며 만들어진 개울이 꼭대기까지 오를 수 있는 비교적 편한 길을 만들어 놓고 있었다. 거대한 담수의 덩어리였다. 이틀째 담수제조기는 자기 역할을 못 하고 있었기 때문에 고맙기 짝이 없었다.

이 정도 빙산은 드물지 않다. 낮에서 흘러온 따뜻한 물이 밤의 대륙에서 생성된 얼음덩이를 뜯어 온 것이다. 빙산은 낮을 향해 흘러가고 있었다. 당장은 아니더라도 곧 녹아 사라질 운명이었다. 하지만 여분의 시간이 있는 건 좋은 일이다. 주변에 달라붙은 바다 나무들을 이용하면 노와 밧줄을 만들 수 있을 것 같았다.

일주일이 지나고 2주일이 지났다. 그러는 동안 수평선 위의 붉은 해는 사라졌다 나타났다를 반복했다. 우리의 운명을 조종하는 사악한 신이 우리에게 희망과 공포를 조금씩 번갈아 주는 것 같았다. 피부에 흔적을 남기고 사라진 열꽃도 마찬가지였다. 우리는 우리가 죽어가고 있는지 살아남았는지 알 수 없었다. 잠이 들기 전에 들려오는 이상한 목소리들은 우리의 뇌가 감염되었다는 뜻일까, 아니면 그냥 흔한 유령일까.

보름째 되던 날 나는 기계를 발견했다. 금속으로 만든 원통으로, 안쪽은 기능을 이해할 수 없는 복잡한 장치들로 가득 차 있었다. 나는 근처에서 수통에 물을 채우고 있던 의사에게 그 물건을 가져갔다. 의사도 그 기계의 정체에 대해 아는 게 없었다. 하지만 주변을 조금 더 뒤지자 다른 것들도 나왔다. 장갑, 곡괭이, 무언가 먹을 것처럼 보이는 갈색 덩어리가 든 봉지들 그리고 얼음 속에 갇힌 시체 하나. 시체는 남자였고 수염이 없었고 우리보다 훨씬 덩치가 컸다.

"조상이야."

의사가 말했다. 우리는 우리 행성 역사의 시작을 보고 있었다.

우리는 우리에게 주어진 가능성에 대해 생각했다. 이 빙산 안에는 무엇이 더 들어 있을까? 만약 조상들이 타고 온 우주선 전체가 이 빙산 안에 묻혀 있다면? 그 우주선 안의 생각하는 기계가 아직 죽지 않았다면? 그 기계가 우리를 지옥 같은 행성에서 구출해 다른 곳으로 보내 줄 수 있다면?

나는 비명을 지르며 주저앉았다. 내 머리를 스친 그 희망의 크기는 너무나도 거대해 내 뇌와 몸이 감당할 수 없었다. 그 대부분이 허망하게 끝날 것이며 우리는 곧 붉은 점으로 가득한 시체가 되어 끓는 바닷물 속에서 삶아질 것임을 알고 있는데도 그랬다.

하지만 우리는 그 희망을 버릴 수 없었다. 내가 지금 빙산에서 발견한 종이와 연필로 이 글을 쓰고 있는 이유도 그 때문이다. 나는 점점 줄어들고 있는 빙산의 꼭대기에 앉아 얼음 속에서 꺼낸 갈색 덩어리를 먹으며 이야기가 아직 끝나지 않을 희망의 가능성에 의지해 이 글을 쓴다. 나는 이미 지금까지 쓴 글의 일곱 배를 채울 수 있는 종이를 확보했다. 이렇게 많은 종이를 멋대로 쓸 수 있다니 이 사치에 익숙해지지 않는다.

내가 쓰고 있는 건 이야기의 끝이 아니다. 그러니, 이 글을 읽고 있는 게 분명한 미래의 독자여, 제발 다음 페이지를 넘기시라. 분명 지금까지 내가 썼던 것과는 비교도 할 수 없는 멋진 모험담이 기다리고 있을 테니.

바쁜
꿀벌들의 나라

1.

2월 29일 밤 11시 무렵이었다. 시립 도서관에서 나와 눈꽃 하이브로 가는 지름길인 허난설헌 공원을 가로지르던 승아는 공원 한가운데에 있는 시비 주변에 새 두 마리가 모여 바닥에 있는 무언가를 구경하고 있는 것을 보았다. 거위와 타조였다. 거위는 공원의 터줏대감인 로드 패닝턴 위글보텀 3세였고 타조는 하나 하이브의 메리 스튜어트 같았다.

승아가 가까이 가자, 메카 새들은 예의 바르게 뒤로 물러났다. 그녀는 폰의 플래시를 켜고 새들이 보고 있는 자리를 비추었다. 회색의 무언가가 움찔하며 시비 밑의 작은 공간에 숨으며 하악 소리를 냈다. 고양이였다. 승아는 양손을 뻗어 고양이를 잡아 꺼냈다. 고양이는 반항했지만 힘이 없었다.

처음 보는 고양이였다. 새끼라고 하기엔 컸고 다 컸다고 하기엔 좀 모자랐다. 무엇보다 많이 말랐다. 섬의 고양이들 중 이렇게 마른 녀석은 없었다. 고양이가 굶주린다는 건 있을 수 없는 일이었다. 승아는 폰으로 녀석을 스캔했다. 아무 신호도 없었다. 칩이 없는 고양이라? 설마 메카인가? 아니, 충전 구멍이 보이지 않았다. 녀석은 진짜 고양이였다. 못 먹어서 마르고 군데군데 긁힌 상처가 난.

"넌 도대체 어디서 왔니."

승아는 얌전해진 고양이를 쓰다듬으며 상처가 더 있나 몸 구석구석을 살펴보았다. 큰 상처는 없는 거 같았다. 그래도 하이브로 데려가야만 했다. 치료도 하고 어디서 왔는지도 알아내야지. 설아 언니라면….

손이 얼어붙은 것처럼 갑자기 멈추었다. 그녀는 있을 수 없는 것을 보고 있었다. 꼬리 밑에 있는 작은 타원형 모양의 혹 두 개. 수술로 내용물을 제거한 듯 납작했지만 그렇다고 사정이 달라지지는 않았다. 고양이는 드론이었다.

승아는 고양이를 안고 벤치에서 일어나 눈꽃 하이브 쪽으로 성큼성큼 걸었다. 메카 새들이 호위병처럼 그녀 뒤를 따랐다. 로드 패닝턴 위글보텀 3세는 시계처럼 정확한 템포로 꽥꽥 소리를 냈고 메리 스튜어트는 요란하게 날갯짓을 했다. 두 마리 모두 범상치 않은 일이 공원에서 일어났다는 걸 눈치챈 듯했다.

갑자기 로드 패닝턴 위글보텀 3세가 승아를 앞질렀다. 전속력으로 달려가던 거위는 공원 문 옆 은행나무 앞에 멈추어서 요란하게 꽥꽥 소리를 냈다. 뒤따라간 승아는 드론 고양이보다 더 어이없는 존재가 나무 밑에 늘어져 있는 것을 보았다.

난도질당한 사람 시체였다. 옷은 반쯤 뜯겨 있었고 시체에서 흘러나온 피가 아직 녹지 않은 눈을 검게 물들이고 있었다. 검은 머리칼 사이로 활짝 뜨여진 공허한 갈색 눈이 두 겹의 달빛을 받아 반짝였다.

2.

채이가 현장에 도착했을 때, 공원은 이미 구경꾼들로 북적였다. 소문이 섬 전체로 퍼지는 걸 막는 건 불가능했다. 섬사람들이 무관심한 척하는 것도 불가능했다. 해랑 4의 37년 역사상 세 번째로 일어난 살인 사건이었다. 역사에 기록될 날이었다.

시체 주변은 여덟 마리의 메카 동물들이 둘러싸고 있었다. 채이가 다가가자 표범과 늑대가 고개를 숙이고 길을 만들어 주었다. 울적한 얼굴의 키 큰 사람이 폰으로 시체를 스캔하고 있었다. 눈꽃 하이브의 의사인 설아였다. 섬에는 정식 검시의가 없었지만 그래도 그에 가장 가까운 전문가였다. 역사추리소설 작가였던 것이다.

"강간 살인 사건이에요."

설아는 폰의 데이터를 채이에게 전송하며 말했다. 채이는 눈을 깜빡이며 눈앞에 쏟아져 들어오는 시각 정보들을 훑어보았다. 이틀째 잠을 거의 못 자 하품이 나왔지만 조금씩 씹어 감추었다. 공원에 모인 시민 대부분이 그녀의 집안 사정을 알고 있었지만 그렇다고 이를 대놓고 과시할 필요는 없었다.

"자세한 건 경찰청에 가서 정밀 분석을 해 봐야겠지만 피를 흘리면서 공원 절반을 가로지른 것 같아요. 열일곱 군데 이상의 자상이 있고 강간은 피해자가 죽은 뒤에 저질러졌습니다. 정액의 흔적이 있어요. 드론의 짓입니다."

"우리 드론이 한 일은 아닙니다."

바리톤에 가까운 쩌렁쩌렁한 테너가 공원에 울려 퍼졌다. 키가 2미터에 가까운 그 목소리의 주인은 번쩍이는 은빛 코트를 입고 있었고 얼굴은 형광색 메이크업에 가려져 있었다. 드론 대표인 시리우스 하이브의 태오는 섬에서 가장 마초스러운 존재, 즉 헬덴 테너였다. 30분 전 시립 오페라 극장에서 트리스탄으로 죽었다가 커튼콜을 끊고 달려온 것이다.

"확실해요?"

설아가 무감동한 얼굴로 태오를 올려다보았다.

"섬의 드론은 2,411명입니다. 내륙 직원까지 합해도 2,572명이지요. 20분이면 알리바이를 체크하기에 충분하지요. 데이터를 보내 드릴까요? 무엇보다 살해당한 사람은 누구입니까? 칩이 없다면서요? 피해자가 섬사람이 아니라면 가해자도 아니지 않을까요?"

"쿠르드인일까?"

군중 속 누군가가 우물거렸다.

"쿠르드인은 아닙니다."

채이는 소리 난 쪽으로 고개를 돌리고 말했다.

"해랑 4에 머무는 쿠르드인들 중 브리더는 없어요. 모두 워커들뿐입니다. 앞으로도 한동안 브리더가 올 계획은 없어요. 쿠르드 시드쉽에 밀항자가 타고 있을 가능성도 없습니다. 다들 시스템을 아시잖아요. 그리고 있다고 해도 과연 행성 절반을 가로질러 우리 섬까지 올 수 있을까요? 고양이까지 데리고요?"

"그럼 피해자와 살인자 모두 자연 발생했다는 말인가요?"

설아가 말했다.

"다른 태양계에서 왔겠지요. 아직 우리의 특이점 관측은 그렇게까지 정확하지 않습니다. 시드쉽보다 작은 우주선이 우리 태양계로 들어와 해랑 4에 착륙했을 수도 있습니다. 게다가 우리 도시는 마더의 신경계가 완성될 때까지 30퍼센트밖에 작동하시 못하지요. 외부인이 우리 섬에 들어왔는데 눈치채지 못했을 가능성은 분명히 있습니다. 꽤 오래전에 착륙해 숲에 숨어 있었을 수도 있지요."

"음… 그게 맞는 것 같습니다."

군중 맨 앞에서 방치된 시체를 구경하고 있던 드론 한 명이 손을 들고 말했다. 얼굴이 낯익었다. 시리우스 하이브 소속의 시립 관현악단 첼로 주자였다. 다예와 태오의 친구여서 몇 번 채이의 하이브에 와 저녁을 먹은 적 있었다.

"피해자가 입고 있는 옷이 수림관리국 보급품입니다. 남쪽 숲속 쉼터에서 찾아 입었을 겁니다."

섬의 절반을 차지하는 기우뚱하게 웃는 모양의 숲은 거의 관리되고 있지 않았고 길도 만들어지지 않았다. 군데군데 세워진 쉼터 역시 두 달에 한 번씩 직원들이 보급품을 채워 넣는 게 전부였다. 허난설헌 공원은 숲 동쪽 끝에서 500미터도 떨어져 있지 않았다. 첼리스트의 말은 충분히 일리가 있었다.

경찰청 버스가 도착했다. 경관 네 명이 지난 15년 동안 한 번도 현장에서 쓴 적 없는 기기들을 내렸다. 시체 주변이 불빛으로 번쩍였다. 작업은 10분 만에 끝났고 시체는 기기가 눈에 새긴 지그재그 모양의 흔적을 남겨 놓은 채 버스 안으로 들어갔다. 버스가 공원을 떠나자 사람들은 경관들과 메카 동물들을 남겨 놓고 뿔뿔이 흩어졌다.

현장에 남은 경관들에게 지시를 남겨 놓고 경찰청으로 돌아가려던 채이의 앞을 누군가 막고 섰다. 고양이와 시체를 처음 발견한 눈꽃 하이브의 아이였다.

"멜키세덱입니다, 청장님."

승아가 말했다.

"뭐라고요, 시민?"

"고양이 이름요. 멜키세덱입니다. 아까 시비 옆에서 이걸 찾았어요."

승아는 작은 동전 크기의 은빛 원판이 달린 끊어진 군번줄을 내밀었다. 이름이 쓰인 쪽 뒷면을 보니 진짜 동전이었다. 누군가가 동전 앞면을 갈고 그 위에 송곳으로 고양이 이름을 새긴 것이다. 채이는 뒤에 새긴 글자들을 읽었다. "UNITED STATES OF AMERICA · ONE DIME"

할리우드 시대 물건이었다.

3.

"고양이는 우리 하이브에서 치료 중입니다."

설아가 말했다.

"영양실조이고 신장에 문제가 있습니다. 하지만 괜찮을 거예요. 치료할 수 있습니다.

피해자는 퀸입니다. 표준력으로 예순 전후 같습니다. 두 번 이상 출산 경험이 있고 재생성은 한 적 없는 거 같습니다. 어금니 두 개에 충치 치료 흔적이 있고 사랑니 두 개와 잘못 난 송곳니 하나를 뽑았습니다. 양쪽 눈에 가벼운 녹내장 증상이 있었고요. 왼쪽 발목에 검정과 핑크색 잉크로 새긴 문신이 있습니다. 심장을 찌른 십자가 모양의 칼 그림입니다. 출산 경험, 충치, 녹내장, 잉크 문신까지, 한마디로…"

"옛날 사람이군요."

채이가 말했다.

설아는 고개를 끄덕였다.

"네, 마지막 전쟁 때 지구를 탈출한 사람일 수도 있어요. 중성화 수술을 받은 드론 고양이도 같은 우주선을 탔겠지요. 거의 300년 전에서 온 사람이란 말입니다. 인종이 의미가 있던 시절입니다. 당시 사람들은 피해자를 라틴계로 분류하지 않았을까요? 프리다 칼로가 라틴계죠? 가해자의 정보도 곧 나올 겁니다. 정액 속에서 찾은 전립선 세포의 DNA로 외모를 재구성 중이에요."

"그렇다면 왜 우주선이 우리 눈을 피해 이 행성에 들어올 수 있었는지 설명이 되는군요. 피해자, 가해자, 고양이 모두 스텔스 기능이 있는 군용 우주선을 타고 왔을 겁니다. 우린 스텔스 우주선에 전혀 대비가 되어 있지 않으니까요. 지난 몇 세기 동안 우주선이 자기 모습을 감추고 싶을 수도 있다는 가능성 자체를 생각해 본 적이 없잖아요."

문이 열리고 방 안이 환해졌다. 진짜로 밝아진 건 아니지만 모두 그렇게 느꼈다. 미나 시장이 들어온 것이다. 아발론 하이브 출신이 다들 그렇듯, 시장은 '굳이 저럴 필요가 있을까?'라는 생각이 들 정도로 아름다웠다. 아무도 불만은 없었다. 하지만 왜 공무원 하이브인 아발론이 굳이 저렇게까지 화려한 미인들을 내놓는지 다들 이해하지 못했다. 저런 미모를 갖고 있다면 평생 10킬로그램 정도 등짐을 짊어지고 다니는 거 같을 텐데.

"우주선은 크기가 어느 정도 될까요?"

채이의 사무실까지 오는 동안 대화망에 링크해 이들의 이야기를 계속 듣고 있던 시장은 앉자마자 황금종이 울리는 것 같은 낭랑한 목소리로 물었다.

"시드쉽보다는 한참 작을 겁니다."

채이가 대답했다.

"전쟁 전 도약선은 커 봤자 웬만한 버스 크기의 네 배 정도였습니다. 무리했다면 스무 명 정도는 태울 수 있었을 거예요. 기껏해야 일주일 정도 버틸 수 있었을 거고요. 물론 시공간 내비게이터 따위는 없었겠죠. 그런 건 1세기 뒤에나 나왔으니. 겁에 질린 사람들이 지구가 아닌 어디로라도 달아나려고 무작정 점프를 했는데 도착한 곳이 4,000광년 떨어진 이 태양계였고, 시대는 표준 달력으로 300년 뒤의 미래였던 겁니다.

메카 독수리들이 섬 주변을 한번 훑었습니다만, 아무 흔적도 찾지 못했습니다. 주변 상황을 고려하면 우주선이 해구에 가라앉고 생존자들만 섬으로 올라왔을 가능성이 가장 큽니다. 숲속 쉼터 두 곳이 약탈당한 것 같은데, 그래도 확인해 봐야 합니다. 아시다시피 거기 관리가 대충이잖아요. 지금까지는 그래도 되었으니까요.

최악의 상황은 살인과 테러도 가능한 폭력적인 지구인들이 열 명 이상 도시 안에 숨어들었다는 것입니다. 운만 따라준다면 이들은 몇 주 이상 버틸 수 있어요. 여긴 22세기 초반의 지구보다 훨씬 숨기 쉬우니까요. CCTV가 있나요, 경찰 로봇이 있나요. 고양이 사료 배급망도 있으니 굶을 일도 없지요.

이들은 무장하고 있을 수도 있고 테러를 계획하고 있을 수도 있습니다. 옛 종교를 믿는 광신도라면 우리의 존재 자체가 혐오스럽겠지요. 하지만 저들이 그냥 겁에 질린 보통 사람일 가능성도 고려해야 합니다. 그런 경우라도 살인은 충분히 일어날 수 있지요.

일단 프라이버시 제한령을 내릴 예정입니다. 이제 전 시민은 링크 상태에 있어야 하고 단독 외출과 심야 외출을 금지합니다. 오페라와 콘서트도 한동안 없습니다. 경찰 인력은 모두 범죄자 수색에 들어갔습니다. 메카 동물들은 모두 경계 모드로 전환했습니다. 그리고…"

"…그리고 제가 임의로 드론 동원령을 내렸습니다."

태오가 채이의 말을 끊었다.

"외계에서 온 드론이 시민의 위협이 된다면 그들을 막는 건 우리 몫입니다. 당장 동원할 수 있는 드론은 808명입니다. 단지 무장 허가가 필요합니다. 적어도 50명에 한 명 정도는 경찰용 전기총이 있어야…"

폰이 울렸다. 일제히 조용해진 주변 사람들은 메시지를 읽는 채이의 얼굴을 심각한 표정으로 응시했다. 채이가 폰을 주머니에 넣자 시장이 물었다.

"다예인가요?"

"네, 진통이 심해졌대요. 지금 하이브 병실로 내려갔대요."

다들 표정이 어색해졌다. 임신과 관련된 모든 단어는 사무실 안 모두에게 먼 별의 이야기처럼 낯설고 당황스러웠다. 유일한 퀸인 설아라고 특별히 다를 건 없었다.

침묵을 깬 건 시장이었다. 그녀는 채이와 태오를 번갈아 바라보며 말했다.

"뭐 하세요? 나들 가 보셔야죠."

4.

다예는 폐병으로 죽어가는 비올레타 발레리처럼 하이브 병실 침대에 누워 있었다. 채이에겐 오페라와 연결되지 않는 표현은 단 하나도 떠오르지 않았다. 다예는 직업상 온갖 종류의 로맨틱한 죽음에 익숙해 있었고 진짜 병실에 있는 동안에도 그들 중 한 명을 무의식적으로 연기하고 있었다.

몇 개월 동안 그녀의 몸 안에 기생하고 있던 작은 생명체는 옆 병실로 옮겨져 의사들의 진찰을 받고 있었다. 엄마 몸에서 아기가 태어날 때 대부분 그렇듯, 다른 하이브에서 온 수십 명의 의사들이 병원에 모여 있었다. 몇 분 전까지 다예 옆에 붙어 있던 다섯 명은 태오가 쫓아냈다.

채이는 끈적끈적한 체액에 젖어 있던 그 작은 아기의 모습을 떠올렸다. 미완성의 못생긴 살덩어리였다. 아무리 봐도 세상에 나올 준비가 되지 않은 눈멀고 멍청한 짐승. 아기를 안고 있던 다예도 어리둥절한 건 마찬가지인 것 같았다. 하긴 다들 무엇을 기대했던 것일까? 인간 아기가 그런 모습으로 나온다는 건 다 알고 있지 않았는가? 시에서는 1년에 한 번씩 일어나는 이벤트가 아니었나? 섬에서 자연 출산은 드물지만 희귀하지는 않았다.

다예는 지친 얼굴로 태오를 바라보고 있다가 채이의 시선을 눈치채자 눈을 바닥에 떨구었다. 태오 역시 민망한 표정이었다. 채이는 이들을 어떻게 대해야 할지 알 수 없었다. 그들은 채이에게 미안해해야 할 이유가 전혀 없었다. 다예가 채이의 잠동무라고 해서 다른 사람과 섹스를 하지 말아야 할 이유는 없었다. 게다가 아기는 섹스로 태어난 게 아니었다. 그랬다면 그것이야말로 귀찮은 일이었을 것이다. 피임 장치를 제거하거나 우회로를 만들거나. 아까 아기의 모습으로 태어난 다예의 수정란은 바로 이 병실에서 만들어졌다. 채이 역시 두 사람의 유전자를 결합하고 편집하는 동안 이곳에 있었다. 섬의 임신 과정엔 프라이버시가 개입될 여지가 없었다. 그럼에도 불구하고 다예와 태오는 이졸데와 트리스탄처럼, 프란체스카 다 리미니와 파올로 말라테스타처럼 죄책감에 절어 있었다. 채이는 혀를 찼다. 브리더들은 왜들 이렇게 쓸데없이 멜로드라마틱한 것일까.

채이는 그녀 자신도 온전히 이해가 안 되는 우물거리는 말을 두 사람에게 던지고 병실에서 나왔다. 복도에는 보르조이 두 마리가 낯선 방문객의 눈치를 보며 벤치 옆에 앉아 있었다. 솔빛은 개 하이브였고 다섯 마리의 보르조이와 여섯 마리의 코기, 네 마리의 창작 믹스 개를 키우고 있었다. 정원에 모여 긴장한 얼굴로 운하 너머를 감시하고 있는 세 마리의 회색 메카 늑대도 솔빛 하이브 소속이었다.

창 너머로 보이는 도시는 불안해 보였다. 지금까지 섬에서 안전은 숨 쉬는 공기처럼 당연한 것이었다. 열 살짜리 아이들이 한밤중에 거리를 방황해도 굳이 뭐랄 생각이 안 드는 곳이었다. 그 당연한 환경이 깨진 것이다. 오늘 예정이었던 공연이 뭐였지? 아, 〈아드리아나 르쿠브뢰르〉. 지구인들이 잡히기 전엔 그것도 취소다.

임신만 아니었다면, 다예는 이번 시즌에도 아드리아나 르쿠브뢰르를 연기했을 것이다. 올해 그 역은 아발론 소속의 선니에게로 돌아갔다. 선니는 아발론의 유일한 공연 예술가였다. 어떤 변덕으로 그렇게 태어났는지는 아무도 몰랐다. 가끔 엉뚱한 하이브에 태어난 것 같은 애들이 있었다. 그리고 하이브의 구성원은 세월이 흐르면 조금씩 잡다해지기 마련이다. 대표적인 예로 다예를 따라 이 예술가 하이브에 들어와 8년 넘게 살아온 채이 자신이 있었다.

워커는 절대로 훌륭한 오페라 가수가 될 수 없다고, 다예는 종종 투덜거렸다. 하지만 아름다운 소프라노 아리아를 노래할 수 있는 성대는 퀸의 독점물이 아니었다. 그래도 다예는 끈질기게 우겼다. 거창한 감정이야 뽑아 올릴 수 있겠지만 'Io son l'umile ancella'의 섬세한 겸손함과 자부심을 표현하기 위해서는 그 이상이 필요하다고. 하지만 워커라고 그런 미묘함을 이해하지 못하거나 표현할 수 없다는 건 너무 심한 소리였다. 없다고 해도, 제비꽃의 독에 중독되어 죽어가는 배우를 노래할 때 필요한 감정은 얼마든지 흉내 낼 수 있다. 브리더들은 인정하기 싫어하지만 감정이란 원래 그런 것이다.

채이는 링크를 열고 경찰청에서 날아들어 오는 정보를 검토했다. 쉼터에서 사라진 통조림과 옷은 지구인들이 약탈한 것이 확실했다. 숲에선 그들이 입었던 유니폼이 발견되었다. 시내의 세탁소에서 열 벌 이상의 옷이 도난당했다는 신고가 들어왔다. 유니폼과 도난당한 옷의 사이즈를 확인한 경찰은 만약 침입자들이 지구인이라면 살해당한 사람을 제외하더라도 최소한 두 명 이상이 퀸일 것이라고 결론을 내렸다.

살인은 왜 일어난 것일까? 의견이 갈라진 것일까? 원래부터 있었던 반목의 결과인가? 그냥 충동적인 사고였을까? 채이는 지구인들의 마음속에서 어떤 생각이 돌고 있는지 확신할 수 없었다. 모두 할리우드 영화 같지는 않을 것이다. 진짜 사람들은 더 혼란스럽고 이해하기 어려울 것이다. 이 행성에 와서는 더욱 그런 존재일 것이다.

태오의 드론들은 다섯 명씩 짝을 지어 도시를 수색하고 있었다. 전기총은 아직 배급되지 않았지만 몇 명은 무기로 쓸 만한 공구로 무장하고 있었다. 가끔 뭔가를 발견했다며 고함을 지르는 드론의 얼굴이 화면에 떴다. 지금까지는 모두 착각이었지만 드론들은 기죽지 않았다. 자신의 존재를 입증할 다시없는 기회라고 생각했는지 점점 더 시끄러워졌다. 워커 경찰들과 자잘한 충돌이 보고되었지만 아직 큰 사고는 없었다.

링크를 통해 새 메시지가 들어왔다. 읽으려고 텍스트를 펼치는 순간 설아가 우당탕 소리를 내며 복도로 뛰어 들어왔다.

"실종자가 생겼어요. 우리 하이브 아이예요. 승아요. 시체 발견한 아이요. 링크령이 내려져 있는데도 오프라인 상태라 하이브에서 확인하러 나갔는데 아침부터 본 사람이 없어요. 그리고…"

"그리고?"

"메카 거위 한 마리도 같이 사라졌어요. 허난설헌 공원의 로드 패닝턴 위글보텀 3세요. 둘이 같이 어디론가 가는 걸 본 사람이 있어요."

5.

아무리 노력해도 링크가 되지 않았다. 지하 터널이어서가 아니었다. 무언가가 신호를 막고 있었다. 지금까지 저들을 도시 시스템에서 보호해 주고 투명 인간으로 만들어 준 무언가가.

승아는 얼굴을 찡그리며 지난 몇 시간을 돌이켜 보았다.

처음엔 그냥 재미있었다. 살해당한 사람에 대한 연민이 없었던 건 아니다. 하지만 사건이 너무 초현실적이라 강간과 살인이라는 범죄의 무게가 거의 느껴지지 않았다. 피해자가 아는 사람이었다면 또 달랐겠지만 그런 것도 아니었다. 시체는 그냥 하늘에서 떨어진 것이나 다름없었다. 이 모든 건 설아 언니가 쓰는 20세기 모험담 같았다. 똑똑하고 용감한 20세기 아이들이 사람을 죽이거나 금괴를 훔친 어른들과 맞서 싸우는.

로드 패닝턴 위글보텀 3세가 잘려 나간 사람 손가락을 물고 가는 걸 보았을 때 당장 경찰을 부르지 않은 것도 순전히 설아 언니의 책 때문이었다. 잘려 나간 손가락. 보도에 똑똑 떨어져 말라붙은 핏방울. 정체불명의 옛 기계에서 떨어져 나온 거 같은 금속 조각 부품. 이 모든 것들이 너무나도 자연스럽게 하나씩 눈에 들어와 승아로서는 다른 선택의 여지가 없었다. 호기심 많고 고집 센 거위와 함께 콤비가 되어 그 뒤를 따를 수밖에.

그러다 결국 이 꼴이 나고 만 것이다.

승아는 맹렬하게 짖는 메카 거위를 끌어안고 주변을 에워싼 사람들을 올려다보았다. 모두 여섯이었고 다들 수림보호국 보급품 옷을 입고 있었다. 퀸 둘, 드론 넷이었다. 드론들은 모두 얼굴에 짙은 수염이 났고 여섯 명 모두 고약한 악취를 풍겼다. 정말 필름 영화에서 튀어나온 것 같은 옛날 사람들이었다. 할리우드 배우들도 저렇게 거창한 땀 냄새가 났을까?

땀 자체는 이해할 수 있었다. 그들이 모여 있는 통로 바로 위로는 발전소에서 나온 온수관이 지나가고 있었다. 겨울에도 30도 밑으로 떨어지는 일이 없는 곳이다. 주변에 굴러다니는 빈 젤리 통조림 깡통들을 보아하니 그들은 일주일 넘게 여기서 머무른 것 같았다.

"걱정하지 마. 우린 널 해치지 않아."

리더인 것 같은 퀸이 할리우드 영어로 말했다.

뒤에 선 드론이 킥 하고 웃었다. 그리고 영어가 아닌 낯선 말로 뭐라고 외쳤는데, 이탈리아어는 당연히 아니고 스페인어 아니면 포르투갈어 같았다. 승아에게 말을 건 퀸이 같은 언어로 날카롭게 뭐라고 쏘아붙이자 드론은 다시 조용해졌다.

퀸은 다시 말을 이었다.

"우린 지구에서 왔어. 우리가 떠났을 때는 인류가 막 다른 태양계로 날아갈 수 있는 기술을 개발했어. 하지만 인간을 정복하려는 사악한 인공지능이 그 기술을 독점하려고 했고 우린 달아났어. 그리고 계속 도약하다가 여기로 온 거야. 아마 그 뒤로 세월이 많이 흘렀을 거야. 얼마나 흘렀는지는 모르겠지만. 내 말 알아듣겠니? 영어 할 줄 아니?"

승아가 고개를 끄덕이자 퀸의 얼굴은 살짝 풀어졌다.

"여기에 사람들이 살고 있는 걸 보고 얼마나 기뻤는지 몰라. 하지만 우린 아직 확신할 수 없었어. 이 행성 사람들은 모두 우리가 모르는 말을 썼어. 한국어인 거 같은데 맞니? 맞아? 무엇보다 우린 여기 사람들이 진짜 사람인지 확신할 수 없었어. 네가 안고 있는 거위도 로봇이지? 개도 고양이도."

"거위는 로봇이에요. 하지만 개와 고양이는 진짜예요. 토끼도요."

"그렇구나. 다행이야. 너도 인간이니?"

"네."

"우린 걱정했어. 이곳 사람들은 이상했거든. 일단…"

"왜 죽인 거예요?"

승아가 말을 잘랐다. 퀸은 당황한 얼굴이었다.

"우린 아무도 죽이지 않았어. 오히려…"

승아는 폰을 꺼내 화면을 최대한 크게 펼치고 공원에서 찍은 시체 사진을 열었다. 헉하는 소리와 함께 주변이 갑자기 조용해졌다.

"강간살인."

아, 이 어처구니없는 단어들을 직접 말할 기회가 생기다니.

"여러분 중 누군가가 저 사람을 죽이고 강간했어요. 누가 그랬어요?"

대답이 없자, 승아는 주머니에서 거위한테서 빼앗은 손가락을 꺼내 내밀었다.

"이건 누구 거죠?"

그들은 일제히 양손을 꺼내고 서로의 손을 들여다보았다. 드론 한 명만이 양손을 바지 주머니에 쑤셔 넣고 있었다. 머리가 하얗게 세고 다섯 명 중 피부색이 가장 밝은 사람이었다. 모든 사람의 시선이 자기에게 쏠리자 드론은 천천히 뒤로 물러났다. 날카로운 외국어의 외침이 오갔다. 드론은 약지가 날아간 왼손을 천천히 흔들며 뭐라고 대답하다가 갑자기 승아에게 달려들었다. 품에서 빠져나온 메카 거위가 드론의 팔을 물었지만 그는 거위를 떨어내고 승아의 목을 휘어 감은 뒤 관자놀이에 무언가를 들이댔다. 차가운 금속 실린다. 십중팔구 총이었다.

"경찰에 연락할 수 있게 해 주세요! 제발요!"

큰 기대는 하지 않았다. 하지만 2초도 지나기 전에 승아의 뇌는 도시의 네트워크와 연결되었다. 시청각 정보와 위치 정보가 모두 순식간에 경찰로 넘어갔다. 하지만 이것으로 충분할까? 승아는 이곳 경찰을 티끌만큼도 믿을 수가 없었다. 그들이 지난 몇십 년 동안 경험한 폭력 행위라고는 드론들의 패싸움 정도밖에 없었다.

그 뒤 15분은 굉장히 지루한 오페라의 코러스 같았다. 네 명의 지구인과 인질범은 계속 고함을 질러 댔고 인질범과 승아는 조금씩 뒷걸음쳤다. 한 200미터쯤 걸은 것 같았다. 승아는 알고 있는 영어와 이탈리아어 단어들을 종합해 이들이 하는 말을 해석하려 했지만 헛수고였다. 오페라를 통해 익숙해진 열정적이고 폭력적인 단어들이 여기저기에서 튀어나왔는데, 같은 단어들의 조합이 주기적으로 반복되는 것을 보아하니 같은 말이 빙빙 도는 거 같았다.

갑자기 터널 안이 밝아졌다. 수십 마리의 메카 벌새들이 조명을 쏘며 안으로 날아 들어온 것이다. 그와 함께 터널 양쪽으로 쿵쿵거리는 발소리가 들렸다. 드디어 오셨군. 하지만 이게 끝일까?

채이 청장의 조그만 몸이 벌새들의 조명등 안으로 들어

왔다. 놀랍게도 청장은 지구인의 언어로 저들에게 말을 했다. 그럼 스페인어구나. 청장이 스페인어를 한다는 건 알고 있었다. 저번 시즌 〈고예스카스〉 공연 때 대본을 번역하고 가수들의 딕션을 교정한 게 청장이었던 것이다.

　청장에게 설득되었는지 나머지 지구인들은 뒤로 물러났다. 이제 조명 안에는 청장, 승아, 인질범 그리고 여전히 그르릉거리며 인질범을 노려보는 로드 패닝턴 위글보텀 3세만 남았다. 나머지 엑스트라들은 어둠 속에서 숨죽이고 있었다. 단호한 소프라노와 휘청거리는 바리톤의 이중창이 오갔다. 청장의 목소리가 높아질수록 바리톤은 점점 희미해졌다. 승아는 지금까지 관자놀이를 누르고 있던 총구의 압력이 낮아지는 걸 느꼈다.

　그 뒤 수많은 일이 순식간에 일어났다.

　우선 인질범이 총을 내려놓고 승아를 감싸고 있던 팔을 풀었다. 승아가 빠져나오는 순간 지금까지 압축된 스프링처럼 힘을 주고 때를 기다리고 있던 메카 거위가 인질범에게 달려들어 목을 물었다. 드론은 거위와 함께 넘겨졌고 그와 함께 총성이 들렸다. 가슴을 관통당한 로드 패닝턴 위글보텀 3세는 뒤집어져 기계적으로 두 발과 날개를 휘저어 댔고 인질범은 총을 휘두르며 비척비척 일어났다.

　그 순간이었다. 총소리와 함께 인질범의 관자놀이와 더러운 백발이 덮인 두개골에 세 개의 구멍이 뚫린 것은. 드론은 어리둥절한 표정으로 고개를 돌리다 푹 쓰러졌다.

벌새들은 훈련받은 조명 기사처럼 일제히 총알이 날아온 방향으로 빛을 쏘았다. 검은 가죽 재킷을 입고 번쩍이는 전사 화장을 한 태오가 아직도 연기가 나오는 루거 P08 모조품을 쥐고 어이없다는 듯 모두를 바라보고 있었다.

"뭐?"

6.

채이는 시장에게 제출할 보고서 초고를 대충 훑어보았다. 피해자 마리나 베가가 달아난 고양이 멜키세덱을 찾으러 밖으로 나갔고 살인범 알바로 알텐도르프가 말리러 따라갔다가 살인을 저지른 것까지는 확실했다. 하지만 베가가 무엇으로 알텐도르프의 손가락을 잘랐는지, 어쩌다 그 살인이 강간으로 이어졌는지는 알 수 없었다. 설아는 너무 늦기 전에 죽은 드론의 뇌에서 정보를 뽑아 빈 부분을 채울 수 있게 해 달라고 졸랐지만 추리 작가의 만족을 위해 시의 자산을 낭비할 생각은 없었다. 극한의 상황에 몰린 사람들은 가끔 그렇게 정신 나간 짓을 하는 법이다. 적어도 옛날 지구인들은 그랬다고 들었다.

채이는 폰을 접고 가브리엘라 벨라스코 선장의 병실로

들어갔다. 선장은 침대에 누워 작년에 녹화한 〈예브게니 오네긴〉 공연을 보고 있었다. 옆에는 반쯤 먹다 만 초록색 젤리가 든 그릇이 놓여 있었고 발밑에는 멜키세덱이 졸고 있었다.

"혹시 젤리 말고 다른 음식은 없나요?"

선장은 한참 클라이맥스로 이어지던 렌스키의 아리아를 중간에 끊고 물었다.

"통조림 안에 들어 있던 것도 모두 젤리였어요. 그리고 우리에게 인질로 잡혔던 그 아이가 아까 왔는데 걔는 젤리 말고 다른 걸 먹지 않는다고 하더군요. 음식 자체에 관심이 없대요."

"정 원하신다면 두부 샌드위치를 가져다드릴 수 있어요."

채이가 말했다.

"감사합니다. 그러니까 당신들도 아직 진짜 음식을 먹는군요?"

"음식에 관심이 없는 사람들도 많아요. 그 아이는 우주인으로 태어났어요. 학교를 졸업하면 우주선을 타고 별들 사이를 떠돌다가 외롭고 행복하게 죽겠지요. 그런 애에게 미식이 무슨 소용이 있을까요?"

"궁금한 게 더 있어요. 알텐도르프를 죽인 사람은 남자 맞죠? 저 오페라에 나오는 사람도 남자 맞죠? 이 행성엔 남자가 있는 거죠?"

"아. '남자'. 있어요. 몇천 명. 우린 드론이라고 하죠."

"왜 그렇게 적나요?"

"적지 않아요. 이 행성에서 퀸과 드론 성비는 꼭 50:50이지요."

"그럼 나머지는?"

"저 같은 워커들이죠."

선장은 이를 악물었다.

"제 눈에 당신은 여자처럼 보여요."

"우린 브리더들로부터 구분되는 걸 더 좋아합니다."

"퀸, 드론, 워커. 인간 꿀벌이군요. 어쩌다…"

"자연스럽게 그렇게 되었어요. 새 인간을 만들기 위해 임신을 거치지 않아도 되었으니 성애는 귀찮아졌고 부작용이 너무 컸지요. 반발하는 사람들도 있었지만 마지막 전쟁 이후로 기존의 인간성을 유지하는 것은 그렇게까지 중요하지 않았으니까요. 그래도 혹시 모르니까 소수의 브리더들을 남겨 놓고 1년에 한 번 정도 재래식으로 아이들이 태어납니다."

"그렇다면 A.I.가 전쟁에서 이긴 거군요. 인간이 졌어요."

"인간이 아니라 인간 순수주의자들이 진 거예요. 기계가 이기거나 그런 건 아닙니다. 우리는 조화를 이루며 공존하고 있고 지구 문명은 그 어느 때보다 번성하고 있어요.”

“당신들은 인간이 아니에요! 기계 부품이에요! 성욕도, 식욕도 다 귀찮아서 벗어던진다면 다음엔 무얼 버릴 건가요?”

채이는 한숨을 내쉬었다.

“글쎄요. 모르겠군요. 하지만 무언가를 버린다면 그건 다른 무언가를 받아들이기 위해서겠지요. 우린 다양한 세계에서 다양한 모습으로 충만한 삶을 살고 있고 그 어느 때보다도 더 많은 걸 원해요. 단지 당신들이 당연하게 여기고 있는 인간성의 스펙트럼에서 조금 벗어나 있을 뿐입니다.”

7.

2월 33일, 지구인들의 장례식과 아기의 출항식이 열렸다. 장례식 때 추적추적 내리던 비는 정오가 되자 그쳤고 출항식 준비가 시작될 무렵 무지개색 구름 사이로 해가 얼굴을 드러냈다.

채이와 다예는 벨라스코 선장을 포함한 지구인들을 출항식에 초대했다. 모두 열두 명이었다. 숲에 숨어 있던 일곱 명은 나중에 수림관리국 직원들이 찾아냈다.

지구인들은 이제 많이 안정되어 보였다. 미나 시장은 그들에게 해랑 태양계에서 200광년 떨어진 스페인어권 태양계로 이주를 제안했다. 벨라스코 선장은 여전히 미심쩍어

하는 모양이었지만 다른 사람들의 반응은 긍정적이었다. 하긴 지구인들의 저항은 발견되는 순간 끝날 수밖에 없었다. 그들의 대의는 300년 전에 죽었다. 따라 죽을 생각이 아니라면 현실을 받아들여야 했다.

솔빛 하이브 지하 강당에서 열린 출항식은 장례식만큼이나 북적거렸다. 손님 중에는 승아와 설아도 있었다. 승아는 막 수리가 끝난 로드 패닝턴 위글보텀 3세를 데리고 왔다. 아이는 싹싹하고 친근해 보였다. 하지만 채이는 그 아이가 우주로 나가는 순간 티끌만큼의 후회도 없이 모든 인간관계를 끊어 버릴 수 있다는 걸 알았다. 우주인들은 다들 그랬다.

태오는 오지 않았다. 아기 아빠가 빠지니 그림이 좀 이상했지만 그래도 지구인들과 다시 만나게 하는 건 시기상조 같았다. 지구인들과 태오 중 하나를 빼야 한다면 태오를 뺄 수밖에 없었다. 어차피 그날은 〈파르지팔〉 리허설이 있는 날이었다.

채이는 그날 일을 돌이켜 보았다. 태오를 나무랄 수는 없었다. 분명 위험해 보이는 상황이었고 알텐도르프는 총을 갖고 있었다. 태오가 직접 만든 2차 세계대전 장난감으로 드론을 사살하지 않았다면 다른 누가 죽었을지도 모른다. 하지만 또 모르지. 아무도 안 죽었을지도.

확실한 건 단 하나. 태오가 해랑 4 역사상 네 번째 살인자라는 것이다.

2시 정각이 되자, 시끄럽게 울어 대는 아기를 안은 다예가 음악과 함께 걸어 나왔고 사람들은 손뼉을 쳤다. 엄마와 아기가 재단에 오르자 인큐베이터가 천천히 입을 벌리며 검은 우단과 같은 속을 드러냈다. 다예는 아기를 한 번 꼭 끌어안고 그 검은 구멍 안에 밀어 넣었다. 수십 개의 검은 혀들이 아기를 감싸안았고 아기의 울음은 곧 멎었다. 인큐베이터의 입이 닫혔다. 이제부터 그 아이는 기계가 만들어 내는 환상 속에서 가장 행복한 3년을 보내게 될 것이다.

다예가 쿠르드 대사와 이야기를 나누는 걸 보고 채이는 하이브 건물을 나섰다. 해야 할 일이 많았다. 살인자와 피해자의 시체는 장례 기계 속에서 기본 원소로 분해되어 사라졌지만 살인 자체는 처리해야 할 긴 꼬리를 남겼다.

시장과 나눈 비공식 면담을 마치고 집에 돌아오니 벌써 11시였다. 다예는 이미 침대에 들어가 선물 받은 종이책을 읽고 있었다. 몸을 씻고 파자마로 갈아입은 채이가 이불 밑으로 들어오자 그녀는 덤덤한 목소리로 말했다.

"이야기 들었어? 해랑 5에 세울 쿠르드 국가에서는 브리더를 만들지 않을 거래. 그냥 워커만으로 해 보겠대."

"그럴 때가 되기도 했지. 시스템이 안정화된 지도 오래니까. 그런 행성이 처음도 아닐걸?"

다예는 종이책을 덮고 불을 껐다. 채이가 이불 속에서 몸을 웅크리고 잠을 청하려는데, 나지막한 목소리가 그녀의 등 뒤에서 들렸다.

"너는 우리의 욕망이, 우리의 존재가 같잖지?"

채이는 몸을 돌려 창문을 통해 들어오는 밤하늘의 푸른 빛 속에서 희미하게 보이는 잠동무의 얼굴을 잠시 응시하다 천천히 고개를 저었다.

"아니."

찢어진
종잇조각의 신

1.

닛-이실로 가는 우주선은 17분 후에 이륙할 예정이었다. 달리기를 멈춘 노의는 잠시 숨을 가다듬고는 비행장에 엎드린 채 승객들을 기다리고 있는 작은 금속 고래를 향해 느긋하게 걸어갔다.

제복 차림의 키 작은 지구인 남자가 고래 앞에서 차렷 자세로 서서 기다리고 있었다. 노의가 다가가자 남자는 왼손 검지를 세우는 시민 경례를 올려붙였다.

"소통관님이십니까?"

"네, 늦어서 죄송합니다."

"사고에 대해서는 들었습니다. 다치지 않으셔서 다행입

니다."

그걸 다행이라고 해야 할까. 노의는 알 수 없었다. 비닌브냐에서 벌어지는 일들 중 단순한 건 없었다. 심지어 테러와 암살과 같은 폭력 행위도 백 겹의 숨은 의도를 갖고 전개되었다. 분노한 결합주의자가 외계인 사절이 탄 예식차를 바이크로 들이받고 경찰이 이를 막은 것처럼 보이는 이 작은 소동이 과연 보이는 그대로인지 확신할 수 있는 사람은 아무도 없었다. 노의는 위의 문장을 구성하는 결합주의자, 경찰, 예식차, 바이크라는 단어들에 대해서도 자신할 수 없다. 외계어의 번역에는 늘 융통성이 개입할 수밖에 없다.

두 비닌브냐인이 예식차에서 가져온 소통단의 짐을 고래에 실었다. 노의는 지난 46일 동안 같이 지냈던 외계인들의 눈 여섯 개 달린 초록색 벌레 모양 얼굴에서 표정을 읽으려 시도했지만 실패했다. 가끔 성공할 때도 있었지만 지금은 그때가 아니었다. 하긴 가끔 성공했다는 것 자체가 중요한 거겠지. 지구로부터 180억 광년 떨어진 은하계에 사는 지적 존재와 함께 그럭저럭 말이 되는 이야기를 만들어 가는 것 자체가 어마어마한 기적이 아닌가? 지난 12년 동안 우주를 떠돌며 그 기적에 지나치게 익숙해지긴 했지만.

정육면체 모양의 차가 고래를 향해 다가왔다. 정지한 차의 한 면이 열리고 비닌브냐인 두 명이 지구인 남자 한 명을 끌어냈다. 그들은 노의에게 살짝 고개를 까딱이더니 남자를 고래 안으로 끌고 갔다.

"새 임무가 추가되었습니다."

제복 입은 남자가 당황한 노의에게 설명했다.

"닛-이실의 법집행단에게 저 범죄자를 인도해야 합니다. 솔 정부에서는 이 임무를 아주 중요하게 생각하고 있습니다. 최대한 잡음이 나지 않게 신속하게 처리해 주시길 바라고 있습니다."

"무슨 일을 저질렀나요?"

고래 안 안전좌석에 막 결박당한 범죄자의 멍한 얼굴에 경멸 가득한 시선을 던진 남자는 차갑게 대답했다.

"강간범입니다."

2.

솔 정부는 닛-이실 정부의 모든 요구에 전적으로 응해야 한다. 불가능하다면 적어도 협조하는 것처럼 굴어야 한다.

이는 지난 130년 동안 바뀌지 않은 솔 정부의 원칙이었다. 닛-이실의 어떤 요구도 지나칠 수 없었다. 2세기에 걸친 원죄를 대충 벗을 수는 없는 일이다. 솔 정부가 잘못한 게 없다고 해도 지구인이 범죄를 저질렀다면 결국 연대책임으로 돌아갈 수밖에 없었다. 그 범죄가 행성 전체를 강간한 것이라면 더욱 그랬다.

　노의는 여자들이 넘겨준 서류를 검토해 보았다. 남자의 이름은 고화였다. 뉴 아발론에 사는 농업 유닛의 일원이었다. 뉴 아발론은 지구에서 310억 광년 떨어져 있는 개척 행성으로 지구인들은 다섯 외계 종족과 대륙 하나씩 나누어 쓰고 있었다. 행성은 여섯 개의 다른 이름으로 불리고 있었고 뉴 아발론은 그중 하나에 불과했다.

　고화는 출신 성분 문제가 있었다. 부계 조상이 닛-이실 출신이었다. 조상을 고를 수는 없다. 하지만 결혼 없이 고집스럽게 3대 연속으로 아들만 만들어 낸 집안이라면 사상이 의심될 수밖에 없다. 몇 명은 동성애자로 위장하기도 했지만, 설득력은 떨어졌다. 이들이 적극적으로 여자들을 배척하는 가족 형태를 유지한다면 더욱 그랬다. 뉴 아발론 지구인 자치 정부는 이들의 정보를 요주의자 명단에 올렸다.

　고화가 어떻게 뉴 아발론을 떠나 3백 정거장이나 떨어진 비닌브냐까지 올 수 있었는지는 확인되지 않았다. 자치 정부가 아직 확인하지 못한 틈새가 있었을 것이다. 일단 행성을 벗어나 거미줄 우주로 들어가면 혼자 여행하는 지구인 남자 따위는 누구도 신경 쓰지 않는다.

　중요한 건 과정이 아니라 범죄 자체였다. 고화는 비닌브냐에 오자마자 닛-이실 대사관 직원 윈 난누카 사릿을 사흘 동안 미행하다 폭행하고 강간했다. 대사관 경비군이 도착할 때까지 누구도 막지 않았다. 비닌브냐인 대부분은 강간을 이해하지 못했다. 그들은 닛-이실인과 지구인을 구별하지도 못했다. 그들에게 20여 분 동안 지속된 그 범죄는 굳이 참견할 필요 없는 낯선 외계인들의 이해할 수 없는 행위였다.

경비군이 현장에서 강간범의 사지를 찢어발겼어도 뭐랄이는 없었을 것이다. 하지만 닛-이실 정부는 공정한 법 집행을 원했다. 고화는 닛-이실에서 죽어야 했다.

3.

고래의 세 번째 승객은 아비미 사빗 문이었다. 노의와 함께 고화를 닛-이실로 압송하기 위해 대사관에서 파견한 직원이었다. 아비미는 무심한 표정으로 안전의자에 앉아 허공에서 끄집어낸 꿈블록들로 복잡한 모양의 추상적 구조물을 짓고 있었다.

첫인상은 기분 나쁘다는 것이었다. 아름답지만 기분 나빴다. 아비미는 인간과 비슷하지만, 완전히 닮지 않은 존재의 오싹함을 고스란히 간직하고 있었다. 색소가 없는 반투명한 우윳빛 피부, 무지개색으로 빛나는 투명한 머리칼, 색소가 있는 거의 유일한 부위인 크고 검은 눈동자. 몸의 구조는 멀리서 보면 인간과 거의 비슷했지만 모양이나 비율이 조금씩 어긋나 보다 보면 이유를 알 수 없이 불안했다.

아비미는 화면을 통하지 않고 직접 본 첫 닛-이실인이었다. 이상한 일은 아니다. 그들은 지구인과의 만남을 극히 꺼렸다. 다른 종족들과도 그렇게 적극적으로 교류할 생각은 없었다. 종종 몇 년 동안 소식이 완전히 끊겨서 결국 궤도의 끝개를 폭파해 버렸다는 소문이 돌기도 했다.

그 수줍음은 이해가 갔다. 지구인들을 추방하고 행성을 되찾았을 때, 닛-이실인들은 자기만의 것이 거의 없었다. 그들은 거의 백지상태에서 스스로 언어와 문화를 만들어야 했다. 닛-이실 문화가 안정된 순수성을 얻을 때까지 외부의 개입은 최소화할 수밖에 없었다. 그들은 그들의 달력으로 100년, 그러니까 지구 달력으로 118년 만에 그 작업이 어느 정도 끝났다고 생각한 모양인지, 12년 전부터 비닝브냐와 같은 몇몇 주변 끝개 허브에 외교관을 보내기 시작했는데, 그만 이런 사고가 터진 것이다.

노의는 닛-이실어에 대해 기초적인 지식은 갖고 있었다. 지구인들의 검열과 감시를 피하려고 만든 암호로 시작된 언어였다. 처음엔 닛-이실인의 입 구조에 맞춘 독특한 발음의 단어들이 독립적으로 떠돌다가 이들이 하나둘씩 이어지면서 새로운 문법을 형성하기 시작했다. 닛-이실인의 뇌 구조가 스스로에게 맞는 노래를 찾기 시작한 것이다. 지구 언어학자들의 손에 그 결과물이 들어온 건 겨우 8년 전의 일이었다. 노의는 그 뒤 닛-이실어를 배워 유창하게 구사하게 된 열다섯 명의 지구인 중 한 명이었다. 하지만 정확하게 발음하고 듣기 위해서는 혀와 귀에 삽입한 이식물의 도움을 받아야 했다.

고래 내부가 어두워지고 노의의 몸이 안전의자에 달라붙었다. 아비미는 한숨을 내쉬며 지금까지 만든 구조물을 소멸시켰다. 둘 사이에 앉은 고화의 얼굴과 몸은 약물로 경직되어 대충 찍은 3D 사진처럼 보였다. 앞의 스크린이 켜지고 비닌브냐 궤도 위를 돌며 끊임없이 모양을 바꾸는 흰색 물체가 보였다.

끌개였다. 일단 기술 문명이 끌개를 만들면 전 우주에 존재하는 모든 끌개들로 구성된 거미줄 우주에 연결된다. 여기서 거리는 아무 의미가 없다. 오직 위상기하학적 구조만이 중요했다. 끌개를 통하면 우주선은 자기 은하계를 떠날 수 있는 건 당연하고 관측 가능한 우주를 넘어서 더 먼 곳까지 갈 수 있었다. 거미줄 우주에서 주변은 거리와 아무 상관이 없는 단어였다.

광대하면서도 좁은 우주였다. 어디를 가도 우주는 비슷했고 그건 끌개를 만든 문명들도 마찬가지였다. 거미줄 우주와 연결된 순간부터 대부분 문화는 정체되었다. 지구도 예외는 아니었다. 갈 수 있는 항성계는 모두 끌개를 만든 문명이 지배하고 있었기 때문에 우주 개척은 어려웠다. 개척해야 할 이유도 찾기 어려웠다.

그래도 기어이 아무도 살지 않는 항성계를 찾아 새로운 세계를 건설하려는 무리가 있었다. 그리고 그들 중 아주 악질적인 무리가 거미줄 우주의 미로를 떠돌다가 궤도를 떠도는 버려진 끌개에 끌려 닛-이실에 도착했다.

고래가 끌개에 뛰어들자 스크린이 갑자기 밝아졌다. 노의는 눈을 감았다. 짧은 진동이 있고 스크린은 다시 어두워졌다. 눈을 다시 뜨니 하얀 눈으로 덮인 하트 모양의 대륙이 남반부 절반을 차지하는 행성이 눈에 들어왔다.

수백억 광년의 거리가 허무하게 사라져 버렸다.

4.

공무원 제복을 입은 닛-이실인 다섯 명이 비행장에서 그들을 기다리고 있었다. 그들 중 세 명은 휘청거리며 고래에서 내린 고화를 잡아서 끌고 갔고 한 명은 아비미와 함께 다른 방향으로 갔다. 가장 키가 작고 연장자처럼 생긴 이만 노의와 함께 남았다.

"솔 정부의 소통관입니다. 입성을 허가해 주셔서 감사합니다."

노의는 자기 두 손을 가볍게 잡았다. 두 팔이 있는 직립보행족들을 위해 만들어진 표준 인사였다. 같은 인사를 한 상대는 음악적인 소프라노로 말했다.

"미늣 아웃 바진입니다. 평의회 회장입니다. 환영합니다."

바람에 부슬부슬 날리는 가루눈에 반사된 아침 햇빛이 작은 무지개를 만들었다. 얼마 전까지만 해도 작동하고 있던 옷의 냉각선이 꺼지고 열선이 작동을 시작했지만, 아직 추웠다. 닛-이실인들이 입고 있는 얇은 옷을 보자 더 추워졌다. 지구인 기준으로 보면, 저들은 추위도, 더위도 타지 않았다. 하루 평균 온도가 영상 35도인 비닌브냐의 예캬시에서도 똑같은 옷을 입고 똑같이 평온한 얼굴로 돌아다녔다.

주변을 둘러보았다. 모서리가 없는 둥글고 우아한 건물들이 얇은 눈을 덮고 비행장 주변을 에워싸고 있었다. 비행장 구석에서는 머리 없는 거인처럼 보이는 거대한 로봇들이 블록 장난감을 쌓는 아이들처럼 새 건물을 조립하고 있었다. 원반형 비행기가 착륙했고 인간 가청 영역을 벗어난 고음으로 수다를 떠는 아이들 수십 명이 내렸다. 평화롭고 일상적인 풍경이었다.

지구인들이 남긴 마천루를 찾으려 했지만 실패였다. 적어도 이 위치에서 세 개는 보여야 했다. 하긴 1세기는 그들이 남긴 모든 쓰레기를 치우기에 충분한 시간이었다. 있어 봐야 위낮시의 자연스러운 아름다움을 깨트릴 뿐이다.

아비미가 돌아왔다. 그들은 얼마 전부터 기다리고 있던 동그란 치에 탔다. 인은 가운데에 작은 탁사가 있는 아늑한 방이었고 창문이 없었다.

"우리가 솔 정부와 외교 관계를 맺어야 할 실용적인 이유는 없습니다."

미늣이 말했다.

"거미줄 우주에 있는 무한의 이웃 중 지구인들보다 나은 교류 상대는 얼마든지 있으니까요. 하지만 우리가 지구인들에게 품고 있는 감정의 잔재를 해결하지 않는다면 불필요한 짐을 후손에게 물려주게 됩니다. 그리고 과거가 없었다고, 우리의 존재가 지구 문명과 아무 상관이 없다고 우기는 건 그냥 자기기만이지요. 우리는 그런 식으로 역사를 만들고 싶지 않습니다. 적어도 우리 대부분은요.

지난 10년 동안 우리는 솔과 수교하기 위해 차곡차곡 준비 과정을 밟았습니다. 여기엔 솔 정부의 적극적인 협조와 지원이 있었습니다. 여기에 대해서는 고맙게 생각합니다. 그런데 어이없게도 그 사건이 생겼습니다…"

"그 일에 대해서는 정말 유감스럽게 생각합니다."

노의가 말했다.

"정부가 개인의 사악함을 어떻게 다 통제하겠습니까. 그리고 따지고 보면 그자는 솔 관할이 아닙니다. 뉴 아발론 시민이니까요."

 "지구인인 건 달라지지 않지요."

 "그렇습니다. 하지만 그보다 더 큰 문제는 피해자인 윈 난누카 사릿이 교회인이라는 것입니다."

 "네?"

 "잇니케입니다. 찢어진 종잇조각 교회의."

 처음 듣는 단어였다. 뇌내사전은 이 단어를 수녀로 번역했다. 평신도인 여성 수도자.

 "여러분이 종교를 만들었는지 몰랐습니다."

 "종교는 만들어지는 게 아닙니다. 생겨나는 것이지요."

 노의는 이 일반론의 허술함을 지적하지 않았다.

 "찢어진 종잇조각 교회는 지난 1세기 동안 발생한 다섯 종교 중 하나입니다."

 미늣이 말했다.

 "가장 크고 인기 있으며 결국 나머지 네 개를 삼킬 겁니다. 우리 정부는 교회가 150년 이상 지속 가능할 것이라 보고 있습니다. 교회 측에서는 더 낙관적이라 2세기를 수명으로 잡고 있습니다."

 "종말론을 믿으시나요?"

"아닙니다. 닛-이실의 종교는 모두 시한부입니다. 우리가 온전한 닛-이실인이 되는 순간 종교는 의미가 없어집니다. 우리 자신이 되는 것은 지금 우리 문화의 가장 중요한 목표지요. 몇몇은 이에 도달하기 위해 신비주의적인 방식을 취했고 결국 종교가 생겼습니다. 지구인들이 종교에 부정적이라는 건 압니다. 저희도 여러분의 역사를 알고 있습니다. 하지만 찢어진 종잇조각 교회는 강요하는 종교가 아닙니다. 사제도, 신도도, 권력도 없습니다. 전도도 안 합니다. 오로지 하나의 방식으로 하나의 목표만을 추구하는 수도자들로만 구성되어 있지요.

모든 닛-이실인은 평등합니다. 하지만 잇니케는 특별합니다. 고화가 의도적으로 잇니케에게 접근했는지, 어쩌다 아무 닛-이실인을 골랐는데, 잇니케였는지는 모르겠습니다. 후자일 가능성이 높겠지만, 확인할 생각은 없습니다. 이미 지구인 남자가 잇니케를 강간했다는 사실을 모두가 알고 있다는 게 더 중요합니다. 그렇게 되면… 아, 벌써 도착했군요."

노의는 미눗과 아비미를 따라 차에서 내렸다. 잠시 눈이 아찔했다. 지금까지 노의는 닛-이실인 문명이 색에 무관심하다고 생각했다. 위낫시의 건물 대부분은 흰색과 검은색으로 구성되어 있었고 다른 종류의 색은 아주 드물게 눈에 뜨였다. 하지만 이들이 도착한 시민궁 안은 온갖 종류의 색으로 가득 차 있었다. 바깥에서는 단조롭다고 생각했던 공무원 제복도 건물 안에서는 다양한 빛으로 반짝였다. 끊임없이 변화하는 색의 무리가 원통형 시민궁 내부를 파도처럼 맴돌고 있었다.

건물을 채운 건 색뿐이 아니었다. 안은 노래로 차 있었다. 수백 명의 닛-이실인들이 노래를 하고 있었다. 이들의 언어는 처음부터 노래처럼 복잡한 성조를 갖고 있었다. 노의가 닛-이실 전담관으로 뽑힌 것도 이들의 언어를 정확하게 듣고 노래할 수 있는 절대음감의 소유자였기 때문이다. 하지만 지금 노의의 귀에 들리는 건 단순히 수많은 사람이 떠들면서 만드는 소음이 아니었다. 이들은 각자 자기 자리에서 보이지 않는 지휘자에게 끌린 듯 복잡하고 혼란스럽고 아슬아슬한 음악을 만들고 있었다. 그리고 그 음악은 결코 끝날 것 같지 않았다. 시민궁에 드나드는 수많은 시민에 의해 이어지는 영원의 노래였다.

노의는 미늣과 아비미의 얼굴을 번갈아 바라보았다. 미늣은 침묵을 지키고 있었지만 아비미는 흥얼거리면서 자기만의 선율을 화음에 더하고 있었다. 지금까지 공무원의 무표정을 유지하고 있던 얼굴이 술 취한 듯 살짝 풀려 있었다. 바깥에서는 눈처럼 하얗던 피부가 시민궁 내부의 빛을 받아 알록달록하게 빛났다.

그들은 굽이치는 곡선의 복도를 따라 걸어갔다. 거기까지 가는 동안 노의는 시민궁의 합창이 하나만이 아니라는 사실을 깨달았다. 복도마다, 방마다, 수많은 작은 노래들이 있었다. 이들은 큰 합창 속에 묻혀 사라지기도 했고 합창에 새로운 멜로디와 화음을 불어 넣기도 했다. 복도와 방을 돌아다니는 색의 파도도 마찬가지였다.

합창과 색의 파도는 미늣의 사무실, 적어도 그렇게 보이는 구역에 도착했을 때 멎었다. 방 안은 외부처럼 흰색과 검은색으로만 이루어져 있었다. 문은 없었지만 보이지 않는 방음 장치가 외부의 소음을 차단했다. 고작 몇 분 동안 시민궁 안에 있었을 뿐이지만 노의는 이 정돈된 색과 침묵이 극도로 인위적이라 생각했다.

"어디까지 이야기했지요?"

미늣이 말을 이었다.

"네, 우리 시민들은 모두 지구인 남자가 잇니케를 강간했다는 사실을 알고 있습니다. 그 남자가 닛−이실 지배자였던 지구인 남자들의 후손이라는 정보도 곧 퍼지겠지요. 지금까지 이성적인 수준으로 억제되었던 반지구인 정서가 다시 폭발하는 건 시간문제입니다. 어떻게든 그 전에 이 상황을 해결해야 합니다."

"어떻게요?"

"찢어진 종잇조각 교회에 처형권을 넘길 생각입니다."

5.

숙소는 시민궁 34층에 있었다. 노의는 방의 온도를 20도로 올리고 옷의 열선을 끈 뒤 모든 창문을 투명하게 만들었다. 단아한 흑백의 겨울 도시 외부와 오색찬란한 내부가 동시에 눈에 들어왔다. 전혀 다른 두 개의 영화를 동시에 틀어놓은 거 같았다. 이들이 자기네 세계를 이렇게 극단적으로 갈라놓은 이유가 있겠지. 정신 사납지만, 이들에겐 당연한 환경일 것이다. 자연스러움과 당연함은 이들 문명이 추구하는 최종 목표니까.

숙소의 가구는 친숙했다. 의자, 옷장, 탁자, 책상, 침대. 위생실의 구조도 같았다. 다를 이유가 없었다. 닛-이실인들의 몸 구조는 지구인과 크게 다르지 않다. 지구인의 몸에 맞춘 기구와 가구가 자기에게도 맞는다면 굳이 바꾸어야 할 이유가 없었다. 도시를 움직이는 자동차나 엘리베이터와 같은 기계 역시 대부분 뿌리를 지구 기술에 두고 있었다. 위낫시의 풍경은 지금까지 지나쳐 온 4천 개의 행성 어느 것보다 훨씬 지구와 비슷했다.

가방을 열어 식량 상자를 꺼냈다. 지구인들은 닛-이실의 음식을 먹을 수 없어서 일주일 치 건조식량을 따로 가져와야 했다. 옛날엔 지구인들의 식량을 재배하기 위한 온실이 따로 있었다. 그것들은 모두 해방전쟁 때 파괴되었다. 노의는 용기 하나를 열어 증류수를 붓고 발열기를 작동시켰다. 1분 뒤 제법 먹을 만한 끈적이는 핑크색 물질이 만들어졌다. 노의는 스푼을 꺼내 한 입씩 떠먹으며 생각에 잠겼다.

전쟁 때 솔 정부가 신속하게 개입할 수 있었던 건 행운이었다. 당시 4천 정거장을 거쳐 파견할 수 있었던 건 기껏해야 전함 한 척에 불과했지만, 그것만으로도 솔 정부는 다음 수를 위한 명분을 세울 수 있었다. 전쟁이 끝난 뒤 솔 정부는 10만여 명의 지구인 생존자들을 모두 처벌하고 세뇌하고 격리했다. 전후 1세기 동안 닛-이실에는 단 한 명의 지구인 남자도 발을 디딘 적이 없었다. 그동안 닛-이실을 방문한 몇 안 되는 지구인 소통관은 모두 여자였고 대부분의 외교 업무는 가장 가까운 이웃인 비닌브냐인들이 대신 처리했다. 지금도 3천 명이 넘는 비닌브냐인들이 위낫시에 살고 있다. 욕망과 역사가 겹치지 않은 이들은 평화로운 이웃이었다.

고화는 전쟁 후 닛-이실에 발을 디딘 첫 지구인 남자였다. 이에 대해 음모론을 제기하는 이도 있었다. 그냥 강간범이 아니라 옛 노예들을 벌하기 위해 독재자들의 후손들이 일부러 보낸 트로이의 목마일지도 모른다. 이 행성에 도착한 지 지구 시계로 겨우 다섯 시간 정도 지났지만, 강간범은 네 차례의 신체검사와 다섯 차례의 정신감정을 받았다. 이를 위해 박물관 지하실에 보관되어 있던 지구인 첩보부의 심문 기기들이 불려 나왔다.

아무것도 없었다. 고화는 그냥 폭력적인 바보에 불과했다. 뉴 아발론에서는 출신 성분 때문에 일이 안 풀렸다. 이 시시한 남자는 자기가 닛-이실인들 때문에 이 꼴이 되었다고 믿었다. 강간은 복수였다. 그 대상이 잇니케였던 건 우연의 일치였다. 바보짓의 대가는 죽음이다. 고화는 여기까지 생각했을까? 아니었다. 놈은 강간 이후의 계획 따위는 없었다.

혐오감이 목 끝까지 올라왔다. 고화 때문만이 아니었다. 닛-이실과 관련된 지구인 역사 전체가 혐오스러웠다. 버려진 이 행성을 정복하겠다고 나선 한 무리의 지구인 남자들. 이들은 이곳을 남자들만의 행성이라 선언했고, 아직도 희미한 신호를 간헐적으로 보내는 끌개를 잠재웠고, 작은 올챙이 모양을 한 토착 물고기의 유전자를 조작해 인간 여자와 비슷한 모양의 성노예를 만들었다. 이들은 이게 완전한 성평등에 도달하는 방법이라 믿었다. 인간 여자 자체를 없애면 불평등도 없다.

고맙게도 닛-이실인들은 이들이 생각했던 것보다 훨씬 똑똑했고 자기들을 얽매는 불평등을 인식했다. 2세기의 치욕을 참으며 해방을 준비한 이들은 결국 해방전쟁을 일으

켰고, 끝개를 깨워 거미줄 우주에 지구인들의 만행을 알렸다. 주인 행세를 하던 40만 명의 지구인 남자들이 그 와중에 죽었다. 그들 중 10만 명은 열 대의 우주선을 나누어 타고 탈출하려다 모두 솔 전함의 미사일을 맞았다. 당시 산산조각 난 고깃덩어리 일부가 아직도 잇-니실 주변 궤도를 돌고 있다.

솔 정부로서는 필사적으로 이 역사를 청소하는 수밖에 없었다. 마음 같아서는 살아남은 10만 명도 적당한 구실을 만들어 제거하고 싶었겠지만 보는 눈이 너무 많았다. 거미줄 우주에서 개척 행성은 드물었고 주변 100만 정거장 안의 이웃들은 모두 닛-이실의 이야기를 알았다. 대망신이었다. 모든 지구인이 그렇지 않다는 것을, 이 오염된 밥벌레 같은 무리도 적절한 세뇌 과정을 거치면 치료될 수 있다는 걸 보여 주어야 했다. 그게 최소한의 하한선이었다. 뉴 아발론의 게으름뱅이들은 도대체 일을 어떻게 처리한 거야?

점심을 다 먹은 노의는 식기를 정리하고 작업을 시작했다. 가장 먼저 닛-이실의 정보 네트워크에 접속했다. 오선지위 45개의 알파벳으로 구성된 닛-이실어의 문장들이 책상위 스크린 위에 떠올랐다. 8년 동안 닛-이실어를 배웠지만 몇몇 문장과 단어, 무엇보다 사고방식은 여전히 이해하기 어려웠다. 닛-이실어는 젊은 언어였고 변화는 장려되었다.

평의회가 막 이번 사건의 전체 정보를 공개했고 시민들의 반응이 폭발하고 있었다. 일부는 솔 정부와 외교를 맺는 걸 재고하라고 평의회에 요구하고 있었다. 일부는 결코 변하지 않는 지구인의 야만성을 잊지 말자며 과거의 역사를 끄집어내고 있었다. 이 자잘한 문장들은 종종 흐름을 타며 자유분방한 서사시 타래로 변했다. 닛-이실어의 특징이었다. 시와 노래의 씨앗이 단 한 알이라도 문장에 숨어 있다면 이들은 기어이 꽃을 피웠다.

이들은 행성에 도착하기 전부터 예상했고 걱정했던 일이었다. 예상하지 못했던 것은 무덤덤하고 심지어 어느 정도 호기심 어린 반응들이었다. 그리고 그 호기심은 강간범이 아닌 자신들을 향하고 있었다. 그런 반응은 대충 다음과 같은 흐름을 탔다. 그 악당을 직접 보아야겠어. 직접 보고 내가 어떤 감정을 느낄지, 어떻게 행동할지 확인해야겠어. 이 타래 역시 여러 노래로 이어졌는데, 앞의 노래들과는 달리, 노의가 쉽게 해석할 수 없었다. 뇌내사전도 제대로 작동하지 않았다. 선율을 아는 익숙한 노래의 흥얼거림이 은근슬쩍 오케스트라로 연주하는 무조음악으로 넘어가는 것 같았다. 하지만 이들 중 일부는 이해 가능한 영역으로 수렴했다. 저자를 찢어진 종잇조각의 잇니케들에게 넘기자. 우리 대신 그들이 느끼고 행동하게 하자. 저자의 몸과 정신을 찢어 이해의 완성으로 가는 길을 닦자. 아직 평의회는 처형권을 교회에 넘긴다는 발표를 하지 않았는데, 뒤늦게 민의를 따른다는 모양을 만들려 하는 것 같았다. 아니, 이건 너무 지구적인 사고방식일까?

닛-이실인들은 자신을 이해하고 설명하기 위해 수많은 상징을 동원했다. 찢어진 종잇조각은 그 하나였다. 잘게 찢어진 종잇조각은 지금의 닛-이실인들이었다. 온전한 한 장의 종이는 그들이 도달해야 할 목표였다. 찢어진 조각이 온전한 한 장의 종이가 되는 건 결코 자연스럽지 않다. 자연스럽게 신비주의가 끼어들었다. 적어도 노의가 이해한 바로는 그랬다.

왜 이들이 이런 믿음에 끌리는지는 이해가 갔다. 지구인들은 닛-이실인들을 대충 만들었다. 그들의 목표는 성적 욕구를 풀 수 있는, 말하고, 듣고, 복종하고, 체념하고, 고통받고, 공포에 떠는 인형과 같은 존재였다. 그것만 충족된다면 나머지는 상관없었다. 지구인과 닛-이실인의 성교는 모두 강간이었다. 2세기의 정복 기간 동안 이들은 그것을 당연히 여겼다. 그들이 엄격하게 동성애를 금했던 것도 강간이 아닌 성교의 가능성을 차단하기 위해서였다. 자기 자신이 심은 닛-이실인들의 잠재력을 그들이 눈치채지 못했던 것도 그 때문이었다. 그들은 오로지 자신에게 강간당한 피해자의 모습으로만 닛-이실인들을 보았다. 뒤엉킨 실타래와 같은 정신을 가진 이 혼란스럽고 작고 가냘픈 짐승들이 재생기를 조작해서 더 명민하고 기민한 후손들을 만들어 내 결국 그들에 맞설 거라고는 상상도 하지 못했다.

압제자들을 성공적으로 몰아내긴 했지만, 이 가냘픈 짐승들은 여전히 혼란스러웠다. 먹고 싸는 걸 제외하면 아무 생각 없던 물고기들이 순식간에 끌개의 기능을 이해할 수 있는 지능을 갖춘 존재로 변했고 이 사이엔 어떤 연속성도 없었다. 이들의 욕망과 감정은 찢어진 종잇조각처럼 파편화되어 있었다. 그들은 자신이 무엇을 원하는지 몰랐다. 심지어 해방전쟁 자체도 지구인의 논리를 따르고 있었다. 지구인의 정신을 흉내 낸다면 어설프게나마 안정된 삶이 가능했다. 하지만 그건 진실한 삶이 아니었다. 이들은 닛-이실인의 이데아를 갈망했다. 그건 현실 세계에는 존재한 적이 없었다. 오로지 종교만이 답을 줄 수 있었다.

찢어진 종잇조각 교회가 탄생했다.

6.

아비미가 바퀴 달린 관처럼 생긴 기계를 보여 주었다. 뚜껑을 열자 오톨도톨한 돌기가 박힌 텅 빈 내부가 드러났다.

"지구인 군대가 음식물 쓰레기 처리기로 썼던 기계예요.

같은 기능의 기계를 만들어 우리는 장례식장에서 시체를 분해하는 데도 쓰고 있지요. 이건 골동품이에요. 분해되는 것이 쓰레기라는 것을 보여 주어야 하니까요."

이들은 고화를 이 안에 산 채로 넣을 생각이었다. 수분을 날리고 기본 분자 단위의 가루로 변해 정리될 때까지 10분 정도 걸릴 것이다. 다음에 가루를 변기에 털어 버리고 잊어 버리자고 했겠지. 피해자가 잇니케가 아니었다면 먹힐 수도 있는 제스처였다.

"찢어진 종잇조각 교회에서는 처형을 어떻게 하나요?"

노의가 물었다.

"교회는 지금까지 사형을 집행한 적 없습니다. 닛-이실에는 멀쩡한 사법제도가 있습니다. 안락사, 자살, 종교 행위 과정 중 발생한 사고사는 일상이지만 저들은 범죄자를 처벌한 적은 없어요."

아비미가 대답했다.

"교회가 사고사에 대한 법적 책임을 지기도 하나요?"

"우리는 잇니케들 사이에서 벌어진 일들에 대해서는 참견하지 않습니다."

위험하고 무책임한 생각처럼 보였다.

"윈 난누카 사릿은 이번 처형에 참여하나요?"

"아뇨. 비닌브냐에 머물 생각입니다. 우린 피해자에게 불필요한 짐을 지울 생각이 없어요. 될 수 있는 한 빨리 일상으로 돌아갈 수 있게 도울 겁니다. 이건 여러분의 지침을 따른 것입니다. 몇만 년 동안 강간범들과 같이 살아왔으니 피해자들을 다루는 방법도 여러분이 더 잘 알겠지요."

"닛-이실에선 성범죄가 존재하지 않나요?"

"이곳에서는… 거의 모든 일이 일어납니다."

아비미가 느릿느릿 말했다.

"그중에는 지구인들이 익숙한 이름으로 부를 만한 일들도 있어요. 하지만 큰 그림 안에서 보면 그것들의 의미는 전혀 다릅니다. 우리는 그 의미를 읽으려 하고 있어요.

처형식도 그 의미를 읽는 작업입니다. 교회에서는 어떤 일도 반복되지 않아요. 적어도 의식적으로는요. 잇니케들은 늘 새로운 길을 찾고 그 길을 갑니다. 오늘 밤에도 그러겠지요. 우린 그냥 그 미지의 길을 갈 수 있게 준비만 하면 됩니다."

쓰레기 처리기가 다시 창고로 들어갔다. 노의는 아비미를 따라 박물관에서 걸어 나왔다. 함박눈이 내렸다. 공원에서는 하얀 옷을 입은 아이들이 맨손으로 뭉친 눈 뭉치를 던지면서 눈싸움을 하고 있었다. 길거리의 시민 절반은 발목이 드러나는 샌들을 신고 있었다. 보기만 해도 추웠지만, 추위를 타지 않는 이들에게 이 선택은 자연스러웠다.

"우린 이 행성을 더 좋은 곳으로 만들었습니다."

아비미가 말을 이었다.

"우리의 존재를 지우고 본다고 해도 해방전쟁 이전의 이곳은 끔찍했습니다. 지구인들은 대륙을 세 개의 나라로 갈라 불필요한 전쟁을 벌였어요. 군대를 만들기 위해 공격성과 복종심만 남긴 군인 클론들을 생산했고 매일 수백, 수천 명이 죽었습니다. 폭력으로 해결해야 할 정치적인 이유가 있어서가 아니라 삶의 이유를 찾는 다른 방법을 몰랐던 겁니다. 지금도 도시 바깥에 나가 아무 데나 파면 전사자 시체가 나와요. 지구인 시체는 여기서 썩지 않으니까요. 우린 그런 짐승들 사이에서 강간당하고 납치당하고 소모품처럼 쓰이며 살아왔습니다.

그 시대는 갔어요. 이곳은 불완전하지만, 전쟁은 없습니다. 우리는 스스로의 주인이고 우리 일에 책임을 집니다. 많은 나쁜 일들이 일어나지만, 투표권이 있는 모든 시민이 강간범이던 그 옛날과 비교할 수는 없습니다. 우린 그들보다 낫습니다. 그리고 더 나은 존재가 될 수 있어요. 지구인이 남긴 잔재를 버리고 진정한 우리 자신이 될 수 있다면요. 교회에서 벌어지는 일들이 여러분 눈엔 야만적으로 보일 수도 있습니다. 하지만 우리에겐 과거의 쓰레기를 태울 불이 필요합니다."

서서히 교회가 눈에 들어왔다. 조용한 흥분에 싸인 군중들이 주변에 모여 있었다. 하얀 학교들 사이에 끼어 있는 검은 벽돌 건물이었다. 부드러운 곡선으로 이루어진 위낫시의 다른 건물들과는 달리 날카롭고 음험하고 과장되어 있었다. 옛 만화영화에 나오는 마귀의 성 같았다.

교회 앞에 가서야 노의는 그게 비유로 그치지 않는다는 것을 알았다.

7.

이연 인림 의장님께.

이 편지가 지구에 도착할 무렵엔 전 이미 닛-이실을 떠나 비닌브냐에서 다음 우주선을 기다리고 있겠지요.

공식 보고서를 먼저 읽으셨다면 아시겠지만, 닛-이실 평의회와의 교섭은 성공적으로 끝났습니다. 그쪽에서는 표준력으로 2사이클 안에 정식 외교 관계를 맺길 바라고 있습니다. 외무부 분석팀의 예측은 틀렸어요. 그들은 우리와 관계를 끊을 생각이 없습니다. 과거에 대한 분노와 혐오는 여전히 남아 있습니다. 하지만 우리가 제공하는 외교 우산을 벗어던질 생각도 없어요. 무엇보다 그들은 우리가 앞으로 변화할 자신들을 위한 고정된 비교 대상이 되어 주기를 바랍니다. 조건은 있습니다. 물리적 교류는 앞으로도 없을 것이며 남자들은 출입 금지입니다. 이를 아쉬워하는 사람들은 없을 것이라 생각합니다. 이들의 이미지를 포르노 망상의 재료로 삼는 무리도 그냥 지구에 남아 있어야겠지요. 인민당 사람들은 표현의 자유 어쩌구를 내세우며 그들을 옹호하던데, 이게 외교 문제로 번질 수 있다는 걸 알아야 합니다. 우리의 자유보다 그들의 존엄성 무게가 더 큽니다.

막판에 제가 넘겨받은 임무 역시 무사히 끝났습니다. 강간범 고화는 찢어진 종잇조각 교회에 의해 처형되었습니다. 문제는 여전히 남아 있습니다. 솔과 뉴 아발론 정부는 앞으로 잇-니실의 잔당들을 제대로 관리하겠다는 성의를 보여야 합니다. 교회에 처형권을 넘겨주었기 때문에 순수한 세속성을 유지하려는 닛-이실 정부의 노력에 금이 갔고 이들도 이를 해결하기 위해 머리를 굴리고 있습니다. 하지만 둘 다 제가 신경 쓸 바가 아니지요.

보고서엔 자세히 언급하지 않은 처형 이야기를 조금 길게 해 드리겠습니다.

처형장은 위낫시 변두리에 있는 찢어진 종잇조각 제3교회였습니다. 당장이라도 악마가 튀어나올 것처럼 생긴 검은 화강암 건물입니다. 조사해 보니, 입구를 제외하면, 1965년에 엠마 슈테른베르크라는 무대 디자이너가 헬무트 브라멜의 오페라 〈노스페라투〉를 위해 디자인한 드라큘라의 성과 아주 흡사했습니다. 뱀파이어의 성이었던 겁니다.

이 흉악스러움은 의도적입니다. 지구인들은 호전성을 과시하기 위해 거의 캐리커처 수준으로 사악한 모양을 한 건물들을 여기저기 세웠습니다. 생각하기 귀찮은 건축가 하나가 슈테른베르크의 성 디자인을 그대로 가져온 것이겠지요. 이들 대부분은 파괴되었지만, 이 성만은 남아 찢어진 종잇조각 교회가 물려받았습니다. 왜 이 건물을 택했는지는 교회도 잘 모를 겁니다. 그냥 감을 따랐겠지요. 이 행성에서는 많은 중요한 일들이 감을 따라 결정됩니다.

위낫시의 대부분 건물이 그렇듯, 교회도 끊임없이 변화하는 색으로 가득 차 있었습니다. 단지 각진 구조 때문에 그 흐름이 그렇게까지 유기적이라는 생각은 들지 않았어요. 그리고 은근히 붉은빛이 강해 내장을 도려낸 거대한 짐승 시체 안에 들어와 있는 기분이었습니다. 닛-이실인들에게는 조금 다른 의미를 띠겠지요. 이 행성 동물들의 피에는 헤모글로빈이 없으니까요. 이들이 아는 동물 중 붉은 피를 흘리는 건 오로지 지구인들뿐입니다.

안은 의외로 넓었고 연극 무대 또는 검투장을 연상시켰습니다. 중앙의 네모난 공간을 관객석이 사방에서 둘러싼 구조였지요. 지하실로 연결된 출입구가 북쪽에 나 있었습니다. 저는 저랑 비닌브냐에서 같이 온 외교관 아비미와 함께 맨 밑 남쪽의 앞자리에 앉았습니다. 제가 알기로 잇니케가 아닌 관객은 저희 둘 뿐이었습니다.

길가에서 잇니케를 만났다면 전 구별하지 못했을 겁니다. 이들은 모두 머리를 아주 짧게 깎았지만 교회 바깥의 많은 이들도 그랬습니다. 흰색과 검정 위주의 간소한 옷을 입었지만 위낮시에서 만난 대부분 이들이 그런 옷을 입었습니다. 유일하게 구분할 수 있는 특징은 옷 일부에 빨간색 포인트가 들어가 있었다는 것입니다. 일반 시민이 빨간색 포인트가 있는 옷을 입는 건 금지되어 있지 않지만, 대부분 알아서 피한다고 합니다.

이들은 저희가 도착하기 전부터 입을 다물고 각자의 노래를 흥얼거리고 있었습니다. 이 노래는 모두가 착석하고 교회 문이 닫히는 순간부터 가사 없는 하나의 선율로 합쳐지기 시작했습니다. 옆자리의 아비미도 당연하다는 듯 그 선율에 합류했습니다. 영문을 모르는 외계인인 저만이 어리둥절한 얼굴로 두리번거리며 주변을 훔쳐보고 있었지요.

지하실 문이 열리고 잇니케 한 명이 나왔습니다. 특별한 누군가는 아니었어요. 그냥 제비로 뽑은 아무개였습니다. 찢어진 종잇조각 교회는 지구인 지배자들을 연상시키는 많은 것들을 경멸했고 그중엔 서열과 계급도 포함되어 있습니다.

"미래를, 더 아름다운 미래를."

잇니케가 말했습니다. 그러자 관객들은 모두 같은 문장을 노래했습니다.

가사가 있는 노래가 이어졌습니다. 중앙의 잇니케가 시작하면 관객들이 이를 받아 끝내는 식이었지요. 처음에는 이렇게 시작됩니다.

우리는 봅니다, 아름다운 미래를 / 우리가 온전해지는 그 날을.

우리는 봅니다, 우리를 이루는 종잇조각들이 붙고 / 우리가 한 장의 종이가 되는 날을.

이후로는 지구의 언어로 뜻을 번역하는 게 쉽지 않습니다. 닛-이실의 언어에서는 두운과 각운, 글자 수를 다 합친 것보다 더 중요한 건 음악적 논리입니다. 이를 담을 수 없는 번역문으로만 보면, 이들의 시는 순식간에 부조리해져 버립니다. 단지 이들의 문장에서 완성과 미래라는 단어가 꾸준히 반복된다는 점은 말해도 될 것 같습니다. 그 둘은 언제 어디에 넣어도 좋은 단어입니다.

갑자기 노래가 끊어졌습니다. 열린 지하실 문을 통해 고화가 휘청거리며 걸어 나왔습니다. 머리와 수염은 모두 거칠게 깎였고, 벌거숭이였습니다. 두 손으로 아랫도리를 어설프게 가리고 있었고요. 어리둥절해 보였습니다. 그리고 추위에 떨고 있었어요. 실내였지만 영하 5도였으니까요. 온몸엔 오톨도톨 소름이 돋아 있었고, 벌린 입과 코에서는 하얀 입김이 흘러나왔습니다. 그리고 그 입김은 36.5도의 체온을 가진 또 다른 외계인인 제가 뿜는 입김과 섞여 하나가 되었습니다.

고화는 힘없는 미소를 지었습니다. 그리고 양손을 떼 성기를 드러내고 잇니케들을 향해 흔들었습니다. 나름 도발적인 행동이었겠지요. 하지만 반응은 차가웠습니다. 거기에 움찔한 건 저뿐이었지요.

당연하지 않겠습니까. 우리가 품고 있는 지구인 몸에 대한 혐오와 매혹 대부분은 모두 몇십억의 진화의 흐름을 통해 만들어졌습니다. 닛−이실인들에게는 그런 역사가 없습니다. 심지어 이들은 자기 육체의 모양에도 무감각했습니다. 적어도 우리한테 익숙한 방식으로 자극받지는 않았지요. 몇 세기 전만 해도 이들은 막 등뼈 비슷한 것을 만들기 시작한 장님 물고기였으니까요. 이 세계에서 진화는 지금의 몸에 대한 어떤 것도 가르쳐 주지 않습니다. 고화가 흔들고 있는 신체 부위는 분명 역사적, 문화적 의미가 있었고 이들은 그 의미를 혐오했습니다. 하지만 그날 그 교회 안에서 지구인 남자가 성기를 흔드는 건 고무로 만든 장난감 칼을 휘두르는 것 정도의 위협밖에 되지 않았어요.

도발이 먹히지 않자, 고화는 얼굴을 과장되게 일그러뜨리더니 성조가 엉망인 닛-이실어로 외쳤습니다.

"창녀들! 노예들! 죽어라!"

여기저기에서 웃음소리가 들렸습니다. 진짜 웃음은 아니었어요. 이들에게도 유머 감각이 있었지만, 그것은 웃음으로 연결되지는 않았습니다. 그러니까 그들은 지구인의 언어로 그 욕설에 대답했던 것입니다.

노래가 시작되었습니다. 처음에는 가사 없는 허밍이었어요. 그러다 여기저기서 가사들이 떠오르더니 가장 우세한 것으로 수렴되었습니다.

네가 문을 열었다.

우리는 그 문을 통해 아직 가지 않은 새길을 간다.

아주 즉흥적으로 떠오른 가사는 아닌 것 같았습니다. 문과 길은 미래와 완성만큼 자주 등장하는 단어였으니까요. 그리고 여기선 이들이 포함된 문장들이 나올 수밖에 없었지요. 그중 가장 이들의 입에 맞는 가사가 이긴 것입니다.

노래가 계속되었고 잇니케들이 한 명씩 일어났습니다. 그리고 그들 중 상당수는 길게 늘어진 하얀 리본과 같은 것을 들고 있었습니다. 그리고 그 리본의 끝은 관객석과 벽에 고정되어 있었어요. 순식간에 리본으로 구성된 미로의 성이 만들어졌습니다.

선 아비미와 함께 관객석에 남았습니다. 차마 그 안에 들어가 무슨 일이 일어나고 있는지 확인하고 싶지 않더군요. 처음엔 고화의 억지 웃음소리가 들렸습니다. 그리고 지구어의 욕설이 들렸어요. 다음부터 한 시간 동안은 오로지 비명뿐이었습니다. 그리고 그 비명의 음조는 교회 안에 울리는 노래 가사에 반영되었습니다. 그리고 그 가사 대부분은 얼음과 물고기와 해초에 대한 발랄한 농담들이었습니다. 고화의 비명에서 가장 가까운 단어들로 그 흐름에 맞는 가사를 즉흥적으로 짓다 보니 다 농담으로 흘렀던 것입니다.

노래가 갑자기 멎고 리본들은 팽팽해졌습니다. 잇니케들은 모두 뒤로 물러났습니다. 길이 열렸고 저는 일어나 무대로 걸어갔습니다.

고화는 리본에 묶인 채 무대 중앙에 떠 있었습니다. 리본들이 고치처럼 녀석의 몸을 감고 있었습니다. 팔과 다리는 큰대자로 펼쳐져 있었고 몸은 45도로 기울어져 있었습니다. 녀석은 하나 남은 눈을 위로 치켜뜨고 저를 거꾸로 보고 있었습니다.

수십 개의 리본이 고화의 몸을 관통하고 있었습니다. 오른쪽 눈, 열 손가락 손톱 밑, 성기와 등에서 리본들이 삐져 나와 있었지요. 지혈 조치가 있었는지 상처에 비해 바닥에 고인 피의 양은 적었고 잇니케의 몸과 옷에도 피는 거의 묻어 있지 않았습니다. 이들의 피부와 옷감은 원래 끈적거리는 물질이 잘 붙지 않는 구조로 되어 있다는 걸 나중에야 알았습니다.

차가운 무언가가 제 왼손 손바닥에 닿았습니다. 아비미가 저에게 쥐어 준 것입니다. 리본의 끝은 금속 파이프였고 파이프 끝에는 작은 단추가 달려 있었습니다. 단추를 눌렀습니다. 리본이 연결된 금속 촉이 튀어나왔다가 바닥에 떨어지자 다시 빨려 들어갔습니다. 파이프의 표면을 관찰했습니다. 여기저기 긁힌 흠이 보였습니다. 자주 쓰인 오래된 장비였습니다.

저는 파이프로 고화의 얼굴을 쓸었습니다. 그리고 녀석이 자신을 가장 하찮게 느낄 법한 욕설들을 골라 퍼부었지요. 웃음소리가 들렸습니다. 이들 중 상당수는 우리 언어를 기억하고 있었습니다. 전 녀석의 얼굴 위로 열꽃처럼 기어오르는 모욕감의 표정을 읽고 만족했습니다.

고화의 입이 움직이고 웅얼거리는 소리가 들렸습니다. 처음에는 무슨 뜻인지 몰랐습니다. 녀석은 꿈틀거리며 피가 섞인 침을 삼키더니 아까 했던 말을 반복했습니다.

"예쁘게 말해. 제발 예쁘게 말해."

제가 들어주어야 할 요구 따위는 아니었습니다. 하지만 계속 이 꿈틀거리는 짐승 앞에서 시간 낭비를 할 생각도 없었습니다. 저는 녀석의 왼쪽 눈에 파이프를 들이대고 촉을 발사했습니다. 그 촉과 촉에 달린 리본이 어디로 나왔는지 확인하지 않고 교회를 떴습니다. 들어 보니 고화는 그 뒤로도 두 시간 정도를 더 살아 있었다고 합니다.

이 이야기의 교훈은 무엇일까요. 의장님은 이 편지를 읽으시면서 신비스러운 외계 종교의 깊은 의미를 찾느라 노력하고 계실지도 모르겠습니다. 하지만 그런 의미를 찾는 건 무의미합니다. 고화는 그냥 죽을 짓을 해서 죽었습니다. 잇니케들은 강간범을 최대한 오래 고통을 주며 죽이고 싶어했고 그렇게 했습니다. 거기에 종교적인 장식과 유희가 따랐을 뿐이지요.

우리가 아는 어느 우주에 가도 종교는 다 비슷합니다. 이들은 존재하지 않는 것이 있다고 믿고 이를 추구합니다. 이들의 공통점은 헛짓거리입니다. 만약 그들이 추구하는 대상이 정말로 존재한다면 처음부터 그건 종교가 아니겠지요. 이렇게 이야기하면 불교 이야기를 꺼내실 거 같은데, 요새처럼 아무나 해탈 시술을 받을 수 있는 시대에 그게 무슨 의미가 있을까요.

찢어진 종잇조각 교회도 마찬가지입니다. 온전한 종이 한 장 따위는 존재하지 않습니다. 모든 생명체는 미완성입니다. 닛-이실인들은 찢어진 종잇조각일 때 자연스럽습니다. 닛-이실 고유의 건축, 문학, 음악 심지어 종교도 이 찢어진 상태에서 나왔습니다. 겨우 1세기 동안 이들이 이룬 업적을 보세요. 이들이 멀쩡한 종이 한 장이었다면 이런 것들은 존재하지도 않았습니다. 이들은 불행하지만 우린 안 그런가요.

이들이 육체와 정신의 불안정을 해결할 방법을 찾을 수도 있습니다. 하지만 그 방법은 과학일 겁니다. 이들은 이미 한 번 스스로 자기 자신을 개량한 적 있습니다. 다시 하지 말라는 법도 없지요. 여기에 찢어진 종잇조각 교회의 믿음이 반영될 수도 있습니다. 하지만 이상한 믿음을 가진 사람들이 교회에 모여 이상한 짓을 하는 것만으로는 아무것도 이룰 수 없습니다.

이들은 2세기 안에 교회가 종이 한 장의 목적에 도달하고 소멸할 거라 믿더군요. 제 생각엔 너무 길게 잡았습니다. 1세기 안에 이들은 교회가 추구하는 종교적인 목표에 대한 관심을 잃고 필연적인 존재의 불안함을 받아들일 겁니다.

우리 대부분이 그랬던 것처럼요.

8.

닛-이실 혁명력 152년, 솔 정부의 소통관이었던 세종 노의는 찢어진 종잇조각 교회의 첫 번째이자 마지막 지구인 잇니케가 되었다. 몇 개월 동안 뜨거웠던 논란은 곧 시들해졌다. 철서하게 닛-이실 중심인 교회의 목표에도 불구하고 지구인이 교회에 들어오는 것을 막는 규칙은 찾을 수 없었다.

혁명력 176년, 세종 노의는 찢어진 종잇조각 제7교회에서 사망했다. 사인은 영양실조였다. 온몸은 멍투성이였고 뼈 여섯 개가 부러져 있었지만, 경찰은 수사하지 않았다.

혁명력 205년, 찢어진 종잇조각 교회는 무관심 속에서 소멸했다.

셰익스피어의
숲

1.

제가 막 만든 행성을 한번 보시겠어요?

이름은 새솔-5라고 합니다. 1년은 402.3일, 하루는 25.2시간. 지름이 지구의 106퍼센트이지만 표면 중력은 92퍼센트. 다섯 개의 대륙이 표면의 31퍼센트를 차지합니다. 산소 비율은 23퍼센트. 그러니까 꾸준히 산소를 만들어 내는 메커니즘, 곧장 말해 광합성 하는 식물이 있습니다. 지구보다 날씨가 변덕스럽고 아마도 평균기온은 조금 낮겠지만 그래도 지구인들이 살기 좋은 곳입니다. 맞아요. 〈스타워즈〉에 나오는 지구스러운 행성 중 하나 같지요.

이곳에는 지금 백만 명이 조금 넘는 지구인들이 살고 있어요. 모두 뉴질랜드 남섬보다 조금 작은 남반부의 큰솔섬에 모여 있지요. 행성 이름에서 알 수 있듯, 이 행성을 처음찾고 인구의 80퍼센트 이상을 차지하는 사람들은 한국어 사용자들입니다. 그 뒤에 네 개의 언어권 사람들이 찾아와 각각의 도시를 건설하고 있지요. 한국어를 쓰는 사람들이 사는 도시는 찬솔입니다. 새솔, 큰솔, 찬솔이라는 이름은 구글에서 '순우리말 이름'을 검색해서 찾았어요. 새솔은 개척 행성 이름으로 썩 그럴싸하지 않나요?

이제 제가 만든 우주도 소개할게요. 제가 몇 개월 전 〈찢어진 종잇조각의 신〉이라는 단편을 쓸 때 잽싸게 만든 곳입니다. 전 이곳에 '거미줄 우주'라는 이름을 붙였어요. 기술 문명이 끌개라는 기계를 만들면 그 끌개는 전 우주에 있는 모든 끌개와 연결됩니다. 이곳에서는 거리가 아무 의미가 없어요. 오로지 위상기하학적인 구조만이 중요하지요. 거미줄 우주의 지도는 지하철 노선도와 비슷하게 생겼고 외부 우주 공간의 지도와는 모양이 완전히 다릅니다. 새솔 항성계는 우주에서 측정하면 73억 광년 떨어진 곳에 있어요. 하지만 거미줄 그늘 안에서는 겨우 여든세 정거장으로 아주 가까워요. 우리 은하계의 항성계 중에도 더 멀리 가야 하는 곳이 있습니다.

당연히 끌개는 알려진 물리법칙과 아무 상관이 없습니다.

이야기를 위해 그냥 만든 거예요.

　이런 우주 문명은 어떤 곳일까요? 전 좀 우울한 곳으로 설정했습니다. 이미 밝혀낼 수 있는 모든 물리법칙은 밝혀 졌습니다. 과학자가 할 일이 팍 줄었지요. 수십억의 지적 문 명과 이웃하고 있으니 자기 문명의 특별함은 하찮게 느껴 집니다. 할 수 있는 게 별로 없어요. 우주 전체에 미켈란젤로 안토니오니스러운 권태가 감돕니다. 여기선 권태 대신 불어 단어 앙뉘ennui를 써야 할 거 같아요.

　그래도 이 권태를 극복하기 위해 최선을 다하는 문명이 있습니다. 젊은 문명들은 그래도 뭔가를 하려고 합니다. 겨 우 150년 전에 끌개를 발명한 지구 문명도 이들 중 하나지 요. 이들은 끌개를 통해 다른 행성들에 진출합니다. 이들 대 부분은 인근 항성계의 문명이 쏘아 올린 아광속 우주선이 보낸 끌개가 궤도를 돌고 있는 곳이지요. 끌개를 보낸 문명 이 행성 개척에 관심을 잃거나 소멸한 경우, 지구인들이 그 빈자리를 차지할 수 있었습니다. 뭔가 새로운 걸 할 수 있다 고 믿으면서요.

　하지만 그런 일은 일어나지 않습니다. 사람들은 비슷비슷 하고 이들이 만드는 도시도 비슷비슷합니다. 이들은 우주 여기저기에 공을 들여 자급자족이 가능하고 밤에는 마천 루가 빛나는 도시를 만들고 있지요. 하지만 그다음에는? 과거를 곱씹고 일상을 반복하는 것 말고 무엇이 가능하지요? 거미줄 우주의 문명들이 하나씩 스러져 가는 것도 이상하지 않습니다. 할 일이 없어요.

전에 서는 〈대리전〉이라는 이야기에서 (처음엔 단편을, 다음에 이를 확장해서 장편을 썼어요.) 비슷한 우주를 만든 적 있어요. 단지 이 우주 속 문명은 앤서블 통신망을 통해서만 연결되었고 다른 행성을 물리적으로 침략할 수 없었지요. 그리고 그 세계의 지적 생명체들은 갑자기 각 문명을 찾아오는 소멸을 두려워하고 있었습니다. 이번 우주를 만들면서 전 그 부분을 뺐어요. 어떤 문명은 다음 단계로 도약하고 어떤 문명은 지루함에 몸부림치며 소멸하지만 그 어느 것도 특별하지 않은 세계인 것이지요. 전 이게 더 논리적인 것 같습니다. 문명의 진보, 발전, 확장은 우리의 짧은 경험에 바탕을 두고 있지요. 이게 언제까지 지속된다는 근거는 없습니다. 모든 것이 이미 이루어졌고 새로 할 일이 없다면 우리가 굳이 존재해야 할 이유가 무엇인가요. 그냥요? 하긴 그것도 답일 수 있겠군요.

2.

이제 이야기를 만들 차례입니다.

이 이야기의 기반이 된 아이디어는 만든 지 좀 되었습니다. 정확한 날짜도 기억해요. 2019년 11월 24일. 고려대학교 화정체육관에서 레드벨벳 콘서트 〈라루즈La Rouge〉의 두 번째 공연이 있었던 날입니다. 마를레네 디트리히처럼 턱시도를 차려입은 웬디가 '라이트 미 업Light Me Up'의 중반부터 "Ooh boy come and light me up"을 "Ooh girl come and light me up"으로 고쳐 불렀고 그때마다 관객들이 환호성을 질러댔던. 그리고 행복한 마음으로 공연장을 떠나던 관객들이 폰으로 인터넷을 검색하다 카라의 전 멤버 구하라의 사망 소식을 접하게 되었던. 다이내믹하기 짝이 없는 케이팝 세계의 어느 날이었습니다. 좋은 의미로 다이내믹했다면 좋았을 텐데.

공연이 끝나고 화정체육관에서 나와 안암역으로 이어지는 내리막길을 걷고 있던 저는 (정확히 해야 할 것. 여기서 '저'는 허구의 인물입니다. 아무리 제가 제목 밑에 이름이 나온 저자와 비슷하게 굴어도 여러분이 지금 읽고 있는 글이 소설이라는 사실은 바뀌지 않으니까요.) 바로 몇십 분 전까지 제 눈앞에서 펼쳐졌던 파스텔 빛 아이돌 이미지와 사운드의 향연과 얼마 전까지 비슷한 이미지의 주체였지만 현실 세계의 끔찍함 속에서 사라져 간 자연인에 대해 생각했습니다. 그때 이런 생각이 떠올랐어요. 우리가 삶 속에서 느끼는 고통과 기쁨은 그 자체로는 기억되지 않는다고요. 우리는 이들을 주제와 소재로 삼은 글과 기타 창작물을 통해서만 이야기를 접하고, 우리의 경험과 이를 통해 구축된 상상력을 통해서만 그 이야기를 이해합니다. 사람들이 죽으면서 경험과 기억은 화석화되고 그들은 거대한 도서관의 숲을 이룹니다. 그리고 그 숲에서 우리에게 실제 사람들의 경험을 정확하게 전달해 주는 건 꼭 사실에서 기원한 것이 아닐지도 모릅니다.

처음에는 직설적인 아이디어가 떠올랐습니다. 연예인의 표면적인 이미지와 자연인의 대립. 시간이 그에 끼치는 영향. 그렇다고 정말 아이돌 이야기를 쓰려고 한 건 아니고 거기서 영감을 얻은 SF적인 세계의 이야기를 쓰려 했지요. 이건 아직 작업 중입니다. 하지만 그러는 동안 즉석에서 끌어낸 화석 숲이라는 단어와 심상이 제 발목을 잡았습니다. 베티 데이비스와 레슬리 하워드가 나오는 우울한 영화 〈화석 숲〉에 대한 기억 때문에 그랬을지도 몰라요. 하여간 이걸 가지고 뭔가 할 수 있을 거 같았습니다.

자, 이를 갖고 이야기를 진행해 보기로 하겠습니다. 일단 주인공을 만들어야겠어요. 전 연수라는 이름의 열다섯 살 여자아이를 만들었습니다. 열다섯 살은 지구 나이예요. 만이고요. 그때쯤이면 한국어권 사람들도 만 나이를 쓰고 있지 않을까요. 전 평생을 이 나라에서만 살았지만 여전히 한국 나이엔 적응하지 못했습니다. 하여간 연수는 고아이고 새솔에 온 지 얼마 되지 않았습니다. 어쩌다 보니 지구에서 감당하기가 조금 까다로워진 아이들이 순전히 관리 편의성 때문에 우주 여기저기 개척지로 흩어지는 일들이 있는데, 연수도 그렇게 된 것이지요.

저에겐 이게 표준적인 '모험의 시작'입니다. 주인공인 여자아이가 덜컹거리는 탈것을 타고 가다 낯선 곳에 내리는 거요. 《비밀의 화원》, 《소공녀》, 《빨간 머리 앤》이 다 그랬어요. 주인공이 조금 나이를 먹으면 《제인 에어》, 《레베카》 등등이 있고. 전 SF를 쓰고 있으니 연수는 마차나 자동차가 아닌, 우주선을 타고 새솔로 내려옵니다. 전 이 그림을 전에도 그렸고 이게 마지막도 아닐 거예요.. 그리고 저에게 청소년 주인공은 실제 청소년을 재현하려는 욕망이나 의무와 아무 상관이 없습니다. 청소년 시절에도 현실적인 청소년 캐릭터를 원했던 적은 한 번도 없었어요. 늘 저보다 영리하고 용감하고 무엇보다 빈 시간이 많아서 저에게 허용되지 않는 모험을 하는 아이들을 원했어요.

전 연수가 어떻게 생겼는지 모르겠습니다. 이 아이에게 의도적으로 어떤 개성이나 매력을 주고 싶은 생각도 없어요. 전 오로지 생각과 행동을 심어 주기 위해 연수가 필요합니다. 캐릭터의 매력이 가장 중요하다고 생각하는 사람이 많다는 걸 알고 저도 매력적인 캐릭터를 소비하지 않는 건 아닌데요. 그래도 전 제가 쓰는 캐릭터에 일부러 매력을 넣어 줄 생각은 없어요. 매력적인 무언가를 만들거나 매력적이려고 노력하는 것. 저에겐 이게 피곤한 노동입니다. 모르는 사람들 앞에서 애교를 떠는 거 같달까요. 아직까지는 제가 쓰고 싶은 대로 써도 일감이 들어오니까 억지로 캐릭터에게 여분의 노동을 시켜 독자의 호감을 얻을 생각은 없어요. 심지어 전 가끔 캐릭터 없는 이야기를 상상하기도 합니다. 가능할 것 같진 않지만 그래도 원하긴 해요.

고아라고 하니까 처량하게 들리는데, 제가 만든 세계에서 이는 그냥 가족에 속해 있지 않은 아이라는 뜻 이상도 이하도 아니에요. 가족 안에서 태어나는 아이들은 이제 그렇게까지 절대다수가 아닙니다. 수많은 아이가 인구를 유지하거나 늘리기 위해 생산됩니다. 그리고 이런 아이들이 안정적인 삶을 살면서 성장할 수 있는 환경도 조성되어 있지요. 우주 진출이 시작되면서 이들은 점점 늘어났습니다.

새솔에 도착한 연수는 도시 주변에 있는 작은 마을에 자리를 잡습니다. 이곳은 일종의 교육 커뮤니티라고 할 수 있어요. 아이들에게 최선의 성장 조건을 마련해 주기 위해 디자인된 곳이지요. 아이들은 어떤 상황에서라도 문제를 일으키기 때문에 당연히 완벽할 수는 없지만, 그래도 우리가 사는 세상의 추악함과 저열함에서는 어느 정도 벗어난 곳입니다. 이 정도의 도피도 할 수 없다면 제가 왜 이 장르의 글을 쓰겠어요. 도피는 저에게 가장 중요한 작업 동기입니다. 저는 과거로 도피할 수 없기 때문에 미래로 달아날 수밖에 없어요. 아무리 우리가 기후변화, 대멸종, 약자 혐오, 극단적인 빈부 격차 그리고 총체적인 저열함을 향해 달려가는 것처럼 보인다고 해도 저에겐 향수로 미화된 과거는 탈출구가 아닙니다. 미래밖엔 대안이 없어요.

전 연수의 일상을 최대한 평범하게 그릴 겁니다. 학교도 다니고 친구도 사귀고. 학교는 우리가 아는 곳과 크게 다르지 않습니다. 그 정도 미래라면 학교보다 훨씬 좋은 교육 시스템이 나왔을 수도 있고 학교가 남아 있어도 지금과 완전히 다른 모양이겠지만 그래도 독자와의 접점이 중요하니까요. 앞부분에서는 평범한 세계의 안정감이 꼭 필요합니다. 주인공이 그걸 즐기지 않는다고 해도요.

그래도 다른 행성의 낯선 기운이 슬슬 이야기에 침범합니다. 가장 눈에 뜨이는 건 머핀이라고 불리는 외계인의 존재입니다. 다만 이 세계에서는 외계인이라는 단어는 쓰지 않아요. 이건 지구 중심적인 표현인데 지구는 기준점으로 아무 의미가 없으니까요. 이들은 그냥 다른 종족이라고 불립니다.

외계인을 그리는 건 좀 지겨운 일입니다. 낯선 육체를 만들고, 낯선 사고방식을 만들고, 낯선 언어를 만들고. 쓰다 보면 아무리 새롭게 하려고 해도 진부한 표현과 장치를 가져오게 돼요. 예를 들어 이런 거요. "이들의 언어는 인간의 귀로는 제대로 들을 수 없고…" "이들의 사고방식은 인간의 두뇌로는 온전히 이해할 수 없고…" 당연한 설정이지만 그래도 비슷한 설명을 종류만 바꾸어서 하다 보면 지치게 됩니다. 그래도 안 하면 안 되지요.

머핀의 고향별은 이곳에서 12억 광년 떨어진 곳에 있습니다. 거미줄 우주식으로 계산하면 다섯 정거장 떨어져 있고요. 새솔 항성계의 머핀들은 대부분 새솔 항성에서 가장 가까운 새솔-1에서 살아요. 공기도 없고 엄청 뜨거운, 지구의 달보다 두 배 정도 큰 곳입니다. 지옥처럼 상상되겠지만 그렇지 않아요. 충분히 과학기술이 발전한 문명에게 골디락스 존의 온화한 기후는 큰 의미가 없습니다. 에너지와 자원이 얼마나 충분한가가 더 중요하지요. 머핀에게 통제하기 어려운 자연환경은 별다른 장점이 없습니다. 그건 과학기술을 발전시킬 만큼 진화할 때까지만 필요하지요.

그래도 새솔-1이 개발되기 전에는 많은 머핀이 이 행성에 살았고 큰솔섬 여기저기엔 그 시절의 유적이 있습니다. 가장 큰 유적은 찬솔시 근방에 있습니다. 연수가 살고 있는 마을에서 한 2킬로미터 정도 걸으면 나와요. 머핀들은 이를 보존하는 게 그렇게까지 큰 의미가 있다고 생각하지 않기 때문에 그곳은 그냥 폐허입니다. 새솔-5의 머핀들은 대부분 찬솔시 중심가의 아파트에 살아요.

머핀은 짧은 황갈색 털이 온몸에 나 있는 동그랗게 생긴 종족입니다. 단지 이름처럼 귀엽게 보이지는 않아요. 아무래도 대칭성의 차이 때문이겠죠. 이들은 다리도 세 개, 손가락 세 개가 달린 팔도 세 개 그리고 눈도, 코와 입의 구실을 하는 눈 밑의 동그란 구멍도 세 개입니다. 이들이 모두 120도 간격을 두고 배치되어 있어요. 그러니까 이들에겐 앞뒤가 없습니다. 이런 신체 구조가 얼마나 설득력 있는지는 모르겠습니다. 전 그냥 최소한의 형용사로 낯선 외계 종족의 외양을 묘사하려고 이 디자인을 짰어요.

연수가 사는 마을을 종종 찾는 머핀이 한 명 있습니다. 사람들은 이 머핀을 누렁이 이모라고 부릅니다. 누렁이라는 별명은 머핀 자신이 붙였습니다. 이모라고 불리는 이유는 대부분 머핀은 지구인보다 나이가 많으며 이 머핀은 유별나게 지구인 친척 아줌마처럼 말하고 행동하기 때문입니다. 당연한 말이지만 이를 있는 그대로 받아들이면 곤란합니다. 머핀들은 정확한 의사소통을 위해 지구인의 말투와 사고방식까지 모방하기 때문입니다. 음, 전 이 이야기도 전에 다른 소설에서 한 번 이상 했습니다. 그리고 앞으로도 더

할 거예요.

누렁이 이모의 직책은 문화교류관입니다. 두 종족이 같은 항성계를 나누어 쓰고 있으니 서로에 대해 어느 정도 알아야겠지요. 누렁이 이모는 연수의 학교에서 가르치는 머핀의 역사책을 썼고 머핀 음악을 가르칩니다. 참, 머핀에게 독창은 지구인들에게 삼중창입니다. 세 개의 입을 가진 종족이 그 장점을 활용하지 않을 리가 없지요. 이 신체 구조는 당연히 이들의 언어와 사고방식에도 영향을 끼치겠고. 여기에 대해 상상하는 건 재미있는 일이겠지만 지금은 건너뛰렵니다.

학교를 다니는 동안, 연수는 새솔 행성 생태계의 특이한 점을 알게 됩니다. 이 세계에는 기억의 조각을 훔치는 미생물이 있습니다. 편의상 기억도둑이라고 하겠습니다. 원래는 이 행성에서 진화한 종이 아닌데, 여기서 지나칠 정도로 잘 적응했어요. 그리고 이곳 생물들은 몇천만 년 전부터 생존을 위해 이를 이용하기 시작했습니다. 후손의 생존을 위해 자신의 기억을 선별해 물려주고, 천적의 기억을 약탈해 대비하기도 하고. 네, 맞아요. 전에 전 비슷한 생명체가 나오는 단편을 쓴 적 있습니다. 〈추억충〉이라고요. 하지만 읽었더라도 잠시 잊으세요. 이번엔 좀 다른 이야기를 할 거예요.

이들 대부분은 지구인들에게 큰 영향을 끼치지 않습니

다. 이 행성의 동물들은 지구 생물과 다른 식으로 사고하고 기억하니까요. 지구인들은 모두 이 미생물에 감염되어 있지만 아직 지구인들의 기억은 떠돌지 않아요. 하지만 머핀들은 훨씬 오랜 기간 동안 새솔-5에 살았고 기억도둑들은 그들에게 적응했습니다. 그리고 머핀들을 따라 새솔-1로 갔지요. 기억도둑에 감염된 새솔-1의 머핀 문화는 고향 행성의 머핀 문화와 당연히 다릅니다. 기억도둑은 편리할 정도로 똑똑한 미생물입니다. 당연하지요. 설정을 위해 제가 그렇게 만들었으니까요. 하지만 누가 알겠어요. 몇억 종의 지적 생명체가 보글보글한 우주이니, 오래전에 어떤 종족이 의도적으로 그렇게 디자인한 종일지도요. 저라고 제가 만든 우주에 대해 다 아는 건 아니에요.

새솔-1에서도 재미있는 일이 일어나고 있겠지만 저는 새솔-5의 이야기만 하겠습니다. 머핀들은 오래전에 새솔-5를 떠났지만 아직도 기억도둑은 옛 머핀들의 기억을 간직하고 있습니다. 그리고 이들은 큰솔섬에 사는 수많은 동물의 행동에 영향을 끼쳤습니다. 큰솔섬의 숲에 들어가면 거기 사는 짐승들이 머핀 고전 노래들을 조각조각 쪼개 부르는 걸 들을 수 있습니다.

사람들은 그 숲에 '셰익스피어의 숲'이라는 이름을 붙였습니다. 그러니까 지구 생태계와 문화에 대입한다면, 숲에

둥지를 튼 까치나 비둘기가 "질투는 초록 눈을 한 괴물", "그 늙은이에게 피가 그렇게 많을 거라고 누가 생각을 했을까" 같은 대사를 읊으며 날아다닌다고 상상하시면 되겠어요. 단지 머핀 문명을 이루는 욕망과 감정의 상당 부분이 지구인과 겹치지 않기 때문에 위의 예시처럼 확 와닿지는 않지요. 머핀 음악과는 달리, 머핀 문학은 지구인에겐 낯설고 어색하고 지루합니다. 음악은 지구인들에게 꽤 인기 있는 편이지만, 그래도 머핀들과 같은 방식으로 즐기지는 않을 거예요. 두 종 사이에는 온전한 번역을 막는 무언가가 있습니다. 그리고 그건 거미줄 우주에선 그냥 당연한 것이지요. 다들 그러려니 하고 삽니다.

그러니까 이렇게 돼요. 새솔-5에 사는 토착종의 기억은 대부분 중성미자처럼 지구인의 뇌를 뚫고 지나갑니다. 하지만 뇌 구조가 지구인들과 어느 정도 가까운 머핀들의 기억은 아주 드물게 읽힐 때가 있어요. 토착종들은 같은 정보를 더 쉽게 읽을 수 있지만 이 행성엔 지적 생명체가 없지요. 그 때문에 불필요한 해석의 방해 없이 옛 기억이 더 잘 보존되는 환경이 유지된 것이지만. 그러니까 셰익스피어의 숲에서 아주 열심히 노력하면 몇백, 몇천 년 전에 죽은 머핀의 유령을 만날 수도 있어요.

앞에서도 말했지만, 머핀들은 셰익스피어의 숲에 대해

별다른 고고학적인 관심을 보이지 않아요. 이들은 이미 자기네 과거 역사에 대한 정확한 데이터베이스를 갖고 있기 때문에 굳이 진실 여부를 확인할 수 없는 흐릿한 정보를 통해 과거를 다시 읽을 필요가 없지요. 그리고 이미 이들은 기억도둑과 새솔-5의 생태계에 대해 알 만큼 알고 있기 때문에 굳이 더 연구할 생각도 없어요. 지구인들도 이들에 대해 더 잘 알고 싶다면 그냥 머핀들의 연구 보고서를 읽으면 됩니다. 문학과는 달리 학술 보고서는 정보 누수 없이 거의 완벽하게 이해할 수 있으니까요.

　이런 환경 속에서 무엇이 생겨날 수 있을까요? 맞아요. 아이들 사이에서 강신술 유행이 돌고 있어요. 위지 보드와 분신사바가 발굴되고 새로운 장치들과 의식들이 만들어집니다. 아이들이 한밤중에 숲에 모여서 죽은 머핀들의 유령을 불러오는 의식을 벌이는 거예요. 찬솔시의 역사에는 지구 달력으로 80년 동안 쌓인 온갖 괴담이 떠돌아요. 전 이 정도로 과학 지식이 발전한 곳이라면 괴담과 같은 가짜 정보는 쉽게 걸러 낼 수 있는 시스템이 갖추어져 있을 거라고, 아니, 반드시 갖추어져야 한다고 생각하지만, 이 이야기에서는 그럭저럭 넘어가렵니다. 그래야 분위기가 더 잘 잡히니까요. 그리고 여러분은 이 세계가 우리가 사는 곳보다 더 안전한 곳이라는 사실을 짐작하실 수 있을 거예요. 중학생 나이의 아이들이 한밤중에 숲속을 돌아다녀도 그러려니 하는 곳이지요.

3

2만 자 정도를 생각하고 글을 쓰고 있는데 벌써 9천 자를 넘겼어요. 그런데 주인공 연수는 어디서 뭐 하고 있는 거지요?

설정집 문제예요. SF나 판타지처럼 낯선 세계를 배경으로 하는 장르에서는 이 문제를 해결해야 합니다. 무대가 되는 세계를 소개해야 하는데, 이게 설정집이 되어서는 안 돼요. 적어도 설정집이 원고의 절반을 차지해서는 안 되지요.

이를 해결하는 방법은 많습니다. 제가 정공법으로 이 이야기를 풀었다면 연수는 처음부터 등장했을 것이고 단 한 번도 이야기에서 떠나지 않았을 거예요. 그동안 이 모든 설정 정보들을 수집하는 역할을 했겠고 그게 연수의 드라마였겠지요. 막 낯선 곳에 이사 온 청소년, 아니, 그냥 청소년 캐릭터는 여기서 참 편리해요. 세상을 이해하는 것이 그 아이의 당연한 삶의 일부거든요. 아무래도 어른이 되면 여기에 게을러지지요. 이걸 완전히 멈추는 순간 늙은이가 되는 거고. SNS 때문인지, 요샌 너무 빨리 늙는 사람들이 많이 보이는데, SNS가 사람을 바꾸었다기보다는 그런 사람들이 더 쉽게 폭로되고, 이들이 더 쉽게 연결되어 세를 갖추는 세상이 된 것이겠죠. 하지만 여기에 대해 길게 이야기할 필요는 없을 거 같고. 어차피 연수는 문학적 도구로서 존재하는 아이니까 현실 세계와의 연관성에 대해 그렇게 고민할 필요는 없어요.

전 이런 경우라면 이야기를 중간부터 시작합니다. 독자를 일단 낯선 세계에 던지고 보는 거죠. 이 이야기처럼 외계 행성의 개척지가 배경인 〈바쁜 꿀벌들의 나라〉에서는 배경이 되는 곳이 한국의 도시인 것처럼 무심하게 시작했다가 첫 번째 챕터 끝에 외계 행성이라는 정보를 풀었어요. 그 이야기도 여자아이로 시작했는데. 주인공은 아니었지만요.

전 한밤중 강신술로 시작하고 싶어요. 우선 낯선 외계 행성의 숲을 묘사해요. 낯선 모양의 낯선 나무들 사이로 낯선 동물들이 날아다니고 하늘에는 낯선 별들이 떠 있어요. 이 경우는 위성의 묘사가 도움이 됩니다. 새로운 별자리를 만드는 방법도 있지만 효과는 떨어져요. 달이 두 개 이상 있으면 확실하게 다른 항성계의 다른 행성이지요.

묘사가 쌓이면 강신술을 하고 있는 다섯 명의 여자아이를 그릴 거예요. 생각해 보니 분신사바니 위지 보드와는 완전히 다른 의식을 만들어야 할 거 같아요. 전 일단 아이들이 앉아 있는 대신 움직이길 바랍니다. 무용처럼 보였으면 좋겠어요. 그리고 이 의식에는 머핀 표준어가 사용되겠지요. 지구인들은 머핀 표준어를 정확하게 발음하지 못하기 때문에 미리 컴퓨터로 작업해서 녹음한 주문을 사용할 거예요.

이 의식은 처음엔 그럴싸해 보이지만 곧 시시해져요. 그 나이 또래 아이들의 게임이 대부분 그런 것 같습니다. 어떤 아이들은 유령을 보았다며 숲 어딘가를 가리키기도 하고, 어떤 아이들은 머핀 표준어와 한국어와 지구 표준어 그러니까 영어가 섞인 긴 문장으로 구성된 수상쩍은 메시지를 종이에 쓰지만 곧 진부해지겠지요. 여기저기서 허탈한 웃음이 터질 것이고 그 허탈함 자체가 이 게임의 일부일 거예요.

이들을 그리면서 슬슬 연수를 소개합니다. 다른 아이들과 어떻게 어울리려고 하지만 튀는 아이, 다른 아이들에겐 익숙한 이 게임에 어색하게 참여하지만 몰입하지는 못하는 아이. 연수는 다른 아이들과는 달리 머핀 표준어를 모르고 그 때문에 이 게임을 더 미심쩍게 봐요. 막 사귄 친구들이 얼마나 게임에 진지한지 확신이 서지 않아요.

강신술이 끝나요. 아이들은 놀던 자리를 정리하고 기숙사로 돌아갑니다. 그리고 어쩌다 보니 있을 수도 있고, 없을 수도 있는 머핀 유령들이 남긴 메시지가 적힌 종잇조각들을 연수가 갖게 되었어요. 자기 방으로 돌아온 연수는 옷을 갈아입고 침대에 누워서 별생각 없이 그것들을 읽습니다. 대부분 이런 게임에서 나올 법한 평범한 문장들이에요. 심심한 지구인 아이들의 머릿속에서 조립되었을 법한.

그러던 아이는 처음부터 끝까지 머핀 표준어로 쓰인 문장과 마주칩니다. 아이는… 여기서 전 주저합니다. 아이는 분명 무언가로 이 문장을 번역할 거예요. 하지만 그걸 뭐라고 불러야 할까요? 스마트폰요? 그럴 수는 없지 않겠어요? 아마 아이가 쓰는 모바일 기기는 두뇌 안에 내장되어 있는지도 모르지요. 하지만 그런 기기를 장착하고 자란 아이는 많이 다르게 생각하고 행동하지 않을까요? 먼 미래 우주 배경의 SF 소설들은 이게 문제예요. 다른 은하로 여행할 수 있을 만큼 발전된 미래의 후손들은 우리와 완전히 다른 존재일 것이고 우리와 완전히 다른 기술을 쓰는 그들을 주인공으로 이야기를 만들기는 쉽지 않습니다. 타협을 하게 되고, 그 결과 이런 소설 속 세계는 종종 근미래 배경 하드 SF의 세계보다 기술이 떨어지는 것처럼 보입니다. 초광속 비행이 가능하다는 것만 빼면요. 아, 대충 넘어가기로 하죠. 연수는 제가 구체적으로 묘사하지 않은 어떤 기계로 그 외계어 문장을 번역합니다.

나의 딸, 나의 작은 물고기야. 너는 이 숲에 너무 일찍 헤엄쳐 왔구나.

진부하고 심심한 가짜 문장들 사이에 의미 있는 진짜처럼 생긴 문장이 섞여 있는 거예요. 이건 오로지 연수만을 가리키는 것처럼 보입니다. 연수는 얼마 전까지 모든 대륙이 물에 잠긴 〈워터월드〉스러운 행성에서 살았고 그곳 사람들은 그 세계에 끝까지 적응하지 못한 연수를 '작은 물고기'라고 불렀기 때문입니다. 단지 앞에서도 말했지만 연수에게는 자기를 딸이라고 부를 사람이 없어요.

괜찮죠? 이 아이디어 전체가 온전히 제 것이라고 우길 수 있다면 좋을 텐데. 하지만 전 이걸 엘리자베스 젠킨스의 단편 〈온 노 어카운트, 마이 러브On No Account, My Love〉에서 빌려 왔어요. 평범한 가족사 이야기처럼 시작했다가 후반에 저세상에서 온 것일 수도 있고 아닐 수도 있는 메시지가 영매가 자동 기술로 쓴 진부한 글 사이에 섞여 있었다는 이야기입니다. 유령 이야기의 장르 역사는 기니까 비슷한 이야기가 꽤 있을 거 같은데, 전 그래도 이 소설에서 빌려 왔어요.

하여간 이야기는 여기서부터 과거로 갑니다. 제가 구체적으로 밝히지 않은 이유 때문에 연수가 그 〈워터월드〉 행성을 떠나 새솔에 도착한 순간으로요. 아이는 종종 악몽을 꾸고 외로움과 불안함에 떨면서 서툴게 새 행성의 삶에 적응해 갑니다. 그 와중에 연수와 가장 가까워진 이는 지구인이 아니라 누렁이 이모입니다. 저에겐 이게 자연스러워 보입니다. 직접 선택할 수 없는 또래 친구들이 갑갑하기 짝이 없는 때가 있잖아요. 이들 사이에서 당연시되는 호모 소셜 집단의 규칙은 그렇게 당연하지도, 정상적이지도 않은데 억지로 수긍하는 척 견뎌야 합니다. 그렇다고 그 맞은편으로 건너가면 답이 있느냐. 그럴 리가 없지요. 이런 상황이라면 완전히 낯선 누군가가 오히려 친근하게 느껴질 수 있어요. 연수에겐 누렁이 이모가 지구인이 아니라는 게 가장 좋을 수도 있지요. 미래 아이들의 상황은 다르지 않을까요.

지금까지 제가 읊은 정보들이 정리되기 시작합니다. 새솔항성계의 역사는 최대한 짧게 제가 요약할 수 있어요. 머핀의 역사는 연수와 누렁이 이모의 대화를 통해 전달하는 게 가장 효율적이겠지요. 연수는 책을 읽으며 정보를 스스로 정리하기도 할 거예요. 이 과정 중 앞에서 제가 쏟아부은 정보들이 질감을 갖추게 됩니다. 피아노곡을 관현악곡으로 편곡하는 것과 비슷하지요. 그렇다고 너무 공을 들이지는 않을 거예요. 예를 들어서 전 사실적인 대사를 만드는 데엔 별 관심이 없어요. 최대한 효율적으로 정보를 전달하는 게 더 중요해요. 제대로만 굴러간다면 한 화자가 몇십 페이지씩 이야기를 읊어도 괜찮습니다. 아무리 길게 읊어도 전설적인 수다쟁이 선원 찰스 말로를 이길 수는 없을 테니까요. 말이 나왔으니 하는 말인데, 전 이런 수다를 '말로질'이라고 부르고 무지 자주 써먹습니다. 아마 이 이야기에서는 누렁이 이모가 그 역할을 하게 되겠지요. 아, 처음부터 끝까지 누렁이 이모를 내레이터로 삼는 방법도 있긴 할 거예요. 약간의 트릭이 들어가야겠지만.

4

일주일 정도 원고가 중단되었고 그 때문에 마감을 결국 놓치고 말았습니다. 전 지금 2021년 4월 7일 서울과 부산의 보궐선거 결과를 중간중간 훔쳐보면서 이 글을 쓰고 있는데, 제가 포스트 아포칼립스 소설을 쓰고 있다면 이 답 없는 암담함과 전 방향을 향한 분노가 창작에 도움이 되었을 것 같기도 합니다. 하지만 전 유토피아까지는 아니더라도 상대적으로 더 나은 미래를 그리려 하고 있고 바깥 뉴스는 여기에 전혀 도움이 안 됩니다. 하긴 전에도 특별히 다를 게 없었지요. 결과를 아는 지금이 차라리 낫지. 그리고 고맙게도 이 세계는 제가 사는 곳과 큰 연속성이 없어요.

자, 다시 새솔-5로 돌아왔습니다. 앞에서도 말했지만 연수는 부모가 없었습니다. 이 자체는 그때까지 큰 문제가 아니었습니다. 전에 살았던 〈워터월드〉 행성에는 공장에서 생산된 사람들이 가족 안에서 태어난 사람들보다 더 많았고요. 새솔엔 가족 안에서 태어난 사람들이 더 많았지만 교육 커뮤니티 안엔 공장 생산된 아이들도 많았어요. 연수는 여기에 대해 깊이 생각한 적이 없었습니다. 막연하게 불행한 아이였지만 이게 그렇게 비정상이라는 생각은 안 했어요. 하긴 그 나이 또래 애가 행복하기만 하다면 그것도 이상할 것 같습니다.

숲의 무언가가 '나의 딸, 나의 작은 물고기야'라고 메시지를 보내온 순간, 연수는 살짝 바뀌었습니다. 이를 완전히 논리적으로 설명하는 건 불가능해요. 정말로 숲 어딘가에 지금까지 몰랐던 엄마가 있다고 믿거나 한 건 아니었으니까요. 하지만 이 신비스러운 메시지가 자신에게 어떤 의미가 있고 그 의미를 밝혀야 한다고는 생각하게 되었지요. 그것도 누구의 도움도 받지 않고 혼자서요.

아이는 이제 시간이 날 때마다 숲으로 들어갑니다. 아, 숲하니 생각나는 게 있어요. 제가 하이텔 과학소설 동호회에 있었을 때 누군가 했던 말입니다. 한국어로 SF나 판타지를 쓰는 작가가 숲을 등장시키면, 은근히 번역물처럼 보입니다. 우리나라에서 나무가 많은 곳은 대부분 산이기 때문이죠. 평지에 나무들이 잔뜩 있는 공간은 이런 환경이 당연한 서양 작가들이 만든 세계를 별 고민 없이 가져온 것처럼 보여요. 재미있는 지적인데, 전 그냥 건너뜁니다. 어차피 다른 행성이잖아요. 그리고 여기에 한국적인 느낌을 넣으려 산을 넣으면 갈 수 있는 곳이 제한됩니다. 이럴 때는 숲을 이루는 식물과 동물이 지구와 얼마나 다른지를 보여 주는 게 더 좋을 거 같습니다. 그렇다고 너무 다르면 곤란하겠지요. 독자들이 심상을 그리기 힘들어할 테니까요. 아무리 그들이 이상하게 생겨도 숲은 여전히 숲이어야 합니다. 그리고 제가 원하는 숲의 공간을 만들기 위해서는 나무가 어느 정도 높이 이상이어야 해요.

어차피 여기서 중요한 건 이들이 구체적으로 어떻게 생겼느냐가 아니에요. 최소한의 형용사로 지구의 동식물과 차별화하여 그림을 그릴 수 있는 기초 재료만 주고 나머지는 그냥 독자들이 상상하게 합시다. 중요한 건 이곳이 조금만 해가 기울어도 어두워지는 공간이고 거기에 사는 작은 동물들이 먼 옛날 이 행성에 잠시 머물렀던 외계 종족의 언어와 상념과 감정을 기억하고 이들의 파편을 노래로 부르고 있다는 것입니다.

연수는 이곳에 들어와서 혼자만의 강신술을 합니다. 이 이야기에서 가장 공을 들여 묘사해야 할 부분입니다. 지금 기분이 아니라면, 저는 짐승들이 외계의 언어로 노래하는 숲에 들어온 아이가 숲을 돌아다니며 눈과 귀를 통해 들어오는 정보 중 어느 것이 물리적 실체이고 어느 것이 숲에 남은 유령들의 흔적이고 어느 것이 그냥 망상인지 확신할 수 없는 상태에서 위험한 도취에 빠지는 과정을 몇 페이지에 걸쳐 묘사할 거고 그건 정말 재미있는 작업이겠지요. 하지만 지금은 현실 세계에 대한 짜증이 너무 심해 가상 세계에 집중을 못 하겠습니다. 그냥 유튜브를 뒤지며 저를 위로할 수 있는 뭔가 단순한 것을 찾겠어요. 얼마 전에 나온 웬디 솔로 데뷔곡 뮤직비디오나 바비칸홀에서 바바라 해니건이 교복을 입고 나와 노래를 부른 리게티의 〈종말의 신비 Mysteries of the Macabre〉 공연 실황 같은 거. 음, 근데 뒤의 것을 보다가 사이먼 래틀이 "Prime Minister Farage(패러지가 수상이라고)?"라고 외치는 걸 보면 괜히 엉뚱하게 대입해서 심난해질지도 몰라요. 여전히 웃기기는 하겠지만.

그렇게 기분이 좋아진 건 아니지만, 계속하겠습니다. 연수의 이야기는 막 시작한 것 같지만 이미 많이 진행되었어요. 이 아이의 모험과 새솔 항성계의 정보가 샌드위치처럼 겹쳐 가며 쌓이는 구조니까요. 연수는 누렁이 이모와 친한 사이가 되었고 주변 상황에 대해 알 만큼 압니다. 그 위에 자신의 경험을 쌓아 가는 중이지요.

그리고 결정적인 순간이 찾아옵니다. 연수가 숲에서 무언가를 만난 것이지요. 아직 모습은 흐릿해요. 머핀 유령처럼 보이긴 하는데, 왠지 조금 달라 보입니다. 가장 이상한 건 움직임입니다. 앞에서 설명했지만 머핀은 앞뒤가 없는 생명체입니다. 그 때문에 움직임이 지구 생물이나 새솔-5 토착 생물과 달라요. 지구인은 오로지 앞을 보고 걷지요. 하지만 머핀은 세 개의 눈이 가리키는 방향 어디로도 갈 수 있습니다. 그런데 연수를 '나의 딸, 나의 물고기'라고 부르는 그 존재는 오로지 앞으로만 움직이는 것처럼 보여요.

  이는 이상한 일이 아닙니다. 연수가 접하는 정보는 감염되어 있으니까요. 하지만 무엇에 감염이 된 거죠? 전 이 유령이 어느 정도 인간적인 존재인 척하면서 이야기를 끌어갈 겁니다. 지난 몇십 년 동안 여기서 살아온 지구인의 기억이 언젠가부터 숲에 쌓이기 시작했고 그것들이 머핀 유령들을 감염시킨 것이라고요. 그리고 이제 지구인스러운 감정과 욕망을 가지게 된 그 존재는 연수에게 모성애와 같은 감정을 품게 된 것이라고요. 그런데 유령은 왜 연수에게만 보이는 걸까요? 그건 연수가 '특별한' 아이니까요. 공장 생산된 아이들은 다양한 유전적 변주가 있는데 어쩌다 보니 연수가 속한 그룹은 이런 정보를 더 잘 처리할 수 있는 두뇌를 갖게 된 것입니다. 이 세계의 지구인들은 지금보다 훨씬 다양해요. 그리고 연수의 두뇌는 유령과 다른 지구인들을 연결하는 다리 역할을 합니다. 이제 슬슬 다른 사람들에게도 숲속의 유령들이 보여요. 처음엔 단조로운 새솔-5의 삶을 재미있게 해 줄 변화처럼 보였습니다. 하지만 유령들은 점점 통제

불가능해지고 도시 사람들의 숨겨진 비밀이 폭로되고….

　이건 정통적인 이야기 전개 방법입니다. 왜 정통적이냐면 인간 중심적이니까요. 사람들은 머나먼 행성을 배경으로 한 소설을 읽는 동안에도 이게 결국 자신에 대한 이야기이길 바랍니다. 저도 여기에 맞추어 작업을 했어요. 은하 사이 여행이 가능한 먼 미래의 아이가 연수 같을 리가 없지요. 이건 찬솔시 사람들도 마찬가지. 하지만 어쩔 수 없어요. 여러분은 그 먼 미래의 사람들을 온전히 이해하지 못할 테니까. 저는 어쩔 수 없이 현재의 독자에 맞추어 작업을 해야 합니다. 종종 그게 정말 싫다고 느껴질 때가 있긴 하지만 어쩔 수 없지요.

　하지만 저도 자존심과 취향이 있습니다. 꼭 이 길을 갈 필요는 없어요. 비슷하지만 다른 해결책을 찾도록 하겠습니다. 저에겐 이게 더 익숙한 길이고 실제로 자주 썼습니다. 중간에 "이건 너희들에 대한 이야기가 아니야"라고 외치며 산통을 깨는 구성이지요.

　알고 봤더니 숲속의 유령은 머핀과 지구인의 혼종이 아니었습니다. 머핀이 살기 한참 전에 이 행성에는 다른 종족이 살았어요. 지구에는 공룡이 살던 먼 옛날이었지요. 토착종은 아니었어요. 역시 끌개를 통해 이 행성에 왔는데, 이들이 만든 도시와 끌개는 오래전에 사라졌지요. 오직 이들의 유령만이 토착 생물에 기생하며 남아 있어요.

머핀들은 오래전부터 이 사실을 알고 있었습니다. 앞에서 말한 "앞에서도 말했지만 머핀들은 셰익스피어의 숲에 대해 별다른 고고학적인 관심을 보이지 않아요"는 거짓말입니다. 이들은 자신의 과거엔 관심이 없지만 이전 거주자들에겐 관심이 있어요. 실제로 소설을 쓴다면 조금 더 정교한 방식으로 독자들을 기만할 거예요.

새솔-5에 지구인들이 온 것도 머핀들이 조작한 것이었습니다. 머핀들의 두뇌는 이전 거주자들의 정보를 온전히 읽지 못했어요. 하지만 지구인을 통하면 어렵지만 가능할 수도 있었지요. 그러니까 지구인들은 일종의 해독기로 불려 온 것입니다.

그 정도 과학기술이 있으면 그냥 해독기를 만들면 되지 않냐고요? 그러게 말이에요. 아무리 제가 그 현상을 유령이라고 해도 그건 그냥 규명된 자연현상이고 머핀 정도라면 그 정도 기계는 쉽게 만들 수 있을 텐데요. 외계인 침략자가 지구인들을 착취하는 영화를 볼 때마다 전 늘 그런 생각을 합니다. 왜 저러려고 굳이 지구를 찾지? 지구인 고기가 그렇게 맛있다면 별과 별 사이를 오가느니 그냥 합성하면 되지 않나? 아니, 먹는 쾌락이 그렇게 중요하다면 그 감각만 재현하면 되지 않나?

영어권 SF에 익숙한 독자들은 여기서 자연스럽게 〈환상특급〉 에피소드로도 각색된 데이먼 나이트의 단편 〈인간에게 봉사하기To Serve Man〉를 떠올리겠지요. 외계인들이 인간에게 봉사하러 온 줄 알았는데, 알고 봤더니 요리해 먹으려고 왔다는 이야기입니다. 전 그 고전이 정말 말도 안 되는 것들의 총합이라고 생각합니다. 특히 영어의 말장난(to serve)이 외계어에도 통할 거라 믿는 그 시건방짐은 정말…. 그래서 다양한 언어로 SF를 쓰는 게 중요한 겁니다. 오로지 특정 언어만이 커버할 수 있는 상상력과 아이디어가 있고, 어떤 언어에서 당연한 것이 다른 언어에서도 당연하지는 않습니다. 영어권 사람들은 이걸 자꾸 까먹죠.

머핀들에게로 돌아가면, 물론 그들은 지구인의 두뇌보다 훨씬 좋은 해독기를 만들 수 있습니다. 하지만 지구인의 두뇌를 이용하는 게 훨씬 재미있을 거라고 생각한 거예요. 한국어 사용자들을 고른 건 우리의 언어가 그 이전 거주자의 언어와 비슷해서일 수도 있습니다. 아마 새솔섬의 다른 언어 사용자들은 이 유령 소동에 말려들지 않았을 거예요. 아마 그들은 비교 대상으로 불려 온 것일 수도 있어요.

그 이전 거주자는 어떤 존재일까요. 러브크래프트 스타일의 심술궂은 고대 괴물이라면 재미있을 거라는 생각도 잠시 해 봤습니다. 하지만 그것도 지나치게 익숙한 아이디어 같아요. 게다가 저는 이미 전 우주가 하나의 네트워크로 연결된 몇억 년의 역사를 가진 우주를 만들었는데, 여기서 러브크래프트 괴물은 좀 초라해 보이지요. 전 이 존재에 대해 많은 걸 밝힐 생각은 없지만 그렇다고 이들의 무시무시함과 불가해함을 과장할 생각은 없습니다.

이 모든 정보는 마지막에 누렁이 이모를 통해 전달됩니다. 연수는 이에 대해 어떤 종류의 거부감과 죄의식도 느끼지 않는 머핀들에게 당황하지만 분노하지는 않습니다. 어차피 세상은 지루하고 단조롭고 지구인들이 정상성이라고 들이미는 것도 이해하기 힘들었어요. 지금의 찬솔시에서 일어나고 있는 사건도 이해하기 어려운 건 마찬가지지만 그래도 아까보다는 덜 지루합니다. 언젠가 이들도 지루함과 권태 속으로 가라앉겠지만 지금은 아니지요. 누렁이 이모와의 대화를 마친 연수는 고대 종족의 유령들에 감염된 사람들로 시끄러운 시내로 걸어 들어갑니다. 앞으로 한동안은 남아 있을 혼돈을 즐기려고요.

(알아요! 알아요! 늘 쓰는 이야기를 또 썼다고!)

5

전 지금 머나먼 코엑스에 와 있습니다. 막 거기 메가박스 상영관에서 조바른 감독의 신작 〈불어라 검풍아〉를 보고 나왔어요. 이 영화는 현실 세계가 배경일 때는 블랙 바가 뜨는 1.85:1 화면이지만 주인공이 다른 평행 세계로 넘어가면 화면이 꽉 찬 와이드스크린이 됩니다. 〈오즈의 마법사〉 오마주겠지요. 하지만 이 영화를 상영하는 메가박스 체인 상영관 대부분은 (코엑스 상영관은 드문 예외입니다.) 마스킹을 하지 않는 1.85:1 비율이기 때문에, 초반과 후반에 관객들은 사방에 블랙 바가 뜬 뿌연 화면을 볼 수밖에 없지요. 제 생각에 서비스 업자가 기본을 무시하는 건 업계 붕괴의 시작입니다.

　모두가 칼을 갖고 다니고 툭하면 칼싸움이 일어나는 〈불어라 검풍아〉의 평행 세계는 오로지 놀이터로서만 존재합니다. 무명 액션 배우인 주인공 연희가 액션을 하고 성장을 하기 위한 도구이고 그것으로 충분하지요. SF 작가로서 저는 이보다는 더 자기 완결적이고 복잡한 세계를 만든다고 생각합니다. 하지만 놀이의 방법이 조금 더 복잡할 뿐, 놀이터인 건 달라지지 않아요. 판타지와 SF 장르에 속한 모든 작품은 현실 세계로부터의 도피입니다. 그게 가장 중요한 목표입니다. 이를 통해 현실 세계를 비판하거나 풍자하기도 하고, 현실 세계보다 더 견디기 힘든 세계를 만들기도 하지만, 우리는 현실이 아닌 것을 쓰기 위해 이 장르를 택했습니다. 이게 도피가 아니라면 무엇일까요.

전 이런 도피가 나쁘다고 생각한 적이 없습니다. 반대로 전 오로지 현실 세계에서만 사는 사람들만큼 위험한 짐승은 없다고 생각합니다. 자칭 현실주의자들은 자신이 갇혀 있는 현실의 삭은 구석만을 봅니다. 하지만 환상가들은 하늘로 날아올라 현실 전체를 조망할 수도 있고 지상에서는 오염된 공기 때문에 볼 수 없는 더 높은 곳으로 갈 수도 있습니다. 전 이런 식으로 계속 그럴싸하고 좋게 들리는 말을 할 수 있습니다. 이 업계에 몇십 년 있는 동안 여기에 훈련이 되었으니까요.

단지 앞이 보이지 않는 현실에 치이면 이 모든 게 변명처럼 보입니다. 전 언젠가 동료 작가에게 지금 동시대 젊은 남자들의 여성 혐오를 언급하지 않고 현대 배경의 청소년 소설이나 이성애 로맨스를 쓰는 것이 과연 정직한 것인가 물은 적이 있습니다. 전 둘 다 안 쓰니까 이런 말을 막 던져도 별문제가 없었지요. 하지만 지금은 이런 생각이 듭니다. 지금 사회의 저열함이 어떻게 극복되었는지를 설명하지 않고 더 나은 미래를 그리는 건 마찬가지로 부정직한 게 아닐까? 이를 상상하는 것은 SF 작가의 의무가 아닐까?

모르겠어요. 전 의무 따위를 생각하며 글을 쓸 정도로 여유 있는 창작가가 아닙니다. 전 그냥 쓰고 싶은 것, 쓸 수 있는 것만을 씁니다. 그래도 고민은 해야겠지요. 여기저기 흔해 빠진 엄지와 검지를 벌린 손 모양의 그림이 자기 성기 크기를 놀려 대는 비밀 단체의 음모라고 우겨 대는 남자들이 이렇게 많고, 언론과 기업이 이들에게 우쭈쭈 해 주는 세상을 살면서 허구의 세계를 배경으로 한 소설을 쓰며 독자와 소통하는 것에 무슨 의미가 있을까. 어떻게 이런 세상에서 동료 시민에 대한 혐오를 최대한 줄이고 희망을 유지하며 의미 있는 미래를 상상할 수 있을까. 그런 고민이 나중에 거미줄 우주와 같은, 지금 여기와 동떨어진 세계 이야기를 할 때 어떻게 반영이 될 수 있을지도 모르지요.

누가 알겠어요. 전 작가인 척하는 소설 속 캐릭터에 불과한 걸요. 지금 저를 조종하며 글을 쓰는 작가는 저랑 전혀 다른 생각인지도 모르죠. 제가 앞에서 무지 심각하게 늘어놓은 정직한 말들이 제가 이해하지 못하는 아이러니컬한 농담의 재료일 수도 있겠지요. 저를 천진난만한 프런트로 세워 놓고 뭔가 음흉한 계획을 세우고 있을 가능성은 분명 존재합니다. 신이란 원래 그런 존재니까요.

아니면 그 '신'은 지금 아무 생각 없이 침대에 퍼질러진 채 무한 반복되는 '피카부' 뮤직비디오를 동태눈으로 들여다보고 있을지도 모르죠.

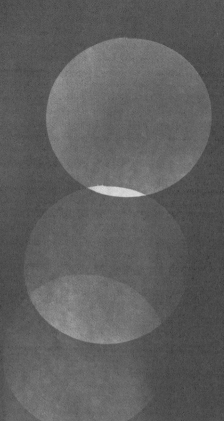

외계
달팽이의
무덤

내가 〈외계 달팽이의 무덤〉이라고 이름을 붙인 이 단편을 여는 문장을 쓰는 동안, 주인공이 문을 열고 들어왔다. 박지철이라는 이름의 정장 차림의 남자로 나이는 스물넷. 키는 180센티미터가 조금 넘는다. 헬스클럽에서 공들여 다듬은 근육질 몸매가 인상적이지만 자세가 조금 구부정하고 얼굴은 특징 없이 애매하다. 남자는 내가 두 번째와 세 번째 문장을 쓰는 동안 대기실에 놓인 열두 개의 접이식 의자 중 맨 뒤 오른쪽 자리에 앉아 먼저 와 있는 다섯 명의 뒤통수를 훔쳐보았다.

　남자의 사연을 이야기하기 전에 일단 이 이야기의 설정을 설명해야겠다. 이 이야기는 20세기 중반에 유행했던 기생

외계인 침략물 장르에 속한다. 시대는 22세기 중엽. 그리고 인류는 반세기 전인 21세기 말에 외계 종족의 침입을 받았다. 콩알 만한 우주선 27만 개가 남극대륙을 제외한 지구의 모든 지역에 착륙했고 두 개의 작은 구멍에서 나온 포자들이 호흡기를 통해 주변의 동물들을 감염시켰다. 오로지 인간의 몸에 들어간 포자만이 살아남았고 그것들은 숙주의 뇌로 들어가 달팽이처럼 생긴 엄지손톱만 한 기생충으로 자라났다.

지구인들은 10년 동안 서서히 외계인의 침략에 대해 알게 되었다. 달팽이들은 수줍게 자신을 은폐했기 때문에 뇌 스캔을 통하지 않고서는 감염 사실을 알아내기가 어려웠다. 달팽이들이 적극적으로 개입하면 숙주의 건강은 오히려 더 좋아졌다. 숙주의 건강을 위해서는 서식 환경의 개선이 중요했기 때문에 이들이 지구에 와서 맨 처음에 한 것은 공해와 기후 문제를 해결하는 것이었다. 달팽이에 감염된 과학자들은 일련의 놀라운 해결책을 내놓았고 그러는 동안 누군가가 자신에게 정보를 넣어 주고 있다는 사실을 깨달았다. 그리고 교통사고로 죽은 숙주를 부검하는 동안 첫 번째 달팽이의 존재가 확인되었다.

1950년대 SF 영화라면, 달팽이 대 지구인의 전쟁으로 이어졌겠지만, 이 세계에선 그런 일은 일어나지 않았다. 달팽이들은 지구인들에게 별다른 악의가 없었다. 반대로 그들이 가진 모든 정보를 지구인에게 공개했다. 후손들을 우주로 쏘아 올릴 우주선을 만들려면 지구인들의 도움이 필요했다.

그러는 동안 달팽이에 감염된 숙주들은 서서히 인간 세계 계급 피라미드의 꼭대기로 올라가기 시작했다. 그들은 더 똑똑하고 성실하다고 여겨졌다. 이들 중 상당수가 독특한 성적 취향을 드러내긴 했지만, 저번 숙주가 늪에 사는 3미터 길이의 양성구유 스프링이었다는 걸 생각하면 충분히 이해가 갔고 이 역시 장점으로 여겨졌다. 모든 사람이 공유하는 취향과 욕망은 족쇄이기 때문에.

그러자 일어날 일이 일어나고 말았다. 사람들이 자기 아이들을 자발적으로 달팽이들에게 바치기 시작한 것이다. 부유한 사람들, 권력을 가진 사람들은 달팽이들을 독점하려 했지만 달팽이들은 자기만의 기준과 취향이 있었다. 일단 이들이 지구 사회에 받아들여지자 포자는 엄격하게 관리되었다. 이들의 통제 아래, 숙주들은 모든 계급, 모든 지역, 모든 인종에서 나왔다. 그리고 그들은 피라미드의 꼭대기로 올라갔다.

박지철도 그렇게 선택된 숙주였다. 무책임한 부모의 네 아들 중 막내였던 이 남자에겐 미래고 뭐고 없는 것 같았다. 태어난 지 사흘째 되던 날 아직 산부인과 병실에 있던 박지철의 엄마에게 두 숙주가 찾아와 아들의 콧구멍에 포자를 불어 넣어도 되겠냐고 제안하기 전까지는. 엄마는 주저 없이 승낙했다. 그건 로또에 당첨되는 것과 같은 일이었다.

박지철의 인생이 그 뒤로 술술 풀렸다고 말한다면 거짓말이다. 달팽이들은 가족에게 어떤 경제적 지원도 하지 않았다. 준 것은 아기가 달팽이의 숙주라는 확인서뿐이었다. 아이는 끔찍한 가족 사이에서 고통스러운 나날을 보냈다. 툭하면 형들에게 얻어맞았고 부모들은 그런 아이들을 방치했다. 다행히도 달팽이의 보호 아래 아이는 건강한 몸의 우등생으로 자랐다. 확인서만으로도 장학금을 받으며 좋은 학교에 다닐 수 있었다. 그건 가족을 피해 학교 기숙사로 달아날 수 있다는 것을 의미했다.

그 뒤로 좋은 일만 있었다면 나는 이 이야기를 쓰지 않았을 것이다. 박지철을 주인공으로 만들어 주는 역경이 중학교 3학년 때 일어났다. 뇌 속의 달팽이가 죽은 것이다. 처음엔 몰랐다. 앞에서도 말했지만, 달팽이는 수줍은 동물이니까. 달팽이의 개입 없이 몇 달을 넘기는 일도 흔했다. 하지만 두 달, 석 달이 지나자 박지철은 달팽이가 죽었다는 걸 확신할 수 있었다. 평생 자신의 일부였던 무언가가 사라지고 없었다. 이제 박지철은 제목이 가리키는 '외계 달팽이의 무덤'

이 됐다. 이 제목은 줄거리를 만들고 글을 쓰기 직전에 떠올랐는데 지금 생각해도 괜찮은 것 같다.

정상적인 절차대로라면 달팽이들에게 신고를 해야 했지만, 박지철은 그대로 버티기로 결심했다. 이럴 때 정직하게 군다면 장학금을 박탈당하고 학교에서도 쫓겨날지 모른다. 그건 다시 끔찍한 형들에게 돌아가 비웃음과 구박을 견뎌야 한다는 뜻이기도 했다.

박지철은 그 뒤로 미친 것처럼 공부하고 미친 것처럼 몸을 챙겼다. 감기 기운 같은 것이 느껴지면 약을 먹어 증상을 감추었다. 고등학교에 입학해 새 기숙사에 들어가자 스프링 모양의 자위 도구를 사서 일부러 침대 위에 놓았다. 저런 것들이 다른 숙주들에게 무슨 쾌락을 주는지 궁금해하며. 역시 장학금을 받으며 학교에 다니는 다른 숙주들과 교류할 때는 바짝 긴장한 채 그들의 소소한 제스처를 흉내 내고 농담을 따라 했다. 그리고 방으로 돌아와 뭔가 잘못했을 가능성을 상상하며 공포에 떨었다. 그 결과 성적이 떨어지지는 않았지만 조금씩 정신은 망가져 갔다.

다시 우리는 첫 문단이 묘사한 방으로 돌아온다. 이곳은 노틸러스 우주개발회사의 면접시험이 있는 5층 대기실이다. 공식적으로는 응시자가 숙주인지, 아닌지를 묻는 것은 불법이다. 하지만 모두 확인서를 받은 사람들의 리스트를 갖고 있고 이는 비공식적으로 점수에 반영이 된다. 숙주 유무가 영향을 끼치지 않는 다른 회사에 들어가는 방법도 있지 않았을까? 하지만 자신이 짜 놓은 거짓말에 갇힌 박지철은 예정된 루트에서 벗어나는 것 자체를 상상하지 못한다.

앞에서 누군가가 박지철의 이름을 부른다. 우리의 주인공은 느릿느릿 일어나 열린 문을 향해 걸어간다. 이것은 이야기의 시작일 수도, 클라이맥스일 수도 있다. 하지만 아쉽게도 나는 이미 주어진 열다섯 페이지를 다 써 버렸다. 죽은 달팽이가 그렇듯, 이야기꾼이자 신인 나는 박지철에게 해 줄 수 있는 게 없다. 이제부터 작가의 도움 없이 스스로 이 위기를 개척할 수밖에.

지우와
수완

지우와 수완의 주제곡은 프랑수아 쿠프랭의 'Le Tic Toc Choc'이었다. 피아니스트의 두 손이 새의 날개처럼 바싹 붙어 파닥거리며 건반 위를 날아다니는 소품. 지우는 왼손이었고 수완은 오른손이었다. 서로의 허리를 감싸고 몇백 년 전에 죽은 프랑스 작곡가의 지시를 따라 손가락을 놀리다 보면 두 손은 종종 곡예 하듯 겹쳐지고 엇갈렸다. 찰랑거리는 피아노 소리 사이에 두 사람의 피부가 스치며 내는 사각거리는 소리가 섞여 들었다.

한 번도 다른 사람들 앞에서 그 곡을 같이 연주한 적 없었다. 그랬다면 철저하게 무의미한 스턴트였겠지. 각자 따로 연주한 적도 없었다. '틱 톡 쇽'은 오로지 두 사람이 함께할 때만 의미가 있었다.

이들의 이야기는 로맨스 장르에 나오는 익숙한 재료로 구성되어 있다. 처음에는 가볍게 여겼지만, 결코 잊을 수 없었던 첫 만남, '틱 톡 쇽'을 연주하는 동안 나누었던 첫 키스 그리고 무엇보다 둘을 갈라놓았던 계급 격차. 별다른 야심도 계획도 없이 열성적인 새엄마에 끌려 음악학교에 들어온 수완과 조율도 제대로 되지 않은 교회 피아노를 몇 시간씩 두드리며 자신을 이 거지 같은 세상으로부터 구원해 줄 거미줄 같은 행운을 노리며 살아온 지우는 전혀 다른 세계 사람이었다.

엄격하게 무게중심을 계산한다면, 주인공은 지우였다. 더 고통스러운 삶을 살았고 더 큰 욕망을 갖고 있었다. 끔찍한 가족과 친척들, 은밀하지만 끈질긴 교내 따돌림, 건강 문제 그리고 무엇보다도 자기 재능에 대한 불신. 이 숨 막히는 삶 속에서 수완은 아무 조건 없이 주어진 유일한 즐거움이었다.

하지만 로맨스의 중심은 수완이었다. 더 많이 사랑하는, 더 많은 시간을 자신의 감정에 투자할 수 있는 쪽이었다. 단지 수완에겐 드라마 속 부잣집 아이들이 가진 권력 따위는 없었다. 지우와의 관계가 다른 사람들에게 드러난다면 지금 아슬아슬하게 누리고 있는 경제적 안정을 언제든지 잃을 수도 있었다. 여기서부터 우리는 수완의 복잡한 가족 관계, 특히 새엄마하고의 공범자와 같은 연대에 대해 조금 더 알게 된다. 이 이야기도 썩 재미있지만 난 벌써 4천 자 분량 안에서 1천 자를 넘게 썼기에 이를 풀 여유가 없다.

두 사람은 헤어진다. 클라이맥스는 지우가 라벨의 'G장조 피아노 협주곡'을 연주하던 콘서트홀에서 벌어진다. 3악장이 절정을 향해 치닫는 동안 자리에서 일어나 울먹이며 통로로 걸어 나오는 수완의 모습을 상상하고 그 사연을 상상해 보라. 내가 생략한 이야기와 크게 다르지 않을 것이다. 로맨스는 대부분 진부함의 반복 속에서 만들어지기 때문에.

수완은 유학을 가고 학위를 딴다. 지우는 치료를 받고 콘서트 피아니스트로 경력을 쌓으며 수많은 콩쿠르에 도전한다. 그 성과는 존중할 만하지만 충분치 않다. 연달아 이어지는 1등 없는 2등. 지우가 쟁취하려는 반짝임은 늘 한 걸음 앞에 있다. 나에겐 무엇이 빠져 있는 것일까.

7년 뒤, 두 사람은 재회한다. 내가 이 이야기를 위해 만들어 낸 헝가리의 작은 도시가 배경이다. 이제 모두 어른이고 이들의 이야기도 어른스럽게 바뀐다. 어른들의 고민을 담은 어른들의 대화와 어른다운 감정 교환, 어른들의 섹스가 이어진다. 하지만 이미 이들에겐 각자의 삶이 있다.

여기서부터 나는 현대 배경의 로맨스를 쓰는 척하기를 그만둔다. 지우와 수완이 사는 곳은 21세기 초 멜로드라마의 관습으로만 이루어진 가상 공간이다. 1차 팬데믹 이전이라 여행이 아직 자유롭고, 사람들이 휴대전화를 쓰기 시작했지만, 아직 집단정신으로의 통합이 눈에 뜨일 정도로 드러나지 않았고, 한국 드라마가 전성기인 곳이다. 내가 만든 미래 세계에서는 현대 배경의 로맨스가 만들어지지 않는다. 로맨스를 이루는 많은 것들이 더 이상 존재하지 않기 때문에.

지우도, 수완도 이 사실을 어느 정도 깨닫고 있다. 멀쩡한 정신으로 이 세계를 수십 년 동안 살아가다 보면 주변 사람들 대부분이 NPC거나 이에 준하는 존재라는 걸 눈치채지 않을 수 없다. 두 사람은 모두 책과 영화, 연극들을 통해 얻은 진짜 삶에 대한 지식이 있다. 실제 삶이 이렇게 가볍고 의미 없고 어리석을 수 없다는 확신이 있다. 대체로 실제 사람들과 세상은 잘 만든 허구보다 얄팍하고 어처구니없고 천박하기 때문에 이들의 추론 과정은 처음부터 잘못되었지만 그렇다고 그 잘못된 시작이 올바른 결론에 도달하는 걸 막지는 않는다.

그들이 사는 곳은 오로지 주인공들만 진정으로 존재하는 곳이다. 이들은 이 세계에서 극히 소수, 그러니까 1퍼센트 미만이다. 지우와 수완과 같은 로맨스 주인공들은 외모부터 눈에 쉽게 뜨인다. 평범한 외모라고 해서 주인공이 아니라는 법은 없다. 이들이 사는 세계에서는 다양한 장르가 공존하며 사회 비판물도 그 일부이기 때문에. 오로지 장르를 위해 인위적으로 만들어진, 불의를 고치려고 투쟁하는 사람들이 있다. 이들은 눈에 거의 뜨이지 않는다. 하지만 부당하게 해고당한 두 경찰이 폭탄을 싣고 자유로를 질주하는 버스를 막고 인질들을 구출한다면, 그 와중에 이들에게 누명을 씌운 상관이 편리하게 폭사한다면 아무래도 시선을 끌 수밖에 없다. 지우는 이런 사건들을 다룬 수많은 기사에 북마크를 해 두었다.

서서히 주인공들로 이루어진 비밀 클럽이 결성되었다. 이들은 대부분 화장실처럼 드라마에 나오지 않을 법한 곳에서 온라인 채팅을 통해 대화를 나누었다. 수는 조금씩 늘어났고 두 사람이 이들에 합류했을 때는 멤버가 천 명 가까웠다.

이 세계를 관리하는 시스템의 의도가 무엇이건, 그것은 클럽의 결성 자체를 막지는 않았다. 화장실에서 채팅한다고 발각되지 않을 리는 없지 않은가. 하지만 누군가가 대놓고 "나는 이 인공 세계의 주인공이다!"라고 외치려고 하면 그 즉시 제재가 따랐다. 사고나 병으로 죽거나 살해당하거나 기억상실증을 앓는다거나. 주인공들 사이에서 기억상실은 신기할 정도로 잦았다. 그들 중 상당수는 극적 장치였지만 아닌 경우가 더 많았다. 기억상실이 극적 재미에 어떤 영향도 끼치지 않는다면 그건 처벌이었다.

이제 어떻게 할 것인가. 지우는 바깥세상엔 별 관심이 없었다. 바깥에 무엇이 있건, 그건 지우의 이해 범위를 초월한 존재일 것이다. 누군가는 더 하찮은 진실을 상상했다. 초월적인 존재 따위는 처음부터 없고, 더 이상 인간이 존재할 필요가 없는 세계를 습관적으로 살고 있는 사람들이 이들을 의욕 없이 갖고 노는 것이라고. 관심이 더 떨어졌다.

지우의 목표와 욕망은 더 명쾌해졌다. 더 훌륭한 피아니스트가 되는 것. 늘 조금씩 앞서가던 반짝임을 잡는 것. 그 목표가 달성된다면 그곳이 어디이건 상관없었다. 그 순간은 아무리 조작된 것이라도 진실일 것이기에. 만약 수십 년 동안 이어지는 로맨스의 주인공이라는 설정이 이를 막고 있다면 끊어야 했다.

클럽의 멤버 한 명이 해결책을 제시했다. 척 봐도 미친 과학자로 만들어진 게 뻔한 이 사람은 주인공들과 시스템을 연결하는 것으로 추정되는 선을 발견했고 이를 끊는 방법도 알아냈다고 말했다. 만약 이론이 맞는다면 주인공들은 자유인이 될 수도 있었다. 주인공의 설정에서 벗어나 스스로의 길을 개척할 수 있는 기회를 얻을 수 있었다.

"죽거나 사라질 가능성도 없지는 않아요. 무엇보다 여러분의 재능과 능력이 그 설정에 종속되었을 가능성도 있습니다."

과학자는 심드렁한 목소리로 덧붙였다.

지우는 실험 대상이 되기로 결정했다. 재능이 사라질 5퍼센트의 가능성에 대해서는 걱정하지 않았다. 만약 그 재능의 한계가 설정의 일부라면 꽉 막힌 삶을 사는 건 마찬가지였다. 잃을까 봐 걱정되는 것은 수완에 대한 사랑이었다. 자유인이 되어도 이 감정은 유지될까?

뜻밖에도 지우의 계획을 밀어붙인 건 수완이었다. 지우보다 더 순수한 로맨스의 주인공인 수완은 진정한 사랑을 추구했다. 만약 두 사람의 감정이 이야기를 위해 조작된 것이고 설정과 함께 버려지는 것이라면 포기하는 것이 나았다.

실험은 버려진 호텔 지하실의 여자 샤워실에서 진행되었다. 과학 실험이나 수술보다는 마법 집회 같았다. 과학자가 가져온 기계는 주문과 같은 이상한 소리를 냈고 일곱 개의 샤워기는 번쩍이는 무지개색 불꽃을 튕겼다. 한 시간 동안 이어진 의식이 끝나자 사람들은 물에 흠뻑 젖은 채 정신을 잃은 지우의 몸을 휠체어에 싣고 허겁지겁 호텔을 떠났다.

다섯 시간 뒤, 지우는 과학자의 집 소파에서 깨어났다. 가장 먼저 눈에 들어온 건 수완의 걱정 가득한 얼굴이었다. 지우는 손을 들어 수완의 왼뺨을 천천히 쓰다듬었다.

그리고 지금 느껴지는 감정이 무엇인지, 얼마나 진짜인지 탐색하기 시작했다.

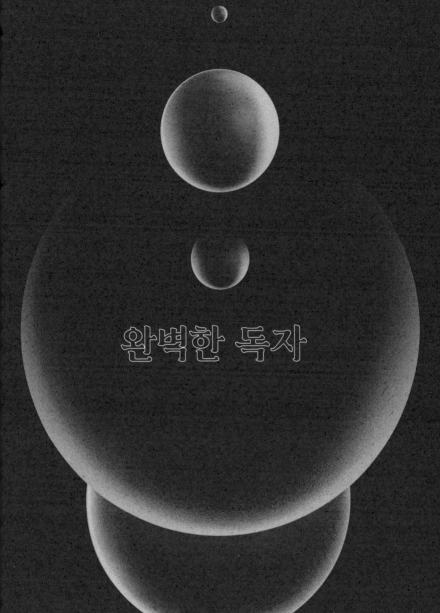

완벽한 독자

1954년 4월 1일, 부산의 무허가 판잣집에서 폐렴으로 죽기 전, 강성란은 지금까지 자신이 누구를 위해 글을 써 왔는지 궁금했다. 한국어와 일본어로 두 권의 장편소설과 예순네 편의 단편을 썼지만 출판된 것은 단편집 하나. 그마저도 두 달 뒤에 일어난 전쟁 속에서 거의 완벽하게 잊혔다. 전쟁이 일어나지 않았다고 해도 좋은 평을 받기는 어려웠을 것이다. 그녀의 책은 당시 점잖은 독자들이 마음 편하게 좋아하기엔 지나치게 거칠고 울분과 증오에 차 있었다. 책을 읽은 몇몇 친구들도 왜 여자 주인공들이 그렇게 낯설게 생각하고 말하는지, 왜 그들이 남편이나 남자친구에게 도움을 요청하지 않고 수상쩍은 배경의 낯선 여자들로부터 연대를 구하려 하는지 궁금해했다.

강성란의 완벽한 독자는 최하라였다. 1993년생 한국문학 전공자인 최하라가 강성란의 단편이 실린 잡지를 발견한 건 2015년 4월 16일이었다. 첫 페이지를 넘기는 동안 60여 년 전에 죽은 작가와 젊은 독자 사이에 완벽한 연결점이 만들어졌다. 강성란을 읽는다는 것은 교령 의식을 체험하는 것과 같았다. 진부한 표현이지만, 단어 하나하나가 최하라의 영혼을 건드렸고 그녀는 강성란이 그녀를 위해, 그녀에 대해, 그녀에게 직접 이야기한다고 생각했다.

강성란과 최하라는 전혀 다른 시대의 사람이었지만 공통된 부분도 많았다. 둘 다 한국과 일본 양쪽 나라를 오가면서 어린 시절을 보냈고 어느 곳도 고향이라고 느끼지 못했다. 두 사람 모두 어린 시절에 어머니를 잃었고 아버지와 사이가 좋지 못했다. 강성란이 순전히 상상력을 통해 창조해 냈던 몇몇 고통스러운 사건들은 최하라에겐 현실이었다.

최하라는 출판된 강성란의 모든 단편을 읽었고 약간의 탐정질을 통해 다른 원고들을 발굴해 냈다. 일본어 원고들을 번역했고 논문을 썼다. 몇 년간의 노력 끝에 그녀가 편집한 강성란 전집이 나왔고 강성란은 드디어 최하라가 아닌 다른 독자들을 만나게 된다. 하지만 그들 중 어느 누구도 최하라처럼 강성란의 작품과 완벽한 합일에 이르는 독서는 체험하지 못했다.

이 정도면 해피엔딩으로 끝나는 로맨스라고 할 수 있으리라. 하지만 나는 여기에서 가장 중요한 부분을 이야기하지 않았다.

그것은 강성란과는 달리 최하라는 실제로 존재한 적이 없었다는 것이다.

사정을 이야기하자면 이렇다. 인류는 25세기에 멸종했다. 21세기 중반부터 험악한 사건을 겪으며 인구의 3분의 2가 사라지긴 했지만, 멸종의 진짜 이유는 그 이후 회복기를 겪으면서 점점 발전하기 시작한 인공지능이 인간을 대체했기 때문이다. 지적 존재로서 인류는 더 이상 쓸모가 없었다.

인류가 사라졌지만, 지구 문명은 인류의 유물을 방치하지 않았다. 오히려 이들은 더 활발하게 발굴하고 보전하고 연구하였다. 이들의 손길은 무관심 속에서 방치되고 잊혔던 모든 사소한 작품들에 닿았다.

우리가 '불멸의 걸작'이라고 여기는 작품들이 이들에 의해 지금과 같은 방식으로 감상되고 보존되었다면 좋았겠지만 그런 일은 일어나지 않았다. 우리가 만든 모든 것들은 인간이라는 특별한 종류의 육체와 정신을 가진 존재들을 만족시키기 위한 것이었다. 미래의 존재들은 오래전에 이 한계를 초월했고 더 이상 셰익스피어와 톨스토이가 기대했던 것과 같은 반응을 보이지 않았다.

그렇기 때문에 그들의 도서관은 우리와 조금 달랐다. 원본 텍스트가 있었고 그 텍스트를 완벽하게 감상하는 존재가 있었다. 그 존재는 당연히 인간의 경험을 가진 인간의 정신을 흉내 낸 것이었다. 최하라의 모든 인생은 강성란의 작품을 완벽하게 읽기 위해 창조된 것이었다. 강성란 전집이 완성된 2년 뒤부터 최하라의 삶이 존재하지 않은 것도 그 때문이었다. 그 뒤의 삶은 도서관에 아무 의미가 없었다. 최하라가 만나고 토론한 다른 강성란 독자들은 그녀의 독서를 완성하기 위해 만들어진 허상이었다. 그들이 생각하기에 강성란의 독자는 최하라만으로 충분했다.

그들은 완벽한 기억을 가진 존재였기 때문에 최하라의 이야기는 도서관 설립 이후 단 한 번 일어났다. 최하라는 강성란의 완벽한 독자이기도 했지만, 마지막 독자이기도 했다.

〈가거라, 작은 책이여〉와 〈완벽한 독자〉는 판다플립이라는 네이버 서비스를 위해 쓰인 초단편이다. 당시에 나는 이 시리즈를 통해 초단편용 근육을 기를 수 있을지도 모른다고 생각했는데, 아쉽게도 이미 마감이 없으면 글을 쓸 수 없는 몸이 되어 버렸다. 〈과학동아〉에 실린 〈화성의 칼〉은 누가 봐도 허버트 조지 웰즈의 〈우주전쟁〉 속편이다. 나는 이 책을 웰즈가 건드리지 않은 동아시아 역사와 결합해 전개하면 재미있을 거라고 생각했다. 〈큐피드〉는 앤솔로지 단편집인 《조커가 사는 집》에 실렸다. 그 책의 주제는 가상현실이었는데, 난 주인공이 사는 세계가 가상현실일 수도 있다는 힌트만 넣고 그냥 썼다. 내 희망과는 달리 제임스 팁트리

주니어의 탄생 100주년 단편집은 나오지 않았지만 그 뒤로 몇 권의 단편집이 나왔으니 다행이다. 아, 그리고 CGV 영등포 지점은 2023년에 마스킹 정책을 포기했다. 주변 와이드 스크린관을 활용하며 영화를 잘 보고 있으니 걱정하지 마시기 바란다. 〈분게이〉에 실린 〈도둑왕의 딸〉은 〈각자의 시간 속에서〉, 〈불가사리를 위하여〉와 같은 우주를 공유한다. 〈오늘의 SF #1〉에 실린 〈대본 밖에서〉는 내가 정말로 싫어했던 모 드라마의 안티 팬픽이다. 나는 한국 드라마의 남자 주인공 캐릭터 설명처럼 끔찍한 글은 없다고 생각한다. 〈죽은 고래에서 온 사람들〉은 앤솔로지 단편집 《팬데믹: 여섯 개의 세계》에 실렸다. 당연히 코로나 시기의 은유가 깔려 있지만 은유만으로만 읽히지 말았으면 하는 바람이 있다. 〈바쁜 꿀벌들의 나라〉는 퀴어 주제 앤솔로지 《인생은 언제나 무너지기 일보 직전》에 실렸다. 그 단편집에서 가장 심술궂은 이야기를 쓰는 게 목표였다. 〈찢어진 종잇조각의 신〉은 촉법소년, 성 착취, 인공지능이 주제인(이 세 주제가 어쩌다가 하나로 묶였는지는 아직도 모르겠다.) 앤솔로지 《낯익은 괴물들》에 실렸다. 이 이야기는 내가 아주 초창기에 쓰다 만 장편 《얼음의 아이들》의 속편 비슷하다. 직접적으로 이어지지는 않지만 그 소설의 설정을 빌려 일종의 후일담으로 구성했다. 〈셰익스피어의 숲〉은 서울시립 북서울미술관에서 열린 기획전 'SF2021: 판타지 오디세이'와 컬래버레이션을 한 앤솔로지 단편집 《세 개의 달》에 수록되었고 그때 내가 고른 주제는 '세포의 독백'이었다. 이 글을 마무리하는 동안 구하라가 버닝썬 게이트 취재 핵심 역할을 했다는 사실을 알게 되었다. 선량하고 용감한 사람들이 세상을 뜨고, 제대로 죗값을 치르지도 않는 범죄자들이 살아 설치고 다니는 이 사회가 존속되어야 할 이유를 나에게 설명해 보기 바란다. 〈어션 테일즈 NO.3〉에 실린 〈외계 달팽이의 무덤〉은 숨기는 거 없는 장르 농담이다. 〈현대문학〉에 실린 〈지우와 수완〉의 극 중 이야기는 내가 개념만 갖고 놀고 실제로는 쓴 적 없는 〈아 프리마 비스타〉가 원작이다. 이 소설은 지금도 쓸 생각이 없다.

듀나

2024년 6월에

가거라, 작은 책이여_ 판다플립 2021

화성의 칼_〈과학동아〉 2021 9월호

큐피드_《조커가 사는 집》작은책방 2015

도둑왕의 딸_〈분게이〉 2020 겨울호

대본 밖에서_〈오늘의 SF #1〉 아르테 2019

죽은 고래에서 온 사람들_《팬데믹: 여섯 개의 세계》문학과지성사 2020

바쁜 꿀벌들의 나라_《인생은 언제나 무너지기 일보 직전》

큐큐퀴어단편선2 2019

찢어진 종잇조각의 신_《낯익은 괴물들》폭스코너 2021

셰익스피어의 숲_《세 개의 달》알마 2021

외계 달팽이의 무덤_〈어션 테일즈 NO.3〉아작 2022

지우와 수완_〈현대문학〉 800호 2021

완벽한 독자_ 판다플립 2017

찢어진 종잇조각의 신

듀나 SF 단편집

초판 1쇄   2024년 6월 15일

글쓴이   듀나
펴낸곳   도서출판 단비
펴낸이   김준연
편집   이혜숙
디자인   김선미
출판등록   2003년 3월 24일(제2012-000149호)
주소   경기도 고양시 일산서구 고양대로 724-17, 304동 2503호
            (일산동, 산들마을)
전화   02-322-0268
팩스   02-322-0271
전자우편   rainwelcome@hanmail.net

ISBN 979-11-6350-119-0 03810
책값 17,000원